THE
GAME
ADVENTURE

飛翔

Fantasy Frontier Spirit

비상

KG8789 805977

비상 6

파령 게임 판타지 소설

초판 1쇄 찍은 날 § 2005년 1월 5일
초판 1쇄 펴낸 날 § 2005년 1월 15일

지은이 § 파령
펴낸이 § 서경석

편집장 § 문혜영
편집책임 § 최하나
편집 § 장상수 · 김민정
마케팅 § 정필 · 강양원 · 이선구 · 홍현정

펴낸곳 § 도서출판 청어람
등록번호 § 제1081-1-89호
등록일자 § 1999. 5. 31
어람번호 § 제1-0573호

주소 § 경기도 부천시 원미구 심곡1동 350-1 남성B/D 3F (우) 420-011
전화 § 032-656-4452 팩스 § 032-656-4453
http://www.chungeoram.com
E-mail § eoram99@chollian.net

ISBN 89-5831-379-X 04810
ISBN 89-5831-236-X (SET)

FLYING

THE GAME ADVENTURE

파령 게임 판타지 소설

飛翔

Fantasy Frontier Spirit

비상 **vol.6**

죽음

FLYING

KG8789 805977

도서출판
청어람

Contents

◆ 비상(飛翔) 마흔 번째 날개
기행(奇行)

비상(飛翔) 마흔 번째 날개 기행(奇行)

"단 일주일뿐이었지만 정말 오랜만이로군."

기지개를 켜자 온몸에 힘이 넘치는 것 같다. 일주일. 이곳의 시간으로는 이 주일이 후딱 지나갔다. 좋은 일도 있었나? 흠, 좋은 일은 그렇다 치고 나쁜 일은 무진장 많았던 일주일이었다.

그중 대표적인 걸 꼽으라면 서인이의 오해와 결코 만나기 싫었던 이들과의 만남… 재회라는 것이지.

그날 이후 서인이에게서는 연락이 없었다. 나도 몇 번 연락을 해봤으나 아직 화가 풀리지 않아 일부러 받질 않는 건지, 아니면 못 받는 건지 전화를 받지 않았다. 오해를 하고 화를 낸다는 건 내게 마음이 있다는 사실을 증명하기에 충분한 것이지만 때로는 나도 화가 났다.

솔직히 말해서 내가 뭐 그리 크게 잘못했냐는 말이다. 부이사장과 내가 사적인 감정으로 만난 것도 아니고, 강민 형의 부탁으로 이어진 그녀의 도시 구경과 그녀의 부모님을 찾아뵙는데 단순히 운전 기사를 해준 게 그토록 잘못한 것일까?

물론 그 도중에 오해가 생겨 화를 내는 건 충분히 이해할 만하다. 만약 서인이 내게 고백을 한 지 얼마 지나지 않아, 외간 남자와 이상한 모습을 취하고 있다면 나 역시 화가 날 것은 분명하다.

하지만 그 과정이 문제이다. 내게 자초지정을 물어본 뒤에 화를 내도 내야 하지 않을까? 내 말을 듣고서도 그녀가 계속 화를 삭이지 못한다면 내가 잘못이 있든 없든, 그래도 난 내가 잘못한 것이라 생각하고 반성할 수 있다. 하지만 서인은 내게 그런 사정을 전혀 물어보지 않고 무작정 화만 낸다.

조금 더⋯ 나를 믿어줄 순 없는 것일까? 나를 믿어주지 않는, 그리고 내 얘기를 들어주지 않는 그 점에서 난 그녀에게 화가 난다.

이런 생각들로 밤잠을 설쳤지만 워낙 낮잠을 많이 자서 그런지 그리 피곤하지는 않다.

부이사장도 자신 때문에 내가 오해를 사고, 다치기까지 하자 미안한 마음이 들었는지, 며칠 전 집까지 찾아와 사과를 하고는 그 뒤 연락을 끊었다. 자괴감 따위를 느껴서 그럴 것이다. 내가 몇 번이나 미안해하지 않아도 된다고 했지만 그럴수록 그녀는 더욱더 미안해했다. 뭐, 어쨌든 나도 당분간 자중을 해야 할 잘못을 저지르기는 했으니 이런 시간을 두는 것도 괜찮을 듯싶어서 나도 먼저 연락을 하지 않고 있는 중이다.

마지막으로 친척들⋯⋯.

그날 이후로 그들은 내 앞에 나타나지 않았고, 어떠한 수도 쓰지 않았다. 하지만 아직 시간이 얼마 지나지 않았으니 안심할 단계는 아니다. 더 이상… 그들에 대한 이야기는 하고 싶지 않으니 이만 이야기를 접자.

"으아! 잊자, 잊어! 게임 속에선 난 효민이가 아닌, 사예라고!"

그렇게 외치며 방문을 열었다. 이곳의 시간으로 이 주일… 아니, 정확히 말하면 일주일 만에 들어오는 것이라 왠지 감흥이 새로웠다. 일주일 전에 기파를 감추는 단약의 효과가 다 되어가 잠시 들어온 적이 있었다. 하지만 그때는 단약만 먹고 다시 로그아웃을 했으니 접속을 한 감흥도 제대로 느낄 시간이 없었다.

"흠, 근데 이놈의 곰탱이는 어디로 간 거야?"

이곳의 시간으로 이 주일 전, 기겁하는 여관 주인을 달래고 달래 이곳까지 올려놓은 푸우. 덕분에 본래 여관비의 세 배를 지불하기는 했지만 어찌 되었든 간에 푸우를 내 방에 올려놓고 날 지키게 했다. 녀석이야 지겨운 것도 모르고, 취미가 낮잠이니 낮잠 한번 늘어지게 자는 시간이 아니었을까?

흠흠. 참 이기적인 성격의 소유자란 말이야, 나란 놈도.

어쨌든 간에 일주일 전만 해도 녀석이 분명 이 방에서 퍼질러 자고 있는 것을 목격했는데, 오늘은 어디 나갔는지 보이지 않는다.

"음, 유향운도 가만히 이런 여관에 붙어 있을 리 만무하고 말이야. 결국 둘 다 찾아야 한다는 소린데……. 에라, 밤이 되면 돌아오겠지 뭐. 찾으러 가기도 귀찮고 하니, 오랜만에 운기조식이나 좀 해볼까?"

하하하! 좋은 게 좋은 거 아니겠냐 이 말이야. 무려 이 주일 동안이나 걸렸으니 이번 운기조식은 매우 중요하다.

난 체력과 생명력을 확인한 뒤 짐에서 벽곡단 하나를 꺼내 먹고는 운기조식에 들어갔다.

정제되어 용연지기라는 하나의 성향을 띤 기들이 용솟음치고 있음에, 가히 대단하다고밖에 할 수 없는 양의 기가 유유히 흘러가고 있었다. 이 주일 동안이나 돌보지 않은 기라지만 용연지기의 힘으로 평소 때나 다름없는 움직임이었다. 아아, 현실에서도 이런 거 느낄 수 있으면 좋겠지만… 그건 무리겠지?

어쨌든 그렇게 운기조식으로 시간을 보내고 있을 때, 내 느낌에 무언가가 잡혔다. 축뢰공이 12성으로 올라가면 비록 운기조식 중이라도 주변의 사물들을 느낄 수 있었기에 방 안으로 무언가 들어오는 것을 느낄 수 있었던 것이다.

운기조식으로 기의 충만감도 충분히 느낀 터라 운기조식의 흐름을 거두며 서서히 눈을 떴다. 그러자 새빨간 덩어리, 즉 곰탱이 푸우가 시야에 들어오고 있었다.

"여어, 곰탱이! 오랜만이다!"

정말 반갑든 그렇지 않든 간에 인사는 관계를 호전시켜 주는 도구 이상의 가치를 발휘하는 것. 어디서 주워들은 그런 말이 떠오른 난 푸우에게 최대한 반갑게 인사를 건넸다. 물론 어쩌면 당연하겠지만 푸우에게서 돌아오는 건 티꺼운 표정과 차디찬 콧방귀뿐이었고,

쿵!

"크… 오랜만이니 봐준다. 그나저나 유향운은 어디 갔냐?"

쿠르릉.

극도의 인내심을 발휘하여 푸우의 만행을 참으며 물어보았는데 푸우는 대답도 않고 그대로 엎어져 자려 했다. 그러자 내 머리 속에서 무슨 끈 같은 게 툭 하고 끊어지는 듯한 소리가 들리더니 어느새 내 신형

은 푸우의 위로 올라가 있었다.

"이 빌어먹을 미련 곰탱이가! 감히 내 말을 씹어!"

쿠르릉!

으어! 아무래도 이 녀석은 말이 안 통해!

나나 푸우나 아주 오랫동안 취한 휴식의 대가로 넘쳐흐르는 건 체력밖에 없었기에, 아주 우라지게도 오랫동안 재회의 인사(?)를 나누다가 서로를 견제하며 물러섰다. 으하하하하! 하지만! 내가 무려 이십여 대나 더 때렸다고, 그것도 강한 걸로!

난 티꺼운 표정을 유지하는 푸우를 걷어차고는 밖으로 나왔다. 애초에 저 곰탱이에게 대답을 들으려고 한 내가 바본 거지. 시간도 제법 지났겠다, 이제 곧 있으면 밤이니 유향운도 들어올 테고 말이야.

이런 생각으로 여관에서 내려와 1층 객잔에 자리를 잡고 앉아 유향운을 기다리기로 한 나. 그런데 어찌 된 일인지 유향운은 밤이 지나 새벽이 다가오는데도 나타나지 않았다.

결국 내가 택한 방법은 꾸벅꾸벅 졸고 있는 주인에게 물어보는 것.

"에엑? 그게 정말입니까?"

"그렇습니다요. 그 손님이 자신을 찾는 사람이 오면 이걸 주라던데……."

그러며 내 손에 쥐어주는 서찰. 거기에 적힌 내용은 이러했다.

사예 보게나.

나 비룡신객 유향운, 큰 대의를 품고 좁은 우물 속의 개구리가 되지 않기 위해 자네와 함께 하남을 떠나왔다네. 그 도중 참 멋진 경험도 하고 좋은 구경도 많이 하여 내가 그동안 한곳에서 얼마나 어리석게 지냈는지 알게 되었다네.

　그래서 내 한시도 가만히 기다릴 여유가 없다네. 자네와 함께 떠나려 했지만 자네는 급한 볼일로 부재중이고, 그렇다고 혼자 떠나려니 자네와의 만남과 이별이 너무나 아쉽기에 함부로 결정할 수가 없었다네.

　하지만 자네에게 말했던 나의 상사가 내게 몇 가지 지시를 내렸다네. 그래서 아쉽지만 다시 만날 날을 기약하며 이리 몇 글자 적네. 내 개인적인 사정으로 자네와의 여행을 계속하지 못하게 되어 참으로 아쉽다네. 하지만 아쉬움이 크다고 하여 이미 결정한 일에 망설일 수 없는 법.

　그러하니 자네도 나 먼저 떠났다고 섭섭해하지 말고, 부디 못 다 한 강호 유람을 끝마치길 바라네. 만남의 끝에는 반드시 헤어짐이 있듯, 그 헤어짐의 끝에는 다시 만남이 있기를 기원하며 이만 줄이네.

　자네의 절친한 친우 유향운.

　일필휘지(一筆揮之)의 멋진 글씨로 써져 있었는데 글씨만 멋지면 뭘해. 처음 시작하는 것부터가 닭살이 좌르륵 하니 흘러간다고.

　이 내용을 압축해서 몇 마디로 정리해 보자면 유향운의 상사가 그에게 지시를 내렸고, 유향운은 그것을 빌미로 계속해서 여행을 떠났다는 말이잖아. 이리도 간단한 말을 어이 이리도 느끼하게 해대는지…….

　서찰을 받아 들어 읽으며 방으로 올라온 터라, 다 읽었을 즈음 방 앞에 도착해 있었다. 문을 열고 안으로 들어가니 푸우가 침을 질질 흘리며 잠을 자고 있었고, 난 그런 푸우를 살짝 밟으며 뛰어넘어 침대에 걸터앉았다.

　"귀찮기만 하던 녀석이었지만… 혼자가 되니까 조금 섭섭하기는 하네? 쩝, 그럼 앞으로도 혼자서 여행을 다녀야 하는 건가?"

혼자가 된다는 것.

언젠가는 누구나 겪어야 할 그런 일이지만 여러 가지 일이 겹치고, 사람들과의 인연이 계속해서 일어나다 보니 언젠가는 다가올 그런 혼자만의 시간을 잊고 있었다.

난 서찰을 꾸깃꾸깃 뭉쳐 침대 한쪽 구석으로 날리고는 한숨을 쉬었다. 뭐… 익숙하니까 금방 적응이 되겠지. 혼자만의 시간이라는 거…….

쿠릉.

그때 내 귓가를 울리는 푸우의 잠꼬대.

홋! 눈앞에 떡하니 냅두고는 저 녀석을 잊고 있었네? 뭐, 저 녀석이 있다고 해서 그리 도움이 되지도 않고, 매일 일으키는 건 말썽에 거기다 마물을 먹는 별난 식성에다가 상당히 티꺼운 놈이기는 하지만… 그래도 왠지 안심이 되는구나.

난 가방 인벤토리를 등에 걸쳐 메고는 침대에서 일어났다. 이제… 떠날 시간이다. 오랜만에 사예의 다리에 힘을 주었다. 현실에서라면 절대 느낄 수 없는 그런 근육의 유동적인 움직임이 느껴지는 가운데, 난 약간의 회전을 가미하여 그대로 발을 내질렀다.

쿠릉!

'뻑!' 하는 가죽 두들기는 소리와 함께 잠에서 깨어난 푸우는 주변을 두리번두리번거렸지만 보이는 사람이라고는 나뿐이니 아무 일도 아니겠지 하는 표정으로 다시 자려고 하는 게 아닌가.

"이놈아, 일어나! 출발이다!"

다시 한 번 푸우를 걷어차자 푸우는 잠이 덜 깬 부스스한 눈매로, 티꺼운 표정을 지우지 않고 날 바라보았다. 그러더니 이내 길게 하품을 쩌억 해대고 자리에서 일어나 고개를 흔들었다.

준비됐다는 뜻이겠지? 좋아, 그럼…….

"가자!"

그렇게 나와 푸우만의 여행은 다시 시작되었다.

"음, 이걸 어쩐다지?"

쿠릉.

나와 푸우는 풀숲이 우거진 작은 길에 멈춰 서 고민을 하고 있다.

자신있게 마을을 떠난 것까지는 좋아. 하지만 문제는 내가 이곳 주변의 길을 모른다는 것. 언제는 내가 길을 알고 다녔느냐마는 그래도 지금까지는 지도라도 있었지. 지금 내 수중에는 이 주변의 지도는 없다. 아니, 없다기보다는 있기는 한데 지금 상황에선 전혀 쓸모가 없는 것이 바로 이 지도이다.

아무리 비상이 인공지능의 위협을 받고 있고, 때문에 운영진들의 힘이 약하다지만 그것은 게임 속에서 그렇다는 거지 모든 게임의 유동적 능력이라 할 수 있는 패치까지 못한다는 것은 아니다. 지난번 같이 아주 큰 내용의 패치라면 몰라도, 작은 패치가 지금 이 상황에서도 실시간으로 일어나고 있을 것이란 말씀.

어떻게 조작을 하면 그 패치의 내용을 알 수도 있다는데, 내가 뭐 언제 그런 패치의 내용에 신경 써가면서 게임한 것도 아니니 그런 쪽으론 워낙 무신경하다. 사실 지금 내가 들고 있는 지도도 그렇다.

영위(領位) 지도라고 불리는 지도. 저번에 소림사에 갔다가 알게 된 지도인데 나도 모르는 사이에 패치가 되어 나온 것이란다.

흔히들 파는 여타 부분 지역 지도나 또는 지도 주제에 보패 아이템으로 구하기 힘들고, 비싼! 비상 전역이 다 기록되어 있는 창천(蒼天) 지도처럼 처음부터 지역이 기록되어 있는 게 아니라, 지도의 소유자가 가본 곳이 저절로 기입되는 지도가 바로 이 영위 지도이다.

이 영위 지도는 기록되어 있는 그 범위에 따라 가격이 천차만별인데 아무것도 모르던 내가 산 건 소림사 주변만 기록되어 있던 그런 지도. 크윽! 근데도 제법 비싼 가격에 사버렸단 말이야! 으어~ 내가 사기를 당하다니……

크흠, 진정하고. 어쨌든 간에 내가 현재 들고 있는, 유일한 이 영위 지도에는 소림사부터 내려온 곳까지밖에 기록이 되어 있지 않다는 것에 난 좌절을 하고 말았다. 지도를 사기 전에 갔던 곳도 물론 기록되어 있지 않은, 한마디로 전혀 쓸모가 없는 지도란 말이다.

그나마 유향운을 따라왔기에 여기까지라도 내려올 수 있었다. 하지만 문제는 마을에서 나와 내가 왔던 곳의 반대쪽으로 내려가던 중 만난 숲에서 일어났다.

모르는 길이기는 하지만 그나마 외길로 이어진 숲이었기에 다행이라 생각했는데, 마치 날 배반하기라도 하듯 갑자기 양 갈래로 갈라지는 길이 나타나고 말았던 것이다. 거기다가 이대로는 안 되겠기에 지도를 사서 다시 오기로 생각하고 돌아가려 했더니, 올 때는 외길이었던 그 길이 다시 사방팔방으로 흩어져 있는 게 아닌가. 크으, 아마 다른 곳에서 들어오는 길이 있는 것 같았다.

뭐, 이런 연유로 난 이렇게 좌절이라는, 이제는 식상해질 정도의 뻔한 레퍼토리를 진행 중이었다.

크윽! 난 왜 이렇게 무능한 걸까. 사예, 이 바보 녀석!

어느새 길을 찾아야 한다는 가장 원초적인 주제도 잊고 본격적으로 자기 비하에 한 번 빠져 보려는 찰라, 무엇인가 이곳으로 접근하고 있는 것이 내 감각에 잡혔다.

"주변에 느껴지던 것이 없던 것으로 봐서 이런 뜬금없는 장소에서 마물들이 튀어나올 리는 없을 테고… 유저인가? NPC? 설마 산적은 아니겠지?"

그렇게 중얼거리며 무엇인가 다가오는 게 느껴지는 길을 바라보았다. 그러자 남자 셋 여자 셋으로 이루어진 일단의 사람들이 다가오는 게 보였다. 까마득히 멀리 있어서 보통 사람들이라면 죽었다 깨어나도 보지 못할 거리이지만 내가 원체 능력치가 좋아서……. 거기에 시야가 빠질 수 없잖아. 훗!

으음, 그건 그렇고 남녀 혼합으로 구성되어 있는 걸로 봐서 사나이의 로망이라는 산적들은 아닐 테고……. 음, 산적일 수도 있으려나? 이 바보! 여자가 끼어 있다고 해서 무조건 산적이 아니라는 말인가! 아아, 남녀평등 시대에 이런 편파적인 생각을 갖다니……. 나라는 놈은 아무래도 시대의 흐름에 뒤떨어지는 녀석인가 봐.

"크흠, 진정하자."

쿠릉?

어느새 속마음이 속을 벗어났는지 내 말을 들은 푸우가 고개를 돌려 나에게 '앤 또 웬 헛소리야?' 하는 표정을 지어 보였지만, 난 애써 무시하고는 다가오는 이들을 가만히 서서 지켜보았다.

게임을 어쩌나 잘 만들었는지 NPC와 유저는 도무지 구분이 안 가는 세계이기는 하지만, 정해진 일이 있는 NPC가 할 짓 없다고 여기까지 오지는 않았을 거고… 결국 유저라는 소린데…….

그렇게 생각하고 있을 즈음, 한참이나 가까이 온 그들의 시야에도 내가 잡히는지, 아니면 내 옆의 이 곰탱이가 잡히는지 깜짝 놀라더니 경계 자세를 갖추었다.

나 때문에 놀란 거라면 사람 보고 놀란 사람들을 이상하게 쳐다봐주겠지만 뭐, 아무리 뜯어봐도 이 곰탱이는 마물같이 더러운 인상을 가졌으니까. 아아, 근데 저기서도 이 곰탱이의 인상이 보이는 건가? 아니면 단순히 이 곰탱이에게서 느껴지는 거대한 티꺼움의 포스를 느끼고 저렇게 경계를 하는 건가? 뭐, 어쨌든 두고 볼 일이로군.

팔짱을 끼고 기다리고 있자니 어느새 일단의 일행은 경계심을 잔뜩 곤두세우며 지척에 와 있었다. 으음, 마치 내가 동물원의 원숭이가 된 기분이로군. 그건 그렇고… 아아, 이러면 안 되는데… 안 되는데…….

마음속에선 분명 안 된다고 외치고 있었으나 언제부터 몸뚱어리가 의지를 따라줬다고 내 마음대로 되랴. 결국 난 일을 저지르고 말았다.

"에베!"

"꺄악!"

"으악!"

우헤헤. 통했다, 통했어. 이 상쾌한 기분! 아아, 난 남을 괴롭히는 것에 이상한 쾌감을 느끼는지도 몰라!

……변태인 거야? 크윽! 하지만 재미있는걸!

내가 갑자기 상체를 불쑥 들이밀며 의미없는 괴성을 지르자 몇몇 여인들은 뒤로 넘어져 버렸고, 남자들도 기겁을 하며 뒤로 물러섰다. 여자들은 몰라도 남자 녀석들… 겁 좀 먹었을 거다. 근데 왜 겁을 먹지? 내가 한 행동이지만 아무래도 이해가 안 간다.

"뭐, 뭐냐!"

'차앙!' 하는 금속음이 들린다 싶더니 뒤로 물러섰던 남자 중 한 녀석이 대뜸 수중의 검을 뽑아 들어 날 겨누며 그렇게 외쳤다. 크윽! 이 때 그러는 넌 뭔데, 라고 말해 주면 환상적인 분위기가 연출되겠지만 아쉽게도 여인들의 눈길이 느껴지는 곳에서의 미친 짓은 한 번으로 족하니 그건 참아야겠지?

"하하하, 놀라게 해서 죄송합니다. 너무 긴장하신 듯해서 저도 모르게 그만… 하하하."

"당신은 누구요?"

나? 난 그냥 이곳에서 길을 잃은 사람인데, 라고는 절대 말 못하지. 세상에 길을 잃어? 아무리 생각해도 쪽팔리는 일이야.

그러나 그렇다고 대답하지 않으면 다시 내게 검을 겨눌 저 검사 녀석이 적의 가득한 눈빛을 띠고 있으니…….

"전 사예라고 합니다. 이곳에 볼일이 있기에 왔는데……."

여기까지만 말했다. 더 말하지 않은 게 아니라 더 말하지 못한 거다. 저들 일행 중 한 소저가 내가 말하는 도중 대뜸 끼어들었기 때문이다.

"아! 소협도 '한(恨)의 대지' 기행을 하러 오셨군요? 게다가 권갑이라니… 권사이신가요?"

기행? 그게 뭐지?

난 알 수 없는 단어를 내뱉는 여인 때문에 당황했지만 우선 대충 떠넘기는 게 좋겠다는 생각으로 긍정도, 그렇다고 부정도 아닌 어중간한 대답을 했다.

"아… 뭐, 권사는 맞긴 한데……."

"아닌가? 하지만 이쪽으로 가면 '한의 대지' 기행 말고는 달리할 게 없을 텐데? 막다른 길이니……."

그녀가 혼자 중얼거리는 소리를 듣고 나는 뭔가 일이 잘못 돌아가고 있다는 것을 깨달았다.

에? 막다른 길? 그건 또 무슨 소리래? 아아, 그건 그렇고 저렇게까지 말하는데 긍정을 안 하면 이상하게 생각할 거야. 별수없지…….

"아니, 맞습니다. 그 기… 행이라는 거 하러 왔습니다."

"역시!"

어색함이 그대로 드러나는 그런 거짓말이었지만 그녀는 자신의 예상이 맞았다는 사실에 기뻐하며 좋아할 따름이었다.

거참, 감정이 얼굴에 그대로 드러나는 소저로군. 뭐, 그만큼 순수하다는 소린가? 나쁜 말로 하면 멍청하다는 소리도 되겠지만 젠틀맨인 내가 여인에게 그런 비매너적인 말을 내뱉을 순 없지. 암, 그렇고말고.

내게 계속 말을 걸던 소저, 양 갈래로 땋은 머리에 귀엽게 생긴 소저는 검사 녀석의 얼굴이 구겨질 대로 구겨진 것도 눈치 채지 못하고, 재잘재잘 계속해서 내게 말을 걸어왔다.

"와아! 풀 파티로도 어렵다는 '한의 대지' 기행을 혼자 깨러 오시다니 굉장한 고수이신가 봐요! 레벨이 어떻게 되세요?"

"아니, 저 그게……."

"이름이 사예라고 하셨죠? 사예 소협이라 불러야 하나? 사 소협? 근데 사예라는 게 무슨 뜻이에요? 앗! 그리고 레벨도 높으신 것 같은데 왜 아직 '한의 대지' 기행을 안 깨셨어요? 그리고 저 곰이랑은 어떻게 만나신 거예요?"

재잘재잘, 정말 말도 많은 소저다. 으윽! 머리가 아파오는 게 정신까지 혼미해지려고 하는군. 도무지 무슨 말을 할 새도 없이 난 그렇게 말하는 것에 한이 쌓인 듯한 소저의 이야기를 듣고 서 있어야 했다. 우어, 누가 좀 도와줘! 근데, 이런 상황… 왠지 처음이 아닌 것 같은데……

착각인가?

그렇게 정신적인 어택으로 내게 데미지까지 주며 극한의 상황으로 몰아붙이던 소저를 막아준 아주 고마운 이가 있었으니, 끝까지 날 곱지 않은 시선으로 바라보던 그 검사 녀석이었다.

"크흠, 이은 소저."

"그럼 왜……? 아, 부르셨어요?"

재잘대던 소저의 이름이 이은인지 검사 녀석이 부르는 말에 그제야 말을 그치며 녀석을 돌아보았다.

허억, 허억! 살았다. 으윽! 정신적인 타격이 너무 심각해. 자칫 잘못했으면 돌이킬 수 없는 상황(?)까지 갔을 수도…….

"저 녀… 아니, 저… 분도 일이 있으신 것 같고, 시간이 한정되어 있으니 귀찮게 하지 마시고 저희도 그만 이동함이……."

말을 하는 검사 녀석의 행동이 이상하다. 마치 좋아하는 여자에게 간신히 말을 거는 듯한… 붉게 물든 얼굴에, 그런 표정을 띠고 있다. 게다가 이 시끄러운 이은 소저를 마주 보지도 못하는 검사 녀석.

이 현상은 분명……! 헉! 이건 범죄잖아!

아무리 잘 쳐줘도 저 검사 녀석은 나랑 비슷한 나이? 그 정도일 것 같고, 이은 소저는 고작해야 열여섯 살 정도 될까 싶은 그런 여인… 아니, 소녀였던 것이다! 크윽! 스무 살은 되어 보이는 놈이…….

그건 그렇고 이 녀석 정말 꽝이다. 어떻게 좋아하는… 아니, 좋아하지 않더라도 귀찮게 하지 말라니……. 쯧쯧, 범죄적 사랑에다가 저런 말씨를 가진 녀석이 겪을 앞날의 스토리야 뻔하지.

"귀, 귀찮아요? 정말요? 제가 귀찮으세요?"

그렇게 묻는 거야 당연하지. 어떤 여자가 귀찮게 하지 마라는데 그걸 그냥 넘겨 버릴까. 아니… 보통은 그냥 조용히 하지 않나? 음, 이은 소저도 참 독특하긴 해.

"하하하, 아닙니다. 귀찮지 않아요."

"정말이죠?"

"네."

"헤헤, 보세요. 귀찮지 않다고 하시잖아요."

옆으로 돌아서며 검사 녀석을 향해 혀를 살짝 내미는 이은 소저. 아직 어려서 그런지 아름답다기보다 귀엽다는 느낌이 강한 이은 소저였지만, 검사 녀석은 그런 그녀의 모습에도 얼굴을 붉히며 고개를 푹 숙였다. 거참, 숙맥인 녀석이로세.

그때 그다지 감정이 담겨 있지 않은 듯한 목소리가 새어 나왔다. 가녀리고 엷은 목소리라 그것이 여인의 목소리라는 것을 어렵지 않게 짐작할 수 있었는데, 지금까지 잠자코 뒤에 서 있던 다른 일행 중 한 명이 나선 것이었다.

"은아, 그만 해. 가휘 소협이 곤란해하시잖아."

"아, 유이 언니."

목소리의 주인공인 청의 경장 차림의 여인은 목소리처럼 표정도 낙막하게 무표정을 고수하고 있었다. 음, 주변에 미인들이 많아서 그리 감흥을 주진 못했지만 어디 가서 뒤처질 정도의 외모는 아니었다. 이 여인에게서 왠지 지수한테 느껴지는 그런 느낌이 풍겨왔다. 큼, 이 여자도 지수과(?)인가? 왜 이렇게 쌀쌀맞은 느낌이 들지?

"어서 가휘 소협에게 사과해."

"히잉. 가휘 소협, 곤란하게 해드려서 죄송해요."

"아, 아닙니다."

"그럼 어서 가자. 시간이 많이 지체됐어."

음, 천하의 수다 능력을 가진 이은 소저도 저 유이, 맞나? 어쨌든 저 낙막한 소저에겐 꼼짝을 못하는군.

이은 소저와 유이 소저는 오래전부터 아는 사이 같았다. 자세히 보니 분위기가 달라서 그렇지 서로 상당히 비슷한 생김새였다.

"자매?"

무심코 내뱉은 한마디는 지금까지 딴 곳으로 분산되었던 시선을 다시 내게로 끌기에 충분했다. 이은 소저도 방금 내가 한 말을 들었는지 고개를 끄덕이며 입을 열었다.

"맞아요. 저희는 친자매예요."

그렇군. 그래서 저런 정반대의 성격이 어울릴 수 있었던 거야. 그나저나 잠시 수다의 엄청난 파워에 밀려 잊고 있었는데, 이들이 가버리면 난 또다시 미아가 되어버린다. 그러니 이들에게서 지도를 구입하든가 등등의 수를 써야 하는데…….

그때 다시 발걸음을 재촉하려는 검사 녀석, 가휘라고 했던가? 어쨌든 그 녀석의 말을 끊고 왠지 아쉬운 눈길을 보내던 이은 소저가 환한 미소를 지었다.

"맞아, 그 수가 있었지! 사예 소협, '한의 대지' 기행을 깨러 가신다고 하셨죠?"

그, 그랬었나?

"네, 네. 그랬었죠. 그랬어요."

갑작스런 질문에 당황해하다 보니 왠지 뭔가 이상한 대답이 되어버렸다. 으윽! 저런 스타일의 사람이 나에겐 천적인가?

"그럼 저희랑 함께 가요!"

"에엑!"

그녀의 쾌활한 한마디가 흘러나오자마자 마치 기다렸다는 듯이 터져 나오는 괴성. 그 괴성의 주인공은 다름 아닌 가휘였다.

"이은 소저, 그게 무슨 말씀이십니까. 저런… 저런 정체도 모르는 녀석과 함께 가다니요!"

"정체를 모르다뇨? 이름은 사예고 권사이시잖아요. 이곳까지 혼자, 아니, 저 곰과 단둘이서 찾아오실 정도면 상당한 실력이실 테고, 그 외에 레벨은 저희도 안 알려드렸는데… 그럼 다를 게 없잖아요."

음, 듣고 보니 옳은 소리군. 근데 은근히 기분 나쁘네. 저 가휘라는 녀석은 날 뭘로 보고 정체도 모르는 녀석이라고 말하는 거야? 물론 옆에서 하품하고 누워 있는 이런 큰 곰탱이를 데리고 다니는 녀석인 것은 인정해. 그리고 혼자 이런 곳에서 길을 잃고 있는 게 이상하다는 것도 인정한… 크흠, 나 정체도 불확실하고 수상한 놈 맞구나.

어쨌든! 속사포처럼 쏟아지는 이은 소저의 말발에 안 그래도 숙맥인 가휘 녀석은 본전도 못 찾은 채 밀리고만 있었다.

좋아! 이은 소저, 파이팅! 이은 소저가 이기면 자동적으로 여기에서 나갈 수 있게 되고, 그럼 내게도 이익이란 말. 게다가 그 기행이라는 게 뭔지도 궁금하니 일석이조가 아니겠느냐 이 말이다. 그런고로 난 이은 소저의 편에 서서 속으로나마 열심히 그녀를 응원하기 시작했다.

"게다가 가휘 소협의 북두칠진(北斗七陣)을 발휘하기엔 안 그래도 한 명 부족하던 참이잖아요. '한의 대지' 기행은 레벨 차이가 나더라도 같은 파티이기만 하면 누구나 껴도 괜찮은 기행이구요. 한 명 부족하던 차에, 그것도 고수가 끼게 되면 오히려 이익이잖아요. 네? 안 될까요?"

"으음."

그녀의 말에 가휘가 고민하는 사이, 다른 일행 중 이은 소저와 비슷한 또래로 보이는 녹색 가죽 갑옷을 입은 소년이 앞으로 나섰다.

"전 좋다고 생각해요. 이은 소저의 말도 일리가 있는 것 같고, 저형… 아, 형이라고 불러도 되죠? 제가 어린 것 같은데."

이미 불러놓고 물어보는 이유는 뭐지? 내가 고개를 끄덕이자 소년은 활짝 웃으며 말을 이어갔다.

"제가 보기에 저 형은 그리 나쁜 사람 같지 않거든요. 믿을 수 있는지는 모르겠지만 최소한 배신하고 혼자 떠나 버릴 사람 같지는 않아요."

음, 저게 칭찬인 거야, 아닌 거야? 대충 전체적인 내용은 칭찬인 것 같은데 중간 중간이 좀 신경 쓰인단 말이야?

"석천이 좋다면 나도 좋아."

"그리 나쁠 것 같지는 않군."

아직까지도 잠잠하던 한 남녀가 말을 이었고, 이제 그들의 시선은 유이 소저를 향해 있었다.

"상관없겠지, 방해만 되지 않는다면."

큼, 거참, 보면 볼수록 지수를 떠올리게 한단 말이야? 어떻게 말하는 것마다 비수가 되어 심장을 찌르는 건지…….

"하, 하지만 아직 저 녀석이 승낙을 한 것도 아니고……."

"아, 전 좋습니다. 어차피 이곳엔 초행이라서 곤란해하던 참이거든요."

"와아! 그럼 결정됐네요. 환영해요, 사예 소협!"

"앞으로 잘 부탁해요, 사예 형!"

"반가워요. 전 설영이라고 해요."

"야랑입니다. 반갑습니다."

차례차례 자신을 소개하는 이들을 앞에 두고 내가 해야 할 일은? 당연히 나도 내 소개를 해야지.

"전 사예라고 합니다. 직업은 권사입니다. 그리고 이 곰탱이는 푸우라고 하는데 별로 신경 쓰시지 않아도 됩니다."

쿠릉.

"꺄! 귀엽다!"

"와아, 붉은 곰이라니… 신기하네요."

귀여워? 이놈이? 정말 여자들의 미적 감각은 이해할 수가 없다니까. 유이 소저를 제외한 두 명의 여자는 귀찮아하는 푸우 옆에 붙어선 이것저것 물어보기 시작했다.

"애 물어요?"

"네, 물어요."

"호호, 농담도 잘하시네요."

"농담 아닌데… 쩝."

그렇게 말해 봤자 그녀들은 내가 하는 말을 농담으로 치부하고는 계속해서 푸우의 옆에서 깔깔대며 좋아했다. 저놈 진짜 무는데… 단지 그러기 전에 우선 내게 맞겠지만.

"사예 소협, 얘가 좋아하는 게 뭐예요?"

"뭘 잘 먹어요?"

"음, 마물요."

"……."

잠시 찾아오는 정적.

그렇게 놀랄 일인가? 음, 하긴 마물보다 더 인상이 더러운 곰탱이가 마물을 먹는다니… 신기하긴 하겠군.

"호… 호호."

"하… 하하하."

그렇게 어색한 웃음을 흘리고 있을 때, 잠시 이 어색함을 풀기 위해 옆으로 시선을 돌렸는데 가휘 녀석과 나의 눈이 딱 마주쳤다.

"쳇!"

오호라, 녀석. 내가 푸우로 여자들의 관심을 독차지하니까 부러운 거야? 그런 거야? 흐흐흐, 생긴 것 답지 않게 귀엽게 노네. 귀엽다… 다른 의미로 참 무서운 단어로군.

그때 가만히 기다리던 유이 소저가 더 이상은 참지 못하겠는지 입을 열었다.

"언제까지 이곳에 있을 거죠?"

"아! 그렇군. 어서 가죠. 좀 있으면 해가 질 것 같으니까."

가휘가 파티의 리더인지 일행에게 말했다. 흠, 파티라… 친구들 이외에 이런 거 해보기는 처음이로군. 색다른 경험인걸? 좋아, 좋아!

"어이, 곰탱이. 가자고."

쿠릉.

난 먼저 걸어가는 유이 소저와 가휘의 뒤를, 이은 소저를 등에 태운 채 티꺼움의 극에 도전하는 표정을 짓고 있는 푸우를 독촉해서 따라가기 시작했다.

아아, 길을 잃고 고민하던 내게 이런 일행도 생기고… 이걸 행운이라고 해야 하나? 뭐, 기분은 괜찮군!

퀘스트(Quest).

탐색, 탐구, 추구, 탐구자들 등 많은 의미를 내포하는 단어다. 하지만 내가 말하고자 하는 퀘스트의 의미는 모험, 또는 원정(遠征)이라고 할 수 있다.

자칫하면 레벨을 올리는 것에만 너무 치중해 버린 나머지 식상해질 수도 있는 게임의 맛을 살려주는, 가히 게임의 백미라 할 수 있는 것이 바로 이 퀘스트. 비상에선 기행이라는 단어로 일컬어지는 것이다.

이은 소저 일행과 내가 만났을 때는 태양이 서산 너머로 사라지며 붉은 원광(遠光)을 뿌리던 때. 그때부터 이동했다지만 곧이어 어둠이 찾아드는 밤의 시간을 막을 순 없었다.

나나 친구들이나 내 주변에 있는 존재들은 더 이상 밤과 낮이라는 것에 신경 쓸 단계를 지났기에 무신경해졌지만, 사실 아직 고수의 단계에 접어들지 못한 유저들에게는 체력과 생명력이 감소하는 야행군은 매우 위험한 것이다.

어둠 때문에 가뜩이나 시야가 좁아져 있고 거기에 야행군까지 하는 상황이라 체력과 생명력도 감소하는데 이때 마물, 그것도 평소에 자신이 아주 가볍게 찜 쪄 먹던 마물이라도 만난다면 만약이라도 죽음이라는 단어를 떠올리지 않을 수 없게 만든다.

물론 내공으로 밤에도 주변 사물을 훤히 파악할 수 있고, 충분한 체력과 생명력을 가진 단계에 오른다면 이 정도의 야행군은 별것 아닐 테지만 불행히도 새로 사귄 일행은 그 정도의 실력은 되지 않는 듯했다.

결국 적당한 장소에 모닥불을 피워놓고 그 주변 안전지대에서 노숙을 하게 된 일행.

겨우 이 정도의 이동으로 최고치를 자랑하는 내 체력에 틈이 생길
리는 없었다. 그렇다고 다른 일행이 체력 보존을 위해 취하는 수면을
나 혼자 취하지 않았다가는 먼저 이은 소저에게 시달릴 터였고, 그 뒤
로 다른 일행의 의심 섞인 눈초리를 받을 것 같기에 일찌감치 수면을
취하며 로그아웃해 버렸다.

다시 만나기로 한 시간은 비상 시간으로 다섯 시간 후, 현실 시간으
로 두 시간 반이 지난 후였다.

로그아웃을 했다 하더라도 막상 별로 할 것이 없었기에 난 초소형
PC로 궁금한 것들을 찾아보았다. 덕분에 이 기행이라든지, 요즘 신경
도 쓰지 않았던 패치의 몇몇 내용을 알게 되었다. 물론 지금 행하러 가
는 한의 대지라는 기행에 대한 정보 역시.

"한의 대지라……."

난 소파에 몸을 묻으며 내 손에 들린 초소형 PC에서 뿜어져 나오는
홀로그램 문서를 바라보았다.

한의 대지.

말 그대로 한을 품은 땅이라는 뜻이다.

여자가 한을 품으면 오뉴월에도 서리가 내린다는 말은 참 많이 들었
는데, 요즘은 말세인지 땅도 한을 품는단다. 근데 말세와 땅이 한을 품
는 것과는 무슨 상관이지?

어쨌든! 한의 대지라는 붉은색으로 멋들어지게 적힌 제목 밑으로 이
기행의 구체적인 스토리가 나와 있었다. 그런데 이것까지 다 설명하려
다가는 날이 새고 말 것 같아 생략할 생각이었지만 너무 대충 넘기는
거 아니냐는 말을 들을까 봐 간추려 설명하겠다.

옛날에 선천적인 장애로 한쪽 다리를 절고, 생김새마저 아주 추악한 여인이 있었다. 마음씨가 아주 착했으나 추악한 생김새와 한쪽 다리를 절어 바느질로 간신히 연명해 가는 여인을 마을 사람들은 달가워하지 않았다.

그래서 마을 사람들은 그녀에게 바느질을 맡기고도 노동의 대가를 제대로 지불하지 않기 일쑤였고, 심지어 학대를 하는 사람도 있었다. 특히 문제의 발단인 그 마을에서 제일가는 부잣집의 소공자는 길을 가다 제 앞에서 쓰러진 여인을 보고는 재수가 없어졌다며 하인들을 시켜 산속에 버렸다고 한다.

여인이 버려진 산은 마물이 나온다는 산이었는데, 결국 그녀는 마물들에게 농락당하고 절벽에서 떨어져 죽고 만다.

얼마 후 그녀가 살던 마을의 중심에는 하룻밤 사이에 꼭대기가 뾰족한 원뿔 모양의 거대한 기둥이 생겨났다.

처음 마을 사람들은 그런 기둥에 놀라워하였지만 시간이 지나자 서서히 그것에 대해 잊어갔다. 그러다 기둥이 생긴 지 얼마 되지도 않아 그 마을에 마물들이 출현함으로써 마을 사람들은 전부 죽고 말았다.

그곳은 마을 사람들의 피가 모여 땅이 붉게 물들었고, 마물들 때문에 사람들이 찾지 않는 폐허가 되어버렸다. 어느 날 의협심이 강한 무림인이 옆 마을 촌장의 겁에 질린 부탁으로 그곳을 찾아갔다. 하나 어느새 평평한 평지였던 곳은 온통 숲이 되어 있었고, 용기를 낸 무림인은 그곳으로 들어간다.

처음엔 코빼기도 보이지 않던 마물들이 숲의 중반에 들어서자 온 사방에 득실대었고 무림인은 죽음의 위기를 몇 번이고 넘기며 간신히 마물들을 뚫고 숲의 중앙, 그러니까 예전에 마을이 있던 장소로 들어가게 되었다.

그러나 무림인이 도착한 곳에는 마을의 흔적이라고는 전혀 보이지 않고, 온통 붉게 물든 대지와 어떻게 된 것인지 한쪽으로만 아래로 쑥 가라앉은 까마득한 높이의 절벽, 그리고 그 절벽 밑의 붉은 기둥이 기다리고 있을 뿐이었다.

무림인은 그 상황을 비조를 통해 촌장에게 보내었는데, 몇 번이고 날아올라 촌장에게로 이어지던 비조는 '이곳은 한의 대지입……' 라는 마지막 서찰을 운반하고는 더 이상 날아오르지 않았다. 그리고 무림인은 그날로 자취를 감추었다.

"결국 이것도 여자의 한이 쌓인 대지라는 거잖아."

아아, 세상은 넓고 여자는 많고, 그 여자의 대부분이 무서운 존재라는 명언이 생각나는군. 음, 이 명언의 작자가 아마 최효민이라는 사람이었지?

어쨌든 이런 스토리를 가진 한의 대지 기행은 옆 마을의 촌장에게 '한의 비밀을 풀러 왔습니다' 라고 하면 자동적으로 이어지는 기행이다.

일주일에 한 번 진행할 수 있는 이 기행은 그 주변 지역의 레벨 100에 막 올라선 이들이 가장 많이 찾는 기행이란다. 그 이유야 당연히 보상 때문인데, 레벨 100에서 바로 1업 할 수 있는 경험치와 랜덤이긴 해도 제법 괜찮은 옵션의 보패 장신구 아이템을 준단다.

아쉬운 점이라면 누구든지 단 한 번밖에 클리어할 수 없다는 건데… 뭐, 그래도 이 주변 지역에서 레벨 100에 오른 유저라면 마치 통과의례인 양 찾는 기행이다.

나야 이 기행을 받진 않았지만 파티 중 한 사람이 받으면 그 파티에 합류한 사람에게도 저절로 생기는 기행이기 때문에 나도 모르게 형성되어있던 기행 창에 버젓이 '한의 대지'라는 제목이 올라와 있었다.

어쨌거나 가는 길 좀 더 쉽게 가자는 생각으로 클리어 방법을 찾아봤지만 정보 하나에도 돈이 되는 비상에서 누가 그런 손해 보는 짓을할까. 몇몇 사람들이 클리어 방법을 올리려 해도 운영자들이 그런 것은 철저히 단속하고 있기 때문에 장소와 배경 정도밖에 나와 있지 않았다.

"결국 알아서 깨라는 말이잖아. 쳇! 치사하게."

그렇게 중얼거리며 시계를 보니 어느덧 두 시간이 흘러 있었다. 흠, 뭐 할 일도 없으니 접속해 볼까? 겨우 30분 빨리 접속했다고 뭐라 그러겠어? 정 안 되면 모닥불이 꺼질까 봐 겁나서 접속했다면 되는 거지. 나야 뭐, 그런 전적이… 있으니까.

"기행이라……. 이제 나도 정보에 힘을 좀 기울여야겠어."

내겐 정보의 바다라고도 할 수 있는 지자록이 있지만 지자록에도 새로운 패치에 대한 정보는 없었기에 언제까지고 지자록만을 믿고 있을순 없었다.

나무 작대기로 모닥불을 뒤적인 지 30분 정도 지났을까? 뒤에서 누군가 깨어나는 소리가 들렸다. 돌아보니 깨어난 이의 정체는 오늘, 아니, 정확히 말해서 어제 내가 이 파티에 낄 수 있게 많은 공헌을 한 석천이란 소년이었다.

"어라? 사예 형, 벌써 일어났어요? 흐암, 일등으로 깨어나는가 싶었더니… 이거 왠지 김새네."

"하하, 나도 조금 전에 깨어났습니다."

"에이, 형. 말 놓으세요. 아까 그렇게 우릴 놀라게 했던 대담한 성격의 형답지 않게 존댓말이라뇨. 편히 말 놓으세요."

음, 넉살 좋은 녀석이로군.

"아, 그럼 그럴까?"

녀석은 내 옆자리로 와 앉으며 입을 열었다.

"앉아도 되죠?"

그러니까 아까부터 얘기하는 건데 말이야, 이미 불러놓고 불러도 되느냐라든지 이미 앉아 놓고 앉아도 되느냐고 묻는 이유가 뭐냐고. 내가 앉지 말라면 다시 일어설 거야?

그런 생각이 들었지만 그렇다고 진짜 이렇게 말했다가는 밉상으로 취급받기 쉬운 터라 난 그냥 생각으로 그쳤다.

"그나저나 왜 나 같은 사람을 일행으로 받아준 거지?"

"네? 그게 무슨 말이에요? 그럼 형을 받아주면 안 된다, 이 말이에요?"

"아니, 사실 그렇잖아. 내가 생각해도 그 자리에 우뚝 서서 이런 정체불명의 생명체랑 있는데 충분히 수상하지. 게다가 내 실력도 제대로 모르잖아."

"그 이유야 말했잖아요. 형이 나쁜 사람 같지 않아서라고요."

그러니까 그게 말이 안 된다고! 사람이 부족하든 말든 가휘가 이끄는 그 북두칠진이라는 게 꼭 일곱 명이 다 모이지 않아도 능력은 좀 떨어지겠지만 발동은 되는 것 같았다. 그런데 굳이 나 같은 정체 모를 놈을 받아들여서 팀워크를 흩어버릴 이유가 있었을까? 그것도 나쁜 사람 같지 않아서라는 아주 단순한 이유로?

여타의 게임에서도 그게 가능한지는 모르겠지만, 현실과 그리 다를 것도 없는 이런 비상 같은 게임에서는 남을 믿기가 쉽지 않다. 뭐, 그리 못 믿을 것도 없다지만 일단 목숨이 세 개뿐이기 때문에 신중한 선택이 필요하다.

솔직히 나 같았으면 신상명세서를 뽑아서 제출하기 전까지는 안 받아줬겠다.

"어차피 이 파티도 별다를 것 없어요. 서로 목적을 위해 만난 사람들인 것뿐이에요. 서로의 목적만 해결되면 헤어질 사람들. 처음부터 알고 지낸 사람들도 아니고, 그렇다고 믿고 신뢰할 수 있는 사람들도 아니에요. 뭐, 그렇지 않아요?"

"그렇군."

"그런 사람들 중 필요에 따라 더 큰 가능성을 지닌 사람을 영입하겠다는 건 믿음이 아니라 단지 조건일 뿐이죠."

옳은 소리다. 목적을 위해 만난 존재. 목적을 다해 버렸다면 더 이상 이어질 필요가 없는 존재. 어차피 세상은 각자의 최종 종착지인 목표를 향해 달려간다. 도중에 같은 선로에 접어들어 여러 사람을 만나고 때로는 친분을 쌓겠지만, 그 길이 다시 갈라지면 언젠가는 헤어질 사람들이다.

분명 옳은 생각이다. 하지만… 마음에 들지 않는다.

"그런가? 뭐, 그렇겠지. 하지만 말이야. 때로는 아주 짧은 시간 만난 사람이라도 평생을 같이 해온 사람 이상의 우정과 믿음, 신뢰를 나눌 수 있다고 난 생각해. 아아, 헛소리니 멋있어 보이려고 그런 소리를 하냐느니 등의 뭐 그런 말은 하지 마. 나도 이 말 하면서 상당히 쪽팔린다고. 그런데 말이야. 정말 있다고 그런 사람이……"

난 그 말을 끝으로 하늘을 올려다보았다. 저 너머로 태양이 어슴푸

레 떠오르고 있었는데, 나무들에 가려 아직 숲의 곳곳까지는 빛의 따스함을 전해주지 못하고 있었다.

"뭐… 사람마다 다른 거니까요. 하지만 말이에요. 적어도 전 아직까진 그런 사람을 보지 못했어요. 인간이란 건… 믿을 게 못 된다고 생각했어요. 과연… 사예 형이 그런 제 마음을 바꿀 수 있을까요?"

"아아, 난 귀찮은 것은 질색이라 억지로는 그런 짓 절대 못해. 그리고 할 생각도 없어. 남에게 이런 저런 생각을 억지로 주입시켜 봤자 본인이 납득 못하면 어쩔 건데? 그리고 그런 만남이 의도한다고 바로 나타나는 것도 아니고 말이야. 뭐, 언젠가는 만날 수 있을 거라고 생각한다마는 그것이 내일이 될런지, 모레가 될런지 확신할 수 없지. 다만 먼 훗날, 정말 네가 그런 사람을 만나지 못한다면 말이야. 그때는 이런 생각을 해봐. 내가 과연 다른 사람을 믿기나 한 것인가."

내가 다른 사람을 믿기나 한 것인가. 다른 사람에게 날 믿기를 종용하기 전에 나부터 다른 사람을 믿어야 한다. 믿음이란 그런 것이다. 서로 주고받는 것이 아닌, 서로 베푸는 것이 아닌, 통하는 것. 그것이 바로 믿음인 것이다.

난 적어도 내 친구들과는 그런 믿음이 통한다고 생각한다. 서로 간의 비밀은 지키지만 그 비밀로는 결코 가릴 수 없는 믿음이 우리 사이엔 존재한다고 생각한다.

난 그 말을 끝으로 자리에서 툴툴 털고 일어났다. 약속 시간도 다 되어가고 말이야. 이제 일어나서 정리 좀 해야지. 그래야 힘든 하루를 보내겠지.

"……."

그때까지 석천은 침묵을 지키고 있었다. 저 녀석은 넉살이 좋기에 사람들의 시선을 끌고, 사람들로부터 많은 인기를 얻을 타입이다. 어딜 가서든 미움이라는 것을 받기 힘든 타입.

하지만… 그래서인지… 그렇기 때문인지 오히려 진실한 믿음이란 것에 회의를 느낄 것이다. 내가 그것을 뜯어고쳐 줘야 할 필요는 없다. 스스로 깨닫기를 기다려야 한다. 그래야만 그 진정한 의미를 알 수 있을 테니까.

"잘 모르겠군요. 하지만 이제 이것만은 확실해졌어요. 아마 저희 파티가 열 명 전부 채워져 있었다면 그중에서 한 명을 빼버리더라도 형을 넣었을 거예요. 형은 그 정도 가치는 되어 보이는 사람 같으니까요."

"가치?"

"얼마나 세상에… 그리고 내게 도움이 될 수 있느냐란 가치 말이에요. 다행이네요. 형은 그래도 내가 만난 사람들 중 다섯 손가락 안에 드는 가치를 가지고 있어서……."

거참, 가치 타령이라니… 사람을 가격으로 매긴다, 이 말인가? 훗! 하지만… 아직 그것은 생각해 보지 못했겠지?

"그래? 그거 고맙군. 난 얼마 정도 되는 사람인데?"

"얼마? 음, 그것을 정확히 표현하기는 힘들군요. 하지만 재미있어요. 지금은 다섯 손가락 안이지만 더 올라갈 수도 있을 것 같군요."

"그렇단 말이지? 근데 말이야. 네가 생각하기에 네 자신의 가치는 어느 정도일 것 같아?"

북두칠진(北斗七陣).

북두칠성의 형태를 빌려온 진으로, 국자처럼 생긴 북두칠성의 손잡이 부분의 끝이 바로 그 선두라 할 수 있는 곳이다. 손잡이 부분을 이루는 세 명이 차례대로 적을 공격하며 대쉬해 나가면, 일차적으로 타격을 입은 적을 그 뒤를 따르는 네 명의 포위망 안에서 합공을 해 피니쉬를 선사해 주는 그런 진이었다.

보통 많이 쓰는 진들의 대부분은 거의가 차륜진인데 그런 진이야 흔한 만큼 고급의 것을 찾아보기가 매우 힘들었고, 그 외의 형태를 지닌 진들은 흔하지 않아 고가에 거래가 되곤 했다. 그런데 가휘 녀석이 가진 이 북두칠진이라는 것은 빠른 속공과 연합으로 적을 해치우는, 가휘 녀석의 진이라 보기 힘들 정도의 꽤나 괜찮은 진이었다.

어쨌든 숲의 더욱더 깊은 곳으로 발길을 옮긴 지 하루 만에, 그 뒤로 이틀 동안이나 우리는 긴 장창이라는 무기로 폭발적인 돌진력을 발휘하는 야랑을 선두에 세워 북두칠진을 마음껏 펼치고 있었다.

왜냐고? 뻔한 걸 뭐 한다고 묻나. 당연히 쏟아지는 마물들 때문이었다.

"뚫어!"

"차아!"

카악—!

파파파팡!

순간적으로 돌진하는 야랑의 긴 장창이 쇄도하는 곳의 앞을 가로막던 마물의 몸이 마치 풍선이 터지듯 터져 나가며 사방으로 흩어졌다. 야랑의 돌격에 마물들이 잠시 주춤 물러서는가 싶더니 이내 다시 공격해 오기 시작했다. 그런 마물들을 두 번째로 달리는 설영이 여인의 몸답지 않게 길면서도, 검봉으로 갈수록 좁아지고 뾰족해지는 기이한 검을 휘둘렀다. 그녀의 검은 길면서도 쾌속하기 그지없어 순식간에 덤벼

드는 마물들을 분쇄하며 달려나갔다.

그리고 그 뒤를 잇는 것은 다름 아닌 나. 나는 이미 쓸어버린 길을 따라 달리는 일밖에 할 수 없었다. 야랑과 설영의 공격에 마물들이 물러난 사이를 내가 맡았기 때문이다. 간혹 기습해 오려는 녀석에게도 가볍게 일섬지를 튕겨주며 달렸기에 일행에게 난 아무것도 하지 않는 존재로 보일 것이다.

난 가휘의 심정에 오락가락하고 있는 중이다. 언뜻 보기엔 정말 편해 보이는 앞의 두 명과 뒤의 네 명을 잇는 자리. 그러나 그것은 분명 언뜻 보기에다.

하지만 나도 몇몇 진을 사용해 보았기에 이 자리의 중요함을 알 수 있었다. 이어주는 자리. 한순간 끊길 수도 있는 흐름을 지탱해 주며, 앞뒤로 공방을 보조해 주는 자리가 바로 이 자리이다.

설사 이런 진의 지식이 아니더라도 나 정도 되는 사람은 기파만으로도 알아챌 수 있을 것이다. 북두칠진의 모든 기파들을 포용하고 퍼뜨리는 이 자리의 중요성을.

근데 뒤에서 합공을 펼치고 있는 가휘라는 녀석은 과연 이것을 알고 내게 이 자리를 맡겼을까? 아마도 아닐 것이라 본다. 아직 기파를 느낄 만한 실력도 되지 않은데다가 평소의 그 멍청함의 극을 달리는 가휘가 이걸 알아차리고 내게 맡겨? 헹! 우습지!

언뜻 보기에 가장 필요없을 만한 자리니까 날 여기에 배치시킨 것이겠지. 만약에 날 만나지 않았으면 이 자리는 빼놓고 북두칠진을 이뤘을 거고. 그러면 북두칠진의 본신지력은커녕 죽지나 않았으면 다행이었을 테지만.

어쨌든 아무것도 하지 않는 것처럼 보이는 나는 기파를 어루만지며 최대한 안정되게 북두칠진을 인도하고 있었다. 본격적인 전투에 돌입하지 않은 나 이외의 다른 이들은 기력이 많이 상했을 터이지만 아직 그리 높은 등급의 마물이 나오지 않는 고로 아직 버틸 수 있었다.

"휴, 많이도 나오는군. 그래도 그리 강한 놈들은 나오지 않는군."

그러나 말이 씨가 된다고 하필이면 내가 마물들의 행진을 지나치며 혼자 중얼거린 그때, 일이 일어났다.

"크윽!"

"까악!"

이 숲에는 종류를 다 셀 수 없을 정도의 많은 마물들이 나오고 있었다. 그중 마치 다람쥐처럼 생겼으나 송곳니가 땅까지 닿을 정도로 길고 날카로우며, 눈이 옆으로 쭉 째진 마물이 손잡이를 이루고 있는 우리를 지나쳐 잠시 쉬고 있던 가휘의 가슴을 할퀴며 지나가고 말았다.

결국 주춤 뒤로 물러선 가휘 덕분에 북두칠진의 후방이 무너져 버렸고, 앞에 선 가휘와는 달리 후방에서 협공을 하던 이은 소저와 유이 소저, 석천은 순식간에 마물들에게 둘러싸여 고립되어 버렸다.

이런, 위험하잖아!

"푸우!"

난 그렇게 외치며 기파의 파동을 이용해서 가휘와의 거리를 순식간에 줄인 후 녀석을 내가 있던 자리로 던져 버렸다. 동시에 그 반동으로 마물들의 벽을 향해 빠른 속도로 뛰어갔다.

푸우는 북두칠진에 방해가 된다는 가휘의 얼토당토 않는 투덜거림에 진에서 조금 떨어져 따라오게 했는데, 이렇게 부른 이유는 푸우보고 뒤에서부터 뚫고 들어오라는 뜻이었다.

큰 힘을 쓸 수 있는 상황이 아니었기에 마물들의 정신을 양쪽으로 분산시키자는 속셈에서였다.

"건룡초풍."

어느새 건룡세의 자세를 취한 채 건룡초풍의 초식으로 순식간에 마물과의 거리를 줄이며 가장 가까이 있던 마물의 머리통을 날려 버렸다. '픽!' 하는 둔탁한 소음과 함께 사방으로 흩어지는 마물을 무시한 채 사방으로 권영을 뿌렸다.

"받아라! 초풍만룡(超風萬龍)!"

바람마저 뚫는 속도를 일으키는 권영의 초식. 초풍건룡권의 제일초 건룡풍힐도 수많은 권영을 뿌리지만 그것이 단일체를 공격하는 것이라면, 초풍건룡권의 제이초 초풍만룡은 사방을 권영으로 압박해 가는 초식이었다.

새까맣게 뒤덮은 권영의 앞에 마물들은 힘없이 나가떨어져 갔다. 좋아! 기선을 잡았고, 이어서!

"투영풍로(透影風路)!"

그림자가 되어 지나간다. 바람이 되어 스쳐 간다.

순식간에 마물들의 사이로 깊숙이 파고들어 오른쪽으로 몸을 평행하게 세우고는 주먹을 질러놓았다. 그 주먹은 허공을 격하고 있었지만… 난 이미 그림자일 뿐이었다. 바람마저 뚫고 지나온 그림자.

파팟!

쿠엑!

크라락!

짧은 타격성이 뒤늦게 이어지고, 내가 뚫고 들어온 마물들은 사방으로 튕겨 버렸다.

이것이 바로 초풍건룡권의 제오초 투영풍로! 전력을 다하지 않았음에도 최고의 돌파력을 보이는 초식이다.

그때 나무줄기 채찍이 마견랑(魔犬狼)의 몸뚱어리를 감아 높이 들어올렸다가 그대로 패대기쳐 버렸다. 저기구나!

"조금만 기다리라고!"

투영풍로로 인해 주변 마물들이 텅 비어버린 듯한 착각을 불러일으키기까지 했지만, 아직도 사방에는 마물들이 득실대었다. 여기에 이어지는 후속타!

"광뢰충장!"

한 번에 압축되었다 터뜨리는 미친 번개의 힘을 담은 일장이 날아들자, 앞에서 우글거리던 마물들의 몸이 터지며 사방으로 흩어지기 시작했다. 그런 식으로 투영풍로와 광뢰충장은 같은 연속해서 쓸 수 없는 기술도 서로 연합하여 조합시키니 최고의 돌파력을 만들어냈다.

그렇게 투영풍로와 광뢰충장을 엮어 몇 번이고 떨쳐 내자 드디어 온통 피투성이가 되어 힘겹게 마물들을 막아내고 있는 일행의 모습이 보였다.

"여어!"

"사예 형!"

"사예 소협!"

석천에게 달려드는 정체 모를 마물 한 마리를 걷어차 내며 인사를 하자 석천과 이은 소저가 날 보며 반가운 표정을 지었다. 유이 소저는 계속해서 묵묵히 자신의 나무줄기 채찍으로 마물들의 침입을 막아서고 있었지만, 그녀의 전신에도 핏줄기가 흥건했고 지친 기색이 역력했다.

그때였다. 내가 뚫고 들어온 정반대편에서 커다란 괴성과 함께 붉은 덩어리가 뚫고 나왔다.

쿠엉!

혈호귀(血虎鬼)의 머리통을 꺾어 뜯어내며 나타난 녀석은 다름 아닌 푸우였다. 녀석의 붉은 털은 그 색을 더해 있었는데 저놈이 피 따위를 흘릴 리는 없을 테고, 아니, 상처 따위를 입을 리가 없을 테니 전부 마물들의 피임이 분명했다.

"가자!"

쿠어엉!

달려드는 마물 한 마리를 뒷발로 날려 버리며 푸우는 우리를 향해 정면으로 달려오기 시작했다. 난 급히 일행의 뒤로 돌아 일행을 위로 던지고는 정면 충돌을 할 듯 달려오는 푸우의 위로 스쳐 올라갔다. 그리고 재빨리 떨어지는 일행을 잡아챈 채 푸우의 등 뒤에 붙였다.

"잡아!"

일행도 갑자기 푸우 위에 올라타자 놀란 듯했지만 내 말에 곧 상황 판단을 하고는 푸우의 붉은 털을 꽉 잡고 떨어지지 않으려 했다.

푸우가 아무리 거대해도 그 위에 네 명이나 다 올라타긴 불가능했지만 급속도로 돌진하는 푸우의 털을 잡고 놓지 않으니 우리는 공중에 떠서나마 푸우에게 매달려서 이동할 수 있었다.

쿠어어어엉!

키엑!

앞에서 얼쩡대는 작은 마물을 살짝 밟아주며 드디어 마물의 벽을 뚫고 나가자 마물을 막아내며 기다리고 있는 나머지 일행이 보였다. 이런 일행에게 할 수 있는 말은?

"달려! 뒤돌아서서 돌아보지 말고 달리라고!"

그렇게 우린 숲에서 마물과 쫓고 쫓기는 추격전을 시작했다.

◆ 비상(飛翔) 마흔한 번째 날개
한의 대지

멀지 않았다. 저기 저 너머다. 저기만 넘게 되면… 그렇게 되면……

쿠엉!

촘촘히 솟은 나무들이 햇빛을 가려 어둡던 주변이 갑자기 훤히 트이며 붉은색의 끝없는 대지가 펼쳐지기 시작했다. 푸우의 등 뒤에 올라탄 채 정신없이 이동하던 우리는 이 숲에 들어선 지 이틀 만에 숲을 통과한 것이다! 그 증거로 넓게 펼쳐진 탁한 붉은 빛의 대지와 엄청난 높이의 절벽. 엥? 절벽?

난 그제야 푸우가 정신없이 달리고 있는 이 땅 끝에 무엇이 있는지를 깨달았다.

"아악! 푸우, 멈춰!"

"으아아악! 떨어진다!"

"까아아아악!"

"우아아아아아!"

갖가지 괴성이 새어 나오며 주변을 뒤흔들었지만, 그럼에도 정신을 차릴 줄 모르고 밑으로 쑥 가라앉은 절벽을 향해 뛰어가는 푸우 때문에 우린 절망의 구렁텅이로 빠져 드는 것을 느꼈다.

"멈추란 말이야, 이 곰탱아!"

빠악!

크릉?

온 힘을 집중시킨 주먹으로 녀석의 머리를 힘껏 내려치며 외쳤고, 그제야 정신을 차린 푸우는 까마득히 펼쳐진 절벽 저 너머를 보자 대경실색하며 급정지를 실시했다.

콰드드득!

갑자기 급정지를 시도하는 푸우에 의해 붉은색 땅이 깊게 파이며 고성을 자아냈다. 다행히도 푸우가 멈출 수 있었던 자리는 절벽에서 약 10미터 정도 떨어진 곳이었으나 푸우를 제외한, 나나 다른 일행은 전혀 다행일 수가 없었다.

"그러니까 갑자기 멈추지 말란 말이야!"

"까악!"

"으아아아아!"

언젠가 분명 이런 적이 있었다. 푸우의 급정지에 의해 하늘 높이 날아올라, 저 땅 끝까지 날아갈 뻔했던 적이.

어쨌든 간에 저 망할 놈의 곰탱이가 이루어낸 급정지는 갑작스런 힘의 변동 때문에 변변한 힘도 쓰지 못하고 우리를 관성의 법칙에 따르도록 만들었다. 쉽게 말하자면, 아직도 우리는 절벽을 향해 날아가고 있었다.

젠장! 이대로 가다가는 나 빼고는 다 죽을 텐데.

그때 내 옆으로 눈을 질끈 감고 날아가는 유이 소저가 보였다. 그리고 그 순간, 내 머리 속에 떠오르는 한 장면. 그래, 그러면 되겠다!

"채찍! 채찍으로 모두를 감아!"

날아가는 파공음 때문에 내 말소리가 들리지 않는지 유이 소저는 눈을 뜨지 않았다. 젠장! 이러면 말을 전할… 아차! 전음!

"눈을 떠!"

이 한마디의 전음이 전해지자 그녀는 놀란 눈으로 주변을 살피다 나를 볼 수 있었다. 이때 이미 우리는 절벽에서 약 1미터 정도 떨어진 곳에 위치해 있었지만 날아가는 속도나 높이에선 조금 전과 전혀 변화가 없었다. 이대로 날아가면 절벽에서도 한참이나 떨어진 후에야 추락을 할 것 같았다.

"채찍! 채찍으로 다른 일행을 감아!"

"어떻게……?"

역시 파공음 때문에 말이 잘 들리지 않았지만 내 극도의 높은 감각으로 그녀의 말을 알아들을 수 있었다. 젠장! 이럴 때가 아니라고!

"어서! 시간이 없단 말이야!"

다급한 말투에 그녀는 이내 손에 들고 있던 나무줄기 채찍 말고 품에서 또 다른 나무줄기 채찍을 꺼냈다. 오! 저거라면!

"목령쌍사(木靈雙蛇)!"

그녀의 두 채찍이 휙휙 펼쳐지며 사방으로 흩어져 날아가는 다른 일행을 잡아챘다. 그리고 나에게도 채찍의 연장선이 날아오는 순간, 난 그것을 잡아 능공천상제를 이용하여 허공을 박차며 유이 소저에게로 순식간에 날아갔다.

"……!"

"꼭 잡으라고!"

유이 소저에게 접근하자마자 난 그녀의 허리에 팔을 감아 두르며 현재 날아가고 있는 방향에서 허공을 박찼다. 이미 우리는 절벽에서 벗어나 있어 이대로 멈추더라도 죽음을 면치 못할 것이다. 그래서 내가 선택한 방법이 능공천상제를 이용하는 것이었다.

파파파파팡!

마치 가죽 공이 터지는 듯한 소리가 울리며 날아가는 속도가 현저히 줄어드나 싶더니 이내 날아가던 반대편 방향으로 나와 유이 소저, 그리고 나무줄기 채찍에 감긴 다른 일행의 신형이 쏘아지기 시작했다.

원래 능공천상제는 외 3등급, 초일류급의 신법으로 12성, 극성에서는 허공을 총 여섯 번 박찰 수 있었다. 거기에 유향운에게서 얻은 각반 아이템의 묘용으로 절정의 신법이 된 능공천상제는 아직 11성에 머물러 있는 현재의 나도 허공을 여덟 번까지 박찰 수 있도록 해주었다.

여섯 번째로 허공을 박차서야 우리는 공중에 멈출 수 있었고, 일곱 번째로 박차자 약하기는 하지만 반대편을 향해 날아갔으며, 마지막 여덟 번 허공을 박차고 나자 난 간신히 절벽의 끄트머리를 잡을 수 있었다.

휘이이잉!

바람이 불어와 땀방울에 젖어 이마에 붙은 앞 머리카락을 쓸어갔다.

"휴우… 간신히 잡았다."

아무리 생각해도 구사일생이다. 어렵게 마물을 뚫고 나왔더니 이젠 절벽이 우릴 집어삼키려 반기다니…….

마물을 뚫고 나와 절벽에 떨어지는 것을 간신히 모면한 지금에도 난 아직 힘이 남아돌았기에 그렇게 잠시 감상에 젖어 있었다. 하나, 그 감상에서 깨어날 수밖에 없었다. 고통 섞인 신음 때문에.

"윽!"

신음의 주인공은 유이 소저였다. 절벽의 끄트머리를 잡고 매달려 있는 왼팔이 아닌, 오른팔로 그녀의 허리를 잡고 있었기에 살짝 내려다보니 그녀의 두 팔을 친친 감고 있는 채찍 아래로 피가 섞여 흘러내리고 있었다.

그러고 보니 사람들이 아래 매달려 있었지. 흠, 역시 사소한 감상은 자제하고 볼 일이야. 좋아, 그럼 끌어올려 볼까?

"푸우! 받아라!"

힘을 줘서 왼손을 땅속으로 깊게 박아 넣었고, 동시에 왼발로 절벽을 힘껏 박찼다. 그 반동으로 몸이 튀어 오를 때 오른팔로 잡고 있던 그녀의 허리를 돌리는 것과 동시에 팔을 잡았으며, 그대로 허공을 박차 그녀와 그 밑에 매달린 일행을 위로 끌어 올렸다.

"으라차차차!"

"사, 살았다."

가휘는 자신이 살았다는 사실이 믿어지지 않는지 그렇게 중얼거리다 주변 사람들이 들었을까 곧바로 입을 다물었다. 하지만 가휘 이외의 다른 사람들도 살았다는 사실에 기뻐하긴 마찬가지였다.

너무나 다급한 위기의 순간에 간신히 살아나 다리에 힘이 빠졌는지 그들은 주저앉은 땅에서 일어날 줄 몰랐다. 뭐, 그게 아니더라도 좀 전 마물과의 격전 때문에 체력과 생명력의 손실이 워낙 컸을 테니 당연한 것인지도 몰랐다.

숲의 마물들은 그리 강하지 않았다. 하지만 그 수가 너무 많은 것이 문제다. 물론 한의 대지에 나오는 스토리처럼 숲 전체에 마물들이 우글우글 깔린 게 아니라 일정 지역마다, 마치 벽을 형성하듯 마물들이 집약되어 있었다. 그 정도라면 레벨 100대의 풀 파티로도 충분히 돌파할 수 있었다. 단, 진을 갖춰서 파티의 효용을 극도로 살려야 한다는 전제 조건이 붙지만 말이다.

난 쉬고 있는 그들을 한 번 바라보고는 자리에서 일어났다. 주변을 살펴보고자 함이었다. 그리고 그 결과……

"여기도 참… 황량하군."

숲에서 불과 50미터 떨어진 곳이 아닌 것 같은 느낌을 주듯, 주변에는 나무는커녕 잡초 한 포기도 눈에 띄지 않았다. 웬일인지 마물들은 겁에 질린 듯 숲 밖으로는 나오지 않았고, 덕분에 찬찬히 주변을 둘러보고 내린 결론이다.

이곳은 온통 황무지일 뿐이었다, 그것도 불길한 붉은색의.

"간단히 씻을 만한 곳도 없다니……"

온통 마물들의 피로 칠해져 있어 찜찜하기 그지없었지만 지금 당장 이 주변에서 씻을 곳도 없고 하니, 그냥 참을 수밖에 없었다.

이곳의 땅은 참으로 척박하고 특이했다. 척박한 거야 동식물들이 보이지 않는다는 것이었지만, 특이한 건 바로 땅의 색깔 때문이었다.

보통 현실에서도 적토(赤土)라는 것을 볼 수 있다. 그것은 산화철이 흙에 많이 포함되어 있어 붉은색을 띠는 것일 뿐, 이 땅과 같이 마치 썩은 피가 말라붙은 듯한 탁한 붉은색을 띠진 않는다.

죽음의 기운이 물씬 풍겨지는 붉은색의 대지. 이곳이 바로 한의 대지인 것이다.

그렇게 주변을 훑어보고 있을 때, 일행 중 누군가 제정신을 차렸는지 일어서서 내게로 다가왔다.

"사예 소협."

"음?"

"잠시 할 얘기가 있어요."

"하시죠."

내게 다가온 이는 바로 유이 소저. 팔에 채찍이 휘감겼던 표시가 그대로 남아 있고 그 위로 피가 흐르는데도 그녀는 전혀 개의치 않고 내게 말을 걸어왔다. 지금까지와는 달리 조심하는 말투였는데, 아마 내 실력을 보고 그에 맞는 대우를 해주는 것 같았다. 달라진 대우에 조금 불편함이 느껴졌지만 난 그런 내색을 하지 않고 그녀에게 대수롭지 않게 대답했다.

아까는 워낙 정신이 없어서 반말을 썼지만 지금 같은 상황에서 아무한테나 반말을 쓸 정도로 난 얼굴이 두껍지 않다. 고로 그녀에게 하는 내 말은 경어였다.

"당신……."

그녀가 말을 꺼내려 하는 찰라 일행이 전부 정신을 차렸는지 우르르 몰려오기 시작했고, 결국 그녀의 말은 끊기고 말았다.

"사예 소협!"

"사예 형!"

우리 일행의 분위기 메이커라고 해야 하나? 이은 소저와 석천은 가장 활발한 활동으로 일행의 분위기를 살려주는 역할을 하곤 했다. 저번 석천과의 대화가 흐지부지 끝나 버려 다음날 약간 어색할 줄 알았는데, 석천은 전날 아무 일도 없었다는 듯 살갑게 날 대하였다.

어쨌든 간에 난 달려드는 그 둘을 받아줄 수밖에 없었다. 석천이야 사내 녀석이라지만 이은 소저는 소녀잖아! 사내와 소녀를 같이 취급해 줘야 할 이유 따윈 세상 어느 천지를 둘러봐도 없다고!

난 달려드는 이은 소저를 받아 제자리에 세워주고, 석천 녀석은 그대로 피해 버렸다.

"앗! 아앗!"

내가 피해 버리자 석천은 중심을 잃고 휘청대다 그대로 한 바퀴 공중제비를 돌아 넘어지지 않고 제자리에 섰다. 음, 쟤를 올림픽에 데리고 가봐?

"헤헤헤."

녀석은 넘어질 뻔했으면서도 뭐가 그리도 좋은지 헤헤대며 다시 나에게 가까이 왔다. 곧 그 두 명에 이어 야랑과 설영 소저가 걸어왔고.

"와아, 사예 소협! 정말 멋졌어요!"

"맞아요! 손을 한 번 저을 때마다 마물들이 휙휙 날아가 버리는 게… 최고였어요!"

"하하하, 그러냐?"

"사예 소협, 감사합니다."

"아닙니다. 같은 파티원을 죽게 내버려 두는 건 파티로서의 의미가 없는 거죠."

난 감사의 의사를 표하는 이은 소저에게 손을 내저으며 아니라고 말했다. 사실 그녀의 입장에서 보면 난 생명의 은인이나 다름없을 것이다. 진도 박살나고 마물들에 둘러싸여 간신히 저항하고 있는 그때, 마물들의 벽을 뚫고 구해준 사람이 나니까.

보통의 파티 같았으면 살아남은 사람들끼리라도 도망을 가던가 또는 마물 벽을 뚫지도 못했을 것이다. 나 정도나 되니까 단독으로 그 많은 수의 마물 벽을 돌파하는 게 가능한 거지! 으하하하!

그녀 말고도 야랑 역시 내게 고개를 숙였다. 파티가 공중분해 되었다면 자기들끼리 도망갔더라도 기행을 완수하기는커녕 돌아가기도 힘들었을 터이니…….

음, 갈수록 나의 잘난 점이 드러나는구나! 역시 난 잘난 놈이었어!

"홍!"

이게 웬 콧바람 튕기는 소리냐 하면 조금 떨어진 곳에서 가휘가 이쪽을 바라보며 내고 있는 소리였다. 저 녀석, 내게 고맙다는 인사까진 아니더라도 진을 흩트린 사과는 일행에게 해야 할 거 아냐. 자존심만 강해 가지고…….

"사예 소협, 도대체 사예 소협의 무위는 어느 정도예요? 아까 마물들과 싸우는 것을 보면 중급 이류무사는 아닌 것 같은데……."

"하하… 그냥 일류권법을 조금이나마 익혔죠."

"그, 그럼 일류고수!"

옛날, 그러니까 비상이 오픈했을 시기에는 레벨 110쯤에서 일류무공을 익히면 절정고수로 불렸다. 하지만 시간이 지나면서 사람은 많아지고 그만큼 일류무공의 회소성이 드러나며, 일류무공은 레벨 200에서도 익히기 힘들 정도가 되었다.

그래도 일류무공을 익힌 사람은 점점 많아졌고, 이미 무공을 익힌 이들은 성취도가 더해가 그대로 일류무공을 익힌 사람들을 절정고수라 부르기 힘들어지게 되었다. 그래서 새로운 명칭으로 그들을 부르기 시작했다.

삼류무공을 익힌 이들을 삼류무사, 이류무공을 익힌 이들을 초급 이류무사, 이류무공이 마의 8성에 도달한 사람을 중급 이류무사, 이류무공이 극성에 도달했지만 아직 일류무공을 익히지 못한 이를 상급 이류무사라 칭했다. 그 위로 일류무공을 익힌 이를 고수라는 칭호를 넣어 일류고수라 하고 외 3등급, 초일류무공을 익힌 이들을 절정고수라 불렀다. 그리고 절정무공을 익힌 이들은 아직 초절정무공이 나오지 않은 관계로 초절정고수가 되었다.

레벨 100 전후로 20씩 차이가 나는 이라면 중급 이류무사가 가장 기본적이라 할 수 있는데, 개중에는 상급 이류무사에 발을 디딘 이도 흔치않게 있었다. 그런데 저들이 예상하는 내 레벨은 100밖에 안 되는데도 일류고수라니……

이건 엘리트티를 내는 짓이 분명했지만 이미 일류고수, 정확히 말하자면 순간순간 내는 힘은 절정고수보다 뛰어난 힘을 보여줬으니 여기서 타협을 보기로 한 것이다.

설영 소저 등은 감탄하면서 고개를 끄덕였다. 그들은 아직 일류고수의 정확한 힘을 모르니 그런가 보다 하는 걸 거다. 저기선 가휘도 내 말을 들었는지 불신의 기색을 그대로 드러내며 인상을 찌푸리고 있었다.

"정말 대단하시네요. 전 오늘 레벨 100대에 일류고수가 있다는 소릴 처음 들었어요."

"하하… 얼마 전에 익혀서 아직 성취도가 미미합니다. 이류무사와 별로 다를 게 없죠."

"아니에요! 정말 멋지던걸요!"

"감사합니다."

그렇게 대화를 하며 우린 절벽 끝으로 걸어갔다. 아까 떨어지려고 할 때나 절벽에 매달렸을 때는 경황 중이라 자세히 보지 못했는데, 절벽 밑에서 무언가 움직이는 것을 얼핏 본 기억이 떠올랐기 때문이다. 난 절벽 끝에 도착해 아래를 보았다.

휘우우웅!

"아!"

대화도 도중에 끊어버리고 내뱉은 탄성. 내 탄성에 일행은 궁금하다는 표정을 지었다. 그들에겐 까마득하게 보이는 절벽 아래 있는 것들이 제대로 보이지 않겠지. 하지만 내게는 똑똑히 보인다. 삼삼오오 짝을 지어 절벽 아래를 배회하는 거대한 돌 괴물들이…….

"왜 그러세요?"

"아니, 저…… 젠장! 엎드려요!"

내 말에 그들은 당황해했지만 내가 급히 자리에 엎드리자 그들도 곧 따라 엎드렸다.

분명히 우리를 보았다. 내 시야에나 잡힐 그런 거리에서 한 마리의 돌 괴물이 우리를 본 것이다. 그렇지 않았다면 스스로 거대한 돌이 되어 우리를 향해 일직선으로 왜 날아올까?

쿵!

"으어억!"

"꺄악!"

우리는 마치 땅이 흔들리는 느낌을 받았다. 아무래도 녀석이 우리를 노리다가 이곳까지 올라오지 못해 절벽 도중에 부딪친 것 같았다. 다행히 지능은 그리 높지 않은지 후속 공격은 들어오지 않았다. 아마 우리가 보이지 않자 적이 사라졌다고 인식한 것 같았다. 난 안도의 한숨을 내뱉었다.

"휴……."

"원석마(圓石魔)로군요."

"원석마?"

석천의 한마디가 시발점이었다.

"돌 괴물의 일종으로 굉장한 공격력을 가지고 있어요. 다만 느리다는 게 단점인데……."

"잠깐만. 이보라고, 방금 그 날아오는 속도가 느린 거야?"

"그러니까 끝까지 들으세요."

가휘가 석천의 말을 도중에 끊었다가 타박만 얻고는 다시 침묵으로 돌아갔다. 그러니까 나서기는 왜 나서. 가만히 있으면 반이나 가지, 나처럼.

"느린 게 단점이라 가까이 붙어서 싸우면 저희 레벨의 사람들도 어렵지 않게 잡을 수 있어요. 문제는 중장거리예요. 자신의 공격 범위에서 상대가 벗어났다고 생각하면 몸을 하나의 둥근 돌덩어리로 뭉쳐 엄청난 속도로 돌진해 오거든요. 조금 전에 겪었다시피 그 파괴력은 굉장하다고밖에 말할 수 없을 정도죠. 게다가 녀석의 시계(視界)가 상당히 멀기 때문에 가까이 접근하는 것도 힘들어요."

"흐음……."

우린 엎드린 채 일어서지 않고 침음성을 터뜨렸다.

보통 속도가 느리고 공격력이 센 마물은 멀리 떨어져서 공격하는 게 정석인데, 녀석은 오히려 중장거리 공격이 더 위험한 데다가 시계까지 멀어 그 방법을 쓰지 못한다는 것이다.

근데 석천 이 녀석은 어떻게 이리도 자세히 아는 거지? 지지록을 뒤저 보면 저것보다야 많은 정보를 얻겠지만 그거야 지자록이 있을 때의 이야기고, 석천은 지자록도 없는데 즉석에서 저렇게 알 수 있는 건가?

"하하하. 형 표정에 생각이 그대로 드러나요. 제가 어떻게 이것을 알고 있는 거냐고 묻고 싶죠?"

크흠, 이놈… 귀신이군. 역시 올림픽보다는 신 내림을 받게 하고, 박수무당을 시켜야 하는 건가! 그게 더 이익 아냐?

…참 정신 나간 소리를 잘한단 말이야, 나란 놈도.

"흠흠, 표정에 대해 따지지 말고 어서 얘기해 봐."

"헤헤, 알았어요. 저놈들에 대해서 잘 알고 있는 이유가 뭐냐면 제가 참 꼼꼼한 성격이거든요."

"꼼꼼한 성격?"

"네, 그래서 사냥을 하거나 기행을 할 때면 항상 그 주변에 대한 사전 정보를 수집하고 가죠. 어떤 때는 그 정보를 얻는데 사용한 비용을 채우느라 별로 얻는 게 없긴 해도 그래야 안심이 되거든요."

한마디로 되게 고지식하다는 거로군. 남자가 사전 조사고 뭐고 그딴 거에 신경을 왜 써! 깡! 깡으로 밀어붙이는 거야! 라고 말은 한다만 정말 이렇게 했다가는 힘은 힘대로 들고, 손해는 손해대로 본다. 내가 평소에 많이 경험하는 거니까 아마 정확할 거야.

"그렇다면 저 녀석을 견제할 방법도 알고 있는 거야?"

"원래 기행의 정보는 취급하지 못하게 하기 때문에 제가 알아낸 것도 극소수예요."

"그래서 알고 있다는 거야, 모른다는 거야?"

가휘의 신경질 섞인 말에 석천은 싱긋 미소를 지으며 말했다.

"보통 신법이 뛰어난 사람이 놈들을 유인한 뒤 그사이 다른 사람들이 녀석에게 접근해서 싸운다고 들었어요. 생긴 대로 머리가 정말 나빠서 자신의 시야에 들어온 것만 노리거든요. 게다가 녀석의 신체 강도는 그리 강하지 않아서 금방 부서지고 잘 죽어버려요. 방금 이 절벽에 부딪친 녀석도 이미 산산조각났을걸요?"

흠, 그렇다는 말은 조금 전 녀석처럼 이 절벽에 전부 부딪치게 하면 된다는 건가? 아! 그랬다가는 녀석들이 다 죽기 전에 이 절벽부터 무너지겠군. 지반이 그리 단단한 거 같지는 않으니까 말이야.

"이 기행의 최종 목표는 저 붉은색 기둥이에요. 저기까지만 가면 된다구요."

석천이 가리킨 곳에는 과연 정상이 뾰족한 붉은색 기둥이 하나 서 있었다. 돌 괴물들에 둘러싸여 있긴 했지만 석천의 말대로라면 그리 문제될 정도는 아니었다.

다만 한 가지 문제점이 더 있었으니…….

"저길 어떻게 가지?"

가휘가 무심코 내뱉은 말에 우린 침묵을 지켰다.

붉은 기둥이 위치해 있는 곳과 현재 우리가 있는 곳 중간에는 거대한 절벽이 막아서고 있었기 때문이다. 이건 단순한 절벽이 아니라, 마치 두 개의 땅으로 갈라져 있는 것 같았다. 바로 저쪽과 이쪽 사이에 끝이 보이지 않는 나락과도 같은 구덩이가 존재하고 있었던 거다. 그것도 직경 100미터는 될 법한 거대한 구덩이가.

내 능공천상제로도 저길 건너기는 불가능하다고.

그때 또 석천이 나섰다.

"이 주변에 동굴이 하나 있대요. 저곳으로 이어지는 동굴인데 흡혈박쥐가 조금 나오는, 그리 위험한 동굴은 아니래요."

흡혈박쥐가 그리 위험하지 않아? 하긴 여길 단신으로 건너는 것보다는 덜 위험하겠지.

"자자, 우선 뒤로 천천히 물러섭시다. 천천히, 천천히."

그렇게 절벽과 멀어진 우리는 서로 흩어져 주변을 뒤져 보기로 했다. 동굴을 찾기로 한 것이다. 다행히 그리 눈에 띄는 구조물이 없었고, 땅의 경사가 많이 차이나지 않았기에 얼마 후 이은 소저에 의해 동굴은 발견되었다. 그리고 그 동굴 앞에 선 일행.

동굴 안쪽은 어둠에 감싸여 보이지 않았고, 그 어둠은 우리에게 죽음의 손짓을 하는 것만 같았다. 으음, 너무 감성적인가?

"좋아, 그럼 갑시다."

우리는 동굴 속으로 그렇게 발걸음을 내디뎠다.

"으아아아!"

"꺄악!"

푸드드득!

또다시 어둠을 뚫고 빛으로 나온 우리의 심정은 한결같았다. 그것은 바로…….

"사, 살았다."

음. 가휘 녀석, 은근히 예리하단 말이야? 어쨌든 간에 간신히 동굴에서 빠져나온 일행의 모습은 처참했다. 다행히 깊은 상처는 없는 듯했지만 이곳저곳 옷이 찢어지고, 작은 생채기들이 만발해서 온통 피투성이가 되어 있었던 것이다. 그나마 온전한 사람은 나와 야랑, 그리고 석천과… 푸우가 전부였다.

사건의 전말은 이러했다. 당당하게 횃불을 거머쥐고 선두에 나선 가휘 녀석은 그때까지만 해도 파티장의 자리를 되찾은 기분에 좋아했었다. 문제는 박쥐들의 출현 이후부터였다.

석천의 말과는 달리 엄청난 수를 자랑하며 쏟아지는 흡혈박쥐 앞에서 안 그래도 파티 중 이은 소저를 제외하면 가장 실력이 떨어지는 가휘가, 그것도 횃불을 들고, 더욱이 선두에 서서 흡혈박쥐를 막아내기란 불가능했다. 제 한 몸이나마 지키면 다행이라 할 수 있는 상황.

이내 녀석은 횃불을 떨어뜨려 버렸고, 우리의 자랑스러운 미련 곰탱이 푸우가 그것을 밟아버림으로써 마지막 불씨마저 사그라져 버렸다.

다시 횃불을 키고 말고 할 시간도 없었다. 동굴 안을 자욱이 매우는 박쥐 군단 앞에 우리가 할 수 있었던 일은 매우 단순하면서도 무식했다.

무작정 앞으로 뛰어가기. 단순 무식의 극치를 달리지만 우리가 할 수 있는 유일한 방법이었다.

당연히 깜깜한 동굴에서 흡혈박쥐에게 변변찮은 저항을 하기란 불가능했고, 결국 앞에다가 공격을 마구 퍼부으며 달려야만 했다. 넘어지지 않은 게 용할 뿐이었던 그 시간.

그렇게 달렸음에도 흡혈박쥐의 공격을 피하기는 불가능했고, 그 결과 지금 앉아서 헐떡대고 있는 우리의 몇몇 일행이었다.

음? 야랑과 푸우, 석천, 그리고 나는 왜 그나마 낫냐고? 당연한 거잖아.

야랑의 패션 스타일은 중갑주를 입고, 장창을 거머쥔 모습. 흡혈박쥐들에게 공격을 당할 곳이 적으니 상대적으로 방어하기가 쉬웠던 것이다. 푸우야 궁극의 강철모발신공(鋼鐵毛髮神功)과 무적지존철피공(無敵至尊鐵皮功)을 극성까지 익혔으니 흡혈박쥐의 공격이야 느낌도 안 올

터였다. 그리고 석천은 그런 푸우의 옆에 찰싹 붙어서 약삭빠르게 박쥐를 피했고 말이다.

나? 나야 어둠 따위가 시야를 가리는 단계를 지난 고수였기에 동굴 속에서도 마치 대낮처럼 훤하게 보였다. 또한 묵룡갑을 입고 있었기 때문에 방어해야 할 부위가 적었고, 적당히 일섬지의 제이초 일섬탄지(一閃彈指)를 계속 날리며 일행을 따라 이동했다. 몇몇 박쥐들은 일행의 급소를 노리고 있었기에 계속해서 일섬탄지를 날리느라 제법 내공 소모가 있는 터였다.

어쨌든 멀쩡한 우리는 만신창이가 된 일행에게 괜히 미안해질 수밖에 없었다. 근데 여자들이야 기본적으로 힘의 능력치가 적으니 갑옷을 입기 불편하다지만, 가휘는 고급스런 비단 옷을 입은 것이 전부였다. 한마디로 그 상황에서도 멋을 따진 것이었다. 아무리 이은 소저에게 잘 보이고 싶다지만… 쯧쯧.

"이게… 조금이냐?"

"하… 하하하. 정보가 조금 틀렸네요."

웃음으로 때우는 석천이었다. 그때 조용히 제 할 일만 하는 야랑이 입을 열었다.

"사예 소협, 석천 소협?"

"네?"

"우선… 이 자리를 피해야 할 것 같군요."

"그게 무… 아!"

야랑의 말에 주변을 둘러본 우리는 그의 말의 의미를 알 수 있었다. 우리를 향해 차가운 돌덩이 같은 눈을, 아니, 정말 돌덩이가 눈이 있어야 할 부위에서 빛을 품고 우리를 바라보고 있었던 것이다. 바로 원석마가.

"하… 하하."

"이, 이미 늦은 거 같은데요?"

"그, 그런 거 같지?"

"옵니다."

야랑의 한마디였다. 그 말을 시발점으로 붉은색 돌덩이의 눈에서 노란 빛이 새어 나오던 원석마는 이내 몸을 둥글게 말더니 서서히… 하지만 점점 빨리 이쪽으로 다가오기 시작했다.

"젠장! 피해!"

난 그렇게 외치며 가장 가까이에 앉아 있던 설영 소저를 한 팔로 감아 안고 다시 동굴 속으로 들어갔다. 흡혈박쥐들이 우리를 기다리고 있을 것이 자명했지만 이건 별수없는 선택이었다.

내가 먼저 동굴로 들어오자 야랑은 가휘와 유이 소저를, 석천은 이은 소저를 안고 동굴 안으로 뛰어들어 왔다.

콰쾅—!

이미 동굴 속으로 몸을 날리는 동시에 엎드린 우리는 엄청난 폭음과 함께 동굴 전체가 흔들리는 느낌을 받았다. 다행히 녀석들의 크기가 동굴의 입구보다 커서 동굴 안으로 들어오진 못했지만, 부딪친 녀석들의 몸이 부서지며 그 파편이 튀는 것을 막지는 못했다. 결국 난 마지막 수를 쓰고 말았다.

"가서 막앗!"

그렇게 외치며 푸우를 뻥 하니 차버렸고, 푸우는 굴러 굴러 동굴 입구에 박혀 버리듯 등을 바깥쪽으로 하고 멈췄다.

투투투퉁!

마치 고무공이 튕기는 소리가 나며 파편이 날아오는 것이 멎었고, 푸우의 표정은 점점 심오한 경지에 이른 듯 티꺼움의 경지를 더해갔지만 그리 심한 통증은 아닌 것 같았다. 하여간에 저놈은 괴물이야.

그렇게 돌들의 공격을 막아내자 이번에는 날아다니는 것들이 문제였다.

푸드드득!

녀석들이 쏘아내는 초음파 공격에 잠시 정신이 희미해지는 듯했지만 그것은 오히려 내 분노를 촉구시킬 뿐이었다.

이 박쥐 자식들이 계속 봐주니까 감히!

"죽어버려! 초풍만룡!"

전 방위로 권영을 뿌려대는 초식. 난 다른 일행이 엎드려 있는 것을 확인하고는 일어나서 초풍만룡을 펼쳐 냈다.

파파파팟!

그때부터 보이는 건 주변을 까맣게 메운 권영뿐이었고, 주먹의 끝에 걸리는 것이 있다는 느낌만 남아 있을 뿐이었다.

"타아!"

마지막 기합과 함께 초풍만룡의 권영은 사그라졌고, 바깥에서 쏘아지던 돌들의 공격도 멈춘 것 같았다.

다른 일행에게 보이는 것이라고는 어둠밖에 없을 테니 이 정도의 무공은 뿌려대도 괜찮을 거다. 뭐, 의형진기만 뿜어내도 이 정도는 가능한 거니까.

난 동굴 입구에 어정쩡한 포즈로 있는 푸우를 당겼다. 그러자 쿠당하는 소리와 함께 푸우의 거대한 몸뚱어리가 앞으로 넘어졌고, 바깥의 햇빛이 동굴 안으로 비쳐 들어왔다.

푸우의 등은 온통 돌로 뒤덮여 있었는데 넘어진 푸우가 다시 일어나며 잠시 힘을 주자 돌들이 전부 떨어져 나갔다. 사, 살에 박힌 게 아니라 털에 파묻힌 거였단 말이야?! 저, 저놈의 맷집이란…….

가히 두렵기까지 한 푸우의 맷집이었다.

"아!"

"이런……."

햇빛이 동굴 안까지 비치자 곧 내가 했던 것의 결과가 드러났다. 일행이 엎드려 있던 곳을 중심으로 직경 1미터의 원을 그리듯 흡혈박쥐들의 시체가 널려 있었다. 일행은 그것을 보고 탄성을 지른 것이었는데 난 그들 앞에 당당했다. 내가 쓴 힘은 엄연히 일류고수라면 쓸 수 있는 것이었으니까.

"자, 어서 가시죠."

난 멍해 있는 일행을 이끌었다. 그러자 그들도 이내 정신을 차렸는지 뒤를 따라왔다. 조금 전과 같이 드러내 놓고 이동했다가는 또다시 원석마들의 공격을 받기 십상이었기에, 최대한 자세를 낮추고 벽에 붙어서 천천히 이동할 수밖에 없었다.

그렇게 벽을 따라 이동하다가 절벽의 벽과 벽이 겹쳐지는 공간이 나왔다. 그곳은 밖에서도 보이지 않기에 우선 그 안에서 휴식을 취하기로 합의했다.

"이젠 어쩌죠? 기둥은 이곳의 가장 중심에 있고, 그곳까지 가려면 저 원석마를 어떻게든 해야 하는데……."

난 일행에게 그렇게 말했다. 이곳에서 기둥까진 약 200미터.

물론 나 혼자였다면 당당히 걸어가 달려드는 원석마에게 일권을 내지르든가 광한폭뢰장의 장강(掌罡)인 진천강기를 뿌려도 되고, 아니,

그보다 약한 장기(掌氣)를 뿌려도 상관없을 거였다. 그게 아니더라도 능공천상제를 이용해 허공을 밟으며 재빠르게 달려간다면 200미터 정도는 금방이었다.

하지만 지금의 난 일류고수, 그것도 초급 일류고수였으니 장강은커녕 장기도 한 번 뿌려내면 지쳐서 쓰러져야 할 터였다. 능공천상제는 아까 선보였다지만 일행은 그것이 무슨 특수한 기술이라고 생각할 뿐, 허공답보의 경지를 흉내 낸 것이라고는 절대 생각지 못하고 있을 것이다. 그러니 그것 역시 함부로 사용할 만한 게 아니다. 흉내라지만 허공답보의 경지를 따라 한 무공을 단순한 일류무공이라 생각하기는 어려울 테니까.

그러나저러나 방법은 역시 이 파티를 이용해야 한다는 건데… 결국 방법은 하나뿐이었다. 아까 석천이 제시했던 그 방법.

"별수없잖아요. 아까 제가 말했던 그 방법을 쓰죠."

"그렇다면 한 명이 미끼가 되어야 하는데 누가 그걸 하죠?"

다시 침묵으로 빠져들었다. 미끼가 된다는 말은 그만큼 가장 죽을 확률이 높다는 거였다. 미끼로서 도망을 가다가 원석마의 그 굴러오는 공격을 피하지 못해 죽을 수도 있고, 다른 원석마의 공격에 맞을 수도 있었다. 또한 미끼가 되려면 신법이 뛰어난 사람이 필요한데 그것도 가리기가 쉽지 않을 터였다.

이 상황에서 가장 적격인 인물은 유일한 일류고수라 생각하는 나이다. 하지만 내가 미끼가 되면 다른 일행이 여러 차례 공격을 해야 한다. 그것보다는 다른 파티원이 조금 위험하더라도 미끼가 되고 내가 한 차례 공격을 하는 게 일행 전체에겐 시간과 안전상으로 더 나을 것임을 이들도 알고 있다. 때문에 이들로서도 이럴 수도, 저럴 수도 없는 상황에 마주한 것이다.

서로 아무 말도 없이 우물쭈물거리자 결국 할 수 없이 내가 나서서 미끼가 되겠다고 말하려 했다. 하지만 그 말을 하기 전, 석천이 또 나섰다.

"제가 미끼가 될 게요."

"뭐?"

"아냐, 안 돼. 미끼가 얼마나 위험한데. 자칫 잘못하다가는 가장 먼저 죽는다고. 차라리 그냥 내가 미끼가 되겠습니다. 공격은 연합해서 하다 보면 언제든 성공시킬 수 있으니 빠른 시간에 끝내는 것보다는 안전을 생각하도록 합시다."

난 석천의 말에 반대 의사를 내놓으며 그냥 내가 미끼가 되기로 의견을 내놓았다. 아무래도 다른 일행에게 맡기기엔 너무 위험한 일이었다. 그냥 내가 하는 게 차라리 속 편하다.

어쨌든 오랜만에 내가 멋있는 척 좀 하려는데 석천, 이 녀석은 정말 안 따라주려나 보다.

"아니에요. 이곳에서부터는 속도에 그 승부가 달려 있어요. 잠시 주춤거렸다가 다른 원석마들의 공격을 부르면 그대로 끝장이라고요."

"하지만……."

"제 말대로 해요. 지금 이곳에서 가장 많은 정보를 가지고 있는 건, 저니까요."

이렇게까지 말하는데 내가 더 이상 뭘 어떻게 하리. 지금 당장 내 본실력을 드러내지도 못하고 말이야. 난 석천의 의지를 꺾지 못했다. 결국 녀석의 의지대로 미끼는 석천으로 결정된 것이다.

우리의 계획은 이러했다. 아직 원석마의 정확한 능력을 알지 못하니 이곳을 거점으로 삼아 천천히 한 그룹씩 잡아보자는 거였다. 세 마리가 한 그룹을 이루고 있는 원석마였기에 탐색전을 벌이기로 한 것이었다.

사냥의 방법은 간단하다. 석천이 앞에 나서서 원석마를 유인하면 원석마들이 돌진해 올 테고, 석천이 그것이 원석마들의 돌진을 회피한 그 찰라, 나머지 일행이 원석마에게 붙어 최소한의 시간 내로 끝을 낸다는 방법이다.

우리는 그 장소에서 나가 가장 가까이 있는 원석마 그룹을 찾았고, 때마침 20미터 정도 거리에 세 마리의 원석마가 있는 것을 발견했다.

먼저 공격의 시작은 석천의 활이었다. 석천은 자신의 체격에 맞는 소도(小刀)와 활을 지니고 있었는데, 숲을 지나올 때에는 활을 쓸 상황이 아니어서 그런지 활을 사용하는 모습은 처음 보는 것이었다.

피웅 소리를 내며 쏘아져 나간 화살은 정확히 한 녀석의 뒤통수를 두들겼고, 그다지 큰 충격은 주지 못한 듯했지만 시선은 확실히 끌게 됐다. 오오, 정말 재주도 많아. 크윽! 박수무당보다는 올림픽 양궁에 보내야 하는 것인가!

쿠르르르!

매우 빠른 속도로 돌진해 오는 원석마들이었지만 그 돌진의 방향이 일직선상이었고, 거리도 제법 떨어져 있었기에 석천은 그리 어렵지 않게 그 돌진을 피할 수 있었다.

"으싸!"

그 기합이 신호였다. 석천의 기합성에 미리 약속을 한 우리는 각기 낼 수 있는 최고의 속도로 원석마에게 달려갔다. 나도 적당히 속도를 맞춰주는 걸 잊지 않았지만 그래도 가장 빨리 도착한 건 나였다.

다시 석천에게로 돌진하는 것을 미연에 방지하기 위해 세 마리 원석마의 시선을 확실히 끌어야 하고, 힘을 조절해야 하는 나의 입장으로선 강한 공격보다 넓은 공격을 선호하게 만들었다. 그래서 선택한 것이 초풍만룡의 초식!

"초풍만룡!"

파파팟!

원래 초풍만룡은 내 주변의 모든 방위로 권영을 뿌려내는 초식이었지만 그 넓이를 최소화하여 전방위로만 뽑아냈다. 물론 파괴력을 낮추는 것도 잊지 않았다. 그렇지 않았다가는 단일 파괴력이 다른 초식에 비해 약한 초풍만룡의 초식으로도 한 방에 원석마를 부숴 버릴 요지가 다분할 테니까.

그그긍!

초풍만룡의 초식은 정확히 세 마리의 원석마를 두들겨 댔고, 녀석들의 몸인 돌 조각이 조금 부서져 나간 것으로 그쳤다. 어쨌든 덕분에 녀석들의 시야를 확실히 끌게 되었는지, 돌들 간의 마찰음이 들리며 녀석들의 샛노란 눈이 날 향하게 되었다.

또 동시에 돌 인형처럼 생긴 녀석의 팔이 파공음을 날리며 내 머리 위로 스쳐 갔다.

부웅!

"흐익!"

이 녀석 속도는 느린데 파괴력은 장난이 아니잖아! 이런 늦은 공격에도 이 정도의 파공음이라니…….

느리긴 했지만 미리 준비되었던 공격인지 한 녀석당 한 번, 총 세 번의 공격이 지나갔다. 그리고 그때 마침 나머지 일행이 도착했고, 우리는 각자의 무기로 녀석들에게 일명 다구리라 불리는 것을 전개하기 시작했다.

그렇게 다구리를 한 지 얼마의 시간이 지나지도 않아 녀석들의 몸에 금이 가며 곧 산산조각나고 말았다. 그 후로도 몇 차례 계속해서 사냥을 했다. 우선 이 녀석들에게 적응하기 위해 기행의 결말을 내일로 미룬 것이다.

사냥을 계속하다 날이 저물자 우리는 거점으로 돌아갔고, 각각 힘들었던 하루의 휴식을 취했다.

잠자리에 들며 난 한 가지 교훈을 떠올렸다. 다구리엔 장사가 없다는 뜻 깊은 교훈을······.

깊은 수면으로 하루 동안의 피로를 풀고 체력과 생명력을 채운 우리는 또다시 사냥을 시작했다. 사냥의 방식은 어제와 똑같이.

분명 어제와 별로 다를 것이 없는 하루와 사냥이었지만 난 왠지 이상한 느낌을 받았고, 그것은 곧 실체화되었다.

그그긍!

"이런! 피해요!"

난 뻔히 들어오는 원석마의 공격에 멍하니 계속해서 소검을 놀리는 설영 소저를 낚아챘다. 간발의 차이로 빗나간 원석마의 공격에 안도의 한숨을 내쉬는 그때, 마치 아무런 감정도 느껴지지 않는 듯한 음성이 들려왔다. 순간 난 설영 소저를 안은 채 재빨리 옆으로 구를 수밖에 없었다.

"일타관파(一打貫破)."

파캉!

금속과 돌의 마찰음이 들리는 동시에 원석마는 산산조각이 나며 나와 설영 소저가 있던 장소에 그 파편을 튀겼다. 거기에 가만히 있었다면 나는 몰라도 설영 소저는 큰 상처를 입었을 판이었다.

젠장! 도대체 왜 이러는 거야!

"우선 물러납시다!"

장시간의 사냥으로 조금 지친 일행은 내 말에 조심스레 거점으로 장소를 옮겼고, 그런 우리 뒤를 석천이 따랐다.

"하아……."

그렇게 한동안 침묵만이 겉돌았다. 그러다가 난 설영 소저와 야랑을 바라보았다.

"도대체 왜 이러시는 겁니까? 마치 힘이 빠진 인형 같잖아요."

"좀 전에 도와주신 것 감사합니다."

"조금 전엔 죄송했습니다."

"나 이거야 원……."

저렇게 고개를 숙이고 감사와 사과를 번갈아가면서 하는데, 여기서 더 나쁜 말을 하면 나만 속 좁은 놈이 되잖아. 마치 어딘가에 온통 정신을 빼앗기고 있는 듯한 두 사람의 모습에 난 왠지 불길한 예감이 들었다.

쩝, 무슨 별일 있겠어? 둘 다 컨디션이 별로겠지.

"어때요? 이제 어느 정도 적응도 됐겠다, 기행을 끝내러 가죠?"

"음, 하지만 설영 소저와 야랑 소협의 컨디션이 조금 안 좋은 거 같은데……."

"전 괜찮아요. 전 석천의 말에 찬성해요."

"저도 찬성합니다."

"헤헷! 설영 언니와 야랑 소협이 찬성하면 저도 찬성해요!"

"괜찮겠죠."

"어서 가자고!"

내 걱정스런 말에 곧바로 설영 소저와 야랑이 말을 이었고, 그 뒤를 이은 소저와 유이 소저가, 그리고 마지막엔 가휘가 촐싹대며 찬성의 의사를 표했다. 아직도 설영 소저와 야랑의 모습에 걱정이 되었지만 어디까지나 난 이 파티의 일개 파티원으로 다수결에 따라야 했기에 나 역시 찬성의 의사를 표할 수밖에 없었다.

잠시 휴식을 취한 일행은 이번엔 200미터 거리에 위치한 기둥을 향해 다가가기 시작했다. 직선 거리로는 분명 200미터이지만 문제는 그 중간에 깔린 원석마들이었다. 최고 두 그룹까지는 상대가 가능했는데 그 이상은 석천이 위험했다. 덕분에 원석마들이 최소한으로 깔린 곳을 찾아서 조금씩, 조금씩 이동하다 보니 당연히 200미터의 거리는 상당히 먼 거리가 될 수밖에 없었다.

가장 열받는 점은! 이놈들은 아이템을 주지 않는다는 것이었으니! 크윽! 일행의 반응으로 봐서 경험치가 아이템 대신 엄청난 양만큼 주어지는 것 같았으나, 내게 그런 경험치 따위는 무용지물일 뿐……. 이미 물음표가 되어버린 경험치 앞에서 난 좌절이라는 것을 몸소 체험해야 했다.

크흠, 어쨌든 간에 방금 전 내가 했던 말이 효과가 있는지 설영 소저와 야랑은 다시 정신을 차리고 사냥에 열중하게 되었다. 그 멍한 눈은 여전했지만 다행히 아까 전처럼 멍하니 가만히 있거나 또는 아무 때나 공격을 하지는 않았다.

그렇게 사냥을 하며 기둥에 접근하는데 제법 많은 시간이 지나서야 간신히 20미터 정도의 거리까지 갈 수가 있었다. 이 정도 거리라면 약 한 번의 전투만 거치면 기둥에 닿을 수 있는 상황. 기둥에서 또 무슨 일인가 일어날 수 있기에 함부로 방심하면 안 되지만, 드디어 끝나간다는 심정에 우린 조금 들뜬 마음을 가지게 되었다.

기둥으로 가려면 두 갈래의 길 중에서 한 길을 선택해야 했다. 가장 가깝지만 무려 네 그룹, 열두 마리라는 수를 자랑하는 녀석들을 거쳐 갈 것이냐, 그렇지 않으면 조금 돌아가더라도 세 그룹, 아홉 마리라는 그나마 헤쳐 갈 수 있는 길을 선택할 것이냐.

물론 생각할 것도 없이 세 그룹 쪽이었다. 지금까지 우리는 최고 두 그룹만을 상대해 왔는데 기둥 가까이까지 붙으니 그게 장난이 아니다. 멀지만 좁은 시계를 가진 원석마들을 피해서 간신히 이곳까지 접근하긴 했지만 기둥과 가까워질수록 최소 세 그룹이 한꺼번에 붙어 있는 것이었다.

나뿐만이 아니라 이은 소저와 유이 소저, 가휘 녀석도 전부 세 그룹이 있는 방향으로 자리를 옮기려는데, 설영 소저와 야랑이 제자리에 멈춰 서서 한곳만 바라보고 있었다. 저 사람들 또 왜 저래?

"뭐 하십니까? 어서 이동해서 석천에게… 헉!"

그들이 보고 있는 것을 나도 보게 되었다. 다른 일행도 내 신음 소리에 놀라 그쪽을 보게 되었고, 역시 그들도 다를 바 없이 신음 소리를 날렸다.

석천이 뛰고 있었다. 휘저으며 달리고 있었다. 네 그룹이라는 숫자의 원석마가 대기 중인 그곳으로.

"석천! 안 돼!"

그렇게 외쳤으나 석천은 내 말을 쌩 무시한 채 원석마들 사이를 종

횡무진으로 누빌 뿐이었다. 한마디로 말해서 난 씹혔다. 크윽! 아차, 이럴 때가 아니지.

말은 이렇게 하고 있었지만 이미 내 몸은 석천과 그 주변의 마물들을 향해 달리는 중이었다. 하지만 애초에 발견한 것 자체가 느린 터라, 이미 늦은 감이 없진 않았다. 그렇다고 포기할 순 없잖아! 그나마 석천이 뛰어난 보법을 발휘해서 원석마들을 유린하고 있는 게 조금 안심되는 점이었다.

하지만 이때 한 원석마의 거대한 팔이 보법을 펼쳐 옆으로 이동하는 석천의 허리를 때렸다. 아니, 때렸다고 생각했다.

"으억!"

"석천 소협!"

가휘와 이은 소저의 비명 섞인 소리가 흘러나왔지만 계속해서 달리는 방금 전의 그것을 잊을 수가 없었다. 맞았다고 생각했다. 아니, 분명 보통의 사람들이 봤을 땐 맞은 것이었다. 하지만 석천은 정면으로 맞지 않고 몸을 뒤로 빼며 충격을 줄이는 동시에, 그 반동으로 반대편 방향에 있는 기둥을 향해 날아가기 시작한 것이다. 어떻게 저런 고급 기술을!

처음엔 비명을 질러대던 이은 소저나 가휘 녀석도 석천이 단순히 당하지 않았다는 사실을 눈치 챈 듯, 더 이상 비명 소리가 들려오지 않았다.

달려가는 내가 가장 가까이 있던 원석마를 맞아 주먹을 휘두를 때쯤, 석천의 오른팔이 기둥을 짚는 것이 보였다. 젠장! 괜히 나섰잖아! 지금 이 공격에 담긴 힘은 보통의 것이 아니었다. 내공이 잔뜩 담긴 그런 공격.

단숨에 원석마가 부서짐은 물론, 그 후속에 있는 원석마에게까지 타격을 줄 것이 자명했다. 그런 공격을 썼으니 더 이상 단순한 일류고수라 변명하기도 불가능할 것이 분명했다.

그때 석천이 짚은 기둥에서 붉은색 빛이 새어 나와 사방을 덮기 시작했다.

"우왓!"

"꺄악!"

정말 평범하기 이를 데 없는 비명들이 요즘 따라 난무하는 가운데 난 그 빛 사이로 똑똑히 볼 수 있었다. 빛에 닿은 원석마들이 가루가 되어 바람에 흩어지는 것을. 미처 내 주먹이 원석마에게 닿기 전의 일이었다.

파앗!

잠시 후 눈을 멀게 할 정도의 붉은색 광원이 터짐과 동시에 빛은 사라졌고, 남은 건 황량한 붉은색 대지와 우리 일행뿐이었다. 아니, 그리고 또 하나. 붉은색 기둥에서 새어 나오기 시작한 붉은색 연기가 모여 갖추어지는 존재. 정확한 형체는 유지하지 않고 있었지만 어렴풋이 보기에 그것은 여인의 형상을 띠고 있었다.

[그대들이여, 놀라지 마세요.]

역시 예상대로 가냘픈 목소리였다.

[전 잔인하게 죽은 여인의 원한. 그 원한을 잊지 못해 대지에 귀속된 원혼(冤魂)입니다.]

마치 주변 모두에 울리듯 제법 떨어져 있는 내게는 물론이고 다른 일행에게까지 똑똑히 전달되는 것 같은, 그런 음성이었다. 그 후로도 그 여인의 혼은 자기가 겪었던 일과 우리가 한 일을 알려주었다. 어느새 나와 다른 일행은 석천과 그 여인의 혼이 있는 방향으로 걷고 있었다.

[전 이제 원한을 풀려 합니다. 제 원한이 아무런 가치가 없다는 것을…….]

"쿡!"

여인의 혼이 말을 마치기 전이었다. 그 밑에서 여인의 혼을 올려다보던 석천이 갑자기 웃음을 터뜨렸다. 기행을 깼다는 그런 기쁨에서 우러나오는 웃음은 아니었다. 단지… 비웃음, 그래, 비웃음. 바로 그 비웃음이 석천의 입가에 담겨 있었다.

"쿡, 쿡! 하하하하하! 결국 당신의 한은 그것밖에 되지 않는 그런 쓸모 없는 한이었던 것일 뿐이로군요."

[그게 무슨……!]

거리가 아직 멀어 석천의 말이 일행에게는 들리지 않을 테지만, 내게는 똑똑히 들렸다. 쟤가 왜 저러지?

석천은 당황해하는 여인의 혼에게 몇 마디를 건네었고, 여인의 혼은 지금까지 짓던 온화하고 평온한 분위기를 싹 지워 버렸다. 다만 내가 느낄 수 있던 것은 살기뿐이었다.

그리고 여인의 혼을 이루던 영체가 쑥 하니 빠져나와 송곳같이 뾰족해지더니 이내 석천의 가슴을 꿰뚫는 것이 아닌가! 석천을 꿰뚫은 영체가 되돌아 빠져나오자 석천은 뒤로 쿵하고 넘어가 버렸다. 이 모든 것은 순식간에 일어난 일이었다.

"석천!"

이은 소저와 유이 소저, 가휘는 깜짝 놀라 뛰어가고 있었지만 난 그 자리에 가만히 멈춰 서서 움직이지 않았다. 아니, 움직일 수 없었다.

[크흐흐흐, 캬하하하하! 그래, 너 같은 놈! 너희 같은 연놈들이 날 이렇게 만들었어! 날 이렇게 만들었다고! 다 죽이겠어! 다 죽여 버리겠어!]

쿠그그그그그!

지축이 흔들리고 있었다. 대지가 진동하고 있었다. 여인의 혼… 아니, 다시 원혼이 되어버린 그것의 웃음에 따라 대지가 울부짖고 있었다. 그리고 대지가 깨어나기 시작했다. 일어나기 시작했다. 그것들은 곧 보통 원석마의 두 배에 가까운 크기의 원석마가 되었고, 그 원석마들은 긴 포효를 시작했다.

크오오—!

붉은색 대지의 중간, 뾰족한 기둥이 갈라지며 어떠한 무언가가 걸어 나오기 시작했다.

붉은색 피부에 그 위로 돌로 된 갑옷을 입고 있는 존재.

내 기억이 정확하다면 그것은 마물이었다. 그것도 보통 마물이 아닌, 돌 괴물 중 최고로 꼽히는 마물 중 하나인 마석투혼사(魔石鬪魂士).

마계의 광전사라고 칭해지는 절대적인 마물이었던 것이다.

◆ 비상(飛翔) 마흔두 번째 날개

시왕(尸王), 그리고 단서

비상(飛翔) 마흔두 번째 시왕(尸王), 그리고 단서

크오오―!

난 달리기 시작했다. 더욱더 거대해진 원석마들이 계속해서 공격해 대었지만 커진 만큼 느려진 덕분에, 그들의 공격을 어렵지 않게 피해 내며 계속해서 달렸다. 내 양팔은 이은 소저와 유이 소저를 잡고 있었고, 내 뒤를 따르는 푸우는 가휘와 이상하게도 더 이상 움직이지 않는 설영 소저, 야랑을 맡았다.

전속력을 다해 달린 만큼 우리의 속도는 섬전과도 같았고, 그렇게 멀게만 느껴지던 200미터의 거리는 한순간이었다. 난 일행이 거점으로 삼았던 그 장소에 유이 소저와 이은 소저를 내려놓았고, 그 뒤를 따라 푸우가 나머지 일행을 내려놓았다.

"절대, 절대 밖으로 나오시면 안 됩니다. 아셨습니까?"

"네? 네, 네."

"알겠습니까? 절대로 나오시면 안 됩니다."

그렇게 유이 소저와 이은 소저를 비롯한 일행에게 말하고 있는데 가휘의 얼어붙은 듯한 목소리가 들려왔다.

"도, 도대체 이게 어떻게 된 거야?"

그거야 내가 묻고 싶은 말이라고. 레벨 100대의 기행이라더니 어째서 그런 괴물이 나오는 거냔 말이야! 하지만 마물에 대한 저항 능력이 있는 나보다 이들이 더욱 두려워 할 테니 나는 정신을 똑바로 차려야만 했다.

상대는 막강했다. 내가 여태껏 비상을 플레이해 오면서 만난 괴물 중 최고의 마물인 녀석이었다. 아차, 내게 용연지기와 비늘을 선물한 이무기를 빼놓았군. 하지만 그 이무기는 이미 마물이라 부르기도 뻘쭘한 존재이니……

어쨌든 그만큼이나 마석투혼사는 강한 녀석이었다. 지자록에 따르기를 기본적인 무위가 초일류무공을 익힌 고수와 비슷하고, 온몸은 웬만한 공격 따위 무시해 버리는, 그야말로 돌로 만들어진 투사(鬪士). 그것이 바로 마석투혼사였다.

마왕충보다 한 단계 위급의 마물이었지만 감히 마왕충과는 비교할 수 없는 그런 괴물이었다. 거대한 덩치와 파괴력으로 높은 등급을 받는 그런 마물이 아닌, 현재 비상에 출현하여 사람들에게 알려진 인간형 마물 중에선 최고 중 하나로 꼽힐 녀석이었다.

"어, 어떻게 레벨 100짜리 기행에서 저런 놈이 나, 나오는 거야."

가휘는 두려움에 떨고 있었다. 아니, 가휘뿐만이 아니라 이은 소저는 물론이고 감정이 없을 것만 같던 유이 소저 역시 마찬가지였다. 다만 야랑과 설영 소저는 여전히 멍한 채였다.

살기(殺氣)에 의한 공포마저 느껴지는 게임이라……. 큭! 이제 이건 단순한 게임이 아니었다.

"나오시면 절대로 안 됩니다! 푸우, 부탁한다!"

마석투혼사는 스스로 생각하고 판단하여 행동하는 존재. 이렇게 숨어 있다고 해서 피할 수 있을 리는 없었다. 결국 맞붙어야 한다는 것. 하지만 그러기엔 일행의 무위는 턱없이 낮은 수준이었고, 전투 중 방해만 될 것이 분명하기에 난 이들을 여기에 숨겨두려는 것이다.

그렇게 일행에게 계속해서 다짐을 받아내며 나가려 하는데, 가휘가 혼자 중얼거리는 듯한 소리가 들려왔다.

"제, 제기랄. 서, 석천 그 녀석은 도대체 뭐라고 했기에 이렇게 기행의 내용 전체가 다 바뀔 수 있는 거야?"

가휘의 한마디가 조금 전의 기억을 생생히 떠올리게 만들었다. 차마 일행에게는 말할 수 없었지만 내 기억엔 분명이 존재했다.

난 그 기억을 묻어버리곤 일행을 한 번 바라본 채 밖으로 나갔다.

[뭐, 뭐라고 했죠?]

"당신의 그 한이 쓸모없는 쓰레기라고 했습니다."

[어, 어떻게 그런 말을…….]

"더 심한 말도 할 수 있습니다. 이미 썩어 문드러져 껍데기도 남지 않았을, 그런 육체에 종속된 어리석은 영혼이여. 당신은 하잘것없는 도구에 불과합니다. 한 번 쓰고 버려질 그런 도구에. 큭! 그렇게 마물들에게 강간당한 기억이나 평생 동안 떠올리며 세상을 방황해 보시죠. 멍청한 년."

"타핫!"

난 내게 날아드는 붉은색 돌 주먹에 일권을 떨쳐 내었다. 픽! 하는 소리와 함께 내 주먹은 돌 주먹 자체를 가루로 돌려 버리며 다음 상대를 찾았다.

이미 실력을 숨기기로 한 것은 포기했다. 비록 내공을 8성까지밖에 끌어올리지 못하는 처지이지만, 내게 속한 8성의 내공만으로도 비상 제일의 내공을 따질 수 있는 것이 바로 나였다. 그런 나의 일격을 레벨 100대의 사람들이나 잡는 마물이, 제아무리 덩치가 커지고 그 힘이 막 강해졌다 하더라도 막아낼 수 있을 리 없었다.

쿵쿵 소리를 내며 달려드는 거대 원석마에게 일섬탄지의 제삼초 일섬파지를 뿌려댔다. 내공을 잔뜩 머금은 일선파지는 녀석의 한쪽 팔을 아예 날려 버렸다.

초풍건룡권으로 제한했던 그 제약이 풀리자 손짓 발짓 등 모든 움직임에서 초풍건룡권은 물론이고, 광한폭뢰장과 일섬지, 운영각이 쏟아져 나오기 시작했다. 이미 발은 원주미보대로 밟고 있었으며, 전신에는 내공이 충만한 상태였다.

"다 부서져 버려라! 초풍만룡!"

전력을 다함과 그렇지 않음의 차이는 이 초풍만룡이라는 단 하나의 초식에서도 드러났다. 단순한 권영의 덮음이 아닌, 주변 모든 방위를 제압하고 파괴해 버리는 파멸의 기운을 잔뜩 머금은 그런 공격에 원석마들이 산산조각나며 흩어지고 있었다.

"젠장!"

원석마들을 계속해서 부수고 있었지만 그것들의 수는 줄어들지 않았다. 드넓고 끝이 없는 대지를 바탕으로 거대 원석마들은 끊임없이 재생성되었고, 사방을 압도하며 다가왔다.

젠장! 이대로는 끝이 없겠어. 죽여도, 죽여도 계속해서 만들어지는 놈들을 무슨 수로 다 없앤단 말이야?

놈들을 없애기 시작한 시초는 거점을 나온 그 즉시였다. 혹여나 거점으로 놈들이 들어가지나 않을까 염려되어 가장 가까이 있던 원석마들부터 부수기 시작한 것이다.

다행히 마석투혼사는 미친 듯이 괴성을 계속 질러대는 원혼의 아래에서 꼼짝 않고 있었기에, 원석마들은 새로 태어나든 말든 어이없이 부서져 갔다.

하나, 언제까지 이렇게 원석마들을 상대하고 있을 순 없었다. 내 내공이 마르지 않을 듯 넘쳐흐른다지만 언젠가는 그 끝을 보일 우물임에 분명했다. 더군다나 상대 중엔 마석투혼사라는 괴물까지 존재했으니 하염없이 헛되이 내공과 체력을 낭비할 순 없었다.

결국 방법은 하나뿐인가? 옛 병법엔 항상 이런 게 빠지지 않았지. 이른바 금적금왕(擒賊擒王)! 적을 잡으려면 우두머리부터 잡아라!

난 내 주변으로 우글우글 몰려드는 거대 원석마들을 해치우고 마석투혼사에게까지 가야 할 필요성을 느꼈다. 그 생각은 나로 하여금 투영풍로의 초식을 다시 펼치게 만들었다.

"자, 간다! 투영풍로!"

난 한줄기 바람이 되었고, 하나의 그림자가 되었다. 순식간에 몇 십 미터를 질주해 버린 나의 그림자를 따라 질주했고, 난 길을 만들었다. 모든 것을 헤치고 가는 바람의 길을…….

쏴아아아아!

한줄기 바람 끝에 난 계속해서 마석투혼사에게 돌진하였다. 내가 지나온 자리의 거대 원석마들은 뒤로 튕겨나며 산산조각나기 시작했다. 이것이 체내강기공을 극도로 발휘하여 펼친 초풍건룡권의 제오초 투영 풍로의 진정한 위력이었다.

[키히히히! 네놈! 네놈이 날 이렇게 만들었어!]

원혼은 이제 울부짖고 있었다. 거대 원석마들이 당하든 말든 그것은 전혀 개의치 않았다. 하지만 내가 마석투혼사에게 다가서자 원혼은 긴 실처럼 뽑아지더니 이내 마석투혼사의 콧속으로 완전히 들어갔다.

저, 저건 뭐지? 저런 것도 있었나?

한편으로는 굉장히 괴기스러운 모습에 잠시 흠칫한 사이, 원혼을 전부 흡수(적어도 나에겐 그렇게 보였다)한 듯한 마석투혼사가 마침내 움직이기 시작했다.

캬오—!

귀청이 찢어질 듯한 그런 괴성, 아니, 굉음이 사방을 메웠고 난 귀를 막으며 한 발자국 뒤로 물러서 버렸다.

"크윽! 이건 거의 음공의 수준이잖아!"

그렇게 더 이상 있을 수 없었다. 굉음에 이어 곧바로 마석투혼사의 붉은색 손이 내 머리를 노리고 날아들었기 때문이다. 무언가를 쥐려는 듯 주먹이 아닌 손가락이 펼쳐진 상태였지만 바람을 가르며 들어오는 그것은 그 어느 공격보다도 무서운 것이었다.

"제기랄!"

난 그 공격을 피할까 하다가 초반부터 기선을 제압당하면 안 된다는 생각으로 오히려 광뢰충장의 일장을 뻗어냈다. 광포하게 날뛰는 기운을 머금은 일장에 놈의 손은 가루가 될 듯 위태롭게 보였지만 그것이 전부가 아니었다.

"캬아!"

"헉!"

뱀이 나무를 타고 오르듯 광뢰충장의 일장을 빗겨내며 내 팔을 타고 올라 목을 노리는 녀석의 손. 이놈도 엄연히 돌 괴물인데 이렇게 유연해도 되는 거냐고!

휘감아오는 것보다 일직선으로 내뻗는 것이 빠른 것은 당연한 이치. 녀석이 내 목을 감아오기도 전에 광뢰충장의 일장은 녀석의 가슴에 닿을 것이 분명했지만, 녀석은 그래도 방어를 하거나 공격을 거두고 물러설 생각 따윈 없어 보였다. 홋! 방어를 도외시한 채 한 방을 노린다 이거냐? 광뢰충장을 몸으로 버텨? 어림없지!

난 의외로 이 마석투혼사라는 놈이 매우 단순하다는 사실에 광뢰충장의 일장을 더욱 거세게 뻗어냈다. 녀석의 가슴이 광뢰충장의 일장에 부서지리라 생각하진 않았다. 하지만 어느 정도 큰 타격을 줄 것이라는 일말의 의심도 하지 않던 차였다.

마침내 광뢰충장은 녀석의 가슴에 작렬했다.

쿵!

마치 거암이 내려찍는 듯한 소리와 함께 녀석은 네 걸음 뒤로 물러섰다. 하지만 그것이 전부였다. 도리어 물러선 네 걸음을 만회하고자 다섯 걸음, 여섯 걸음을 빠르게 다가오기 시작했다.

뭐야?! 광뢰충장을 맞고도 어떻게 버틸 수 있지? 그것도 단 네 걸음 물러서는 게 다야?

이렇듯 마음속으로 소리를 질러대고 있었지만 그것을 말로 꺼내지는 못했다. 어느새 목까지 올라온 녀석의 손이 내 목을 틀어 잡았기 때문이다.

"컥!"

순간 세상이 노랗게 보일 정도의 고통이 느껴졌다. 숨이 막히는 것과 동시에 세상이 아득해져 보이기까지 할 정도로 무서운 악력이었다. 엄청난 맷집과는 별도로 힘 역시 장사인 녀석이었다. 하지만 가만히 이렇게 당할 수는 없었다.

쒜엑!

난 급히 왼발을 뻗었다. 워낙 다급한 상황이라 힘을 제대로 담을 순 없었지만 그래도 바람 소리를 내며 날리는 쾌속한 공격이었다.

"크윽!"

그러나 뻗어나간 발은 어이없이 녀석의 반대편 손에 붙잡히고 말았다. 녀석의 손 힘이 더욱더 거세지며 정신이 혼미해지는 지경이라 상황 판단을 하기 힘들었지만 난 거기서 포기하지 않았다.

목과 왼쪽 다리가 잡힌 상태에서 나머지 오른쪽 다리로 녀석의 머리통을 갈겨 버린 것이다.

퍽!

둔탁한 타격성과 함께 녀석의 고개는 옆으로 돌아가는 듯했지만 그래도 두 팔와 신체는 요지부동이었다. 두 주먹을 쥐고, 녀석의 팔과 가슴을 마구 갈겨봐도 그것은 모두 무용지물로 돌아갔다. 여전히 녀석은 굳건히 버티고 있었다.

끄윽, 괴로워! 수, 숨이 막히니 힘을 쓸 수 없잖아. 큭! 이대로 죽어 버리겠어…….

산소 부족으로 얼굴빛이 보라색으로 물들어갔고, 사지에 힘이 쭉 빠지는 게 첫 번째 죽음이라는 것을 예감할 수 있었다. 그 순간 돌연 죽는다는 생각이 들자 용연지기가 꿈틀대며 일어나기 시작했다.

처음엔 꿈틀하는 식으로 약하게 일어나던 진기였지만 곧 전신을 질주하며 몸 구석구석의 모공을 열어 공기를 빨아들이는 듯, 내게 잠시간의 숨구멍을 트이게 해주었다. 이 정도의 틈이라면 힘을 내기 충분한 시간이었다.

빠직!

손바닥에서 약간의 뇌전이 튀어 오르기 시작하더니 그 조그맣던 뇌전은 곧 양팔 전체를 휘감기 시작했다. 그대로 내 목을 잡고 있는 녀석의 팔을 향해 오른팔을 힘껏 내려쳤다.

콰쾅—!

"카악!"

"커억! 켁! 켁! 쿨럭! 카악! 퉤! 컥!"

꽉 막혀 있던 기도가 갑자기 뚫리자 참을 수 없는 고통이 밀려오며 난 수없이 기침을 해대었다. 나중에는 피까지 나올 정도였다.

진천강기는 녀석의 팔을 잘라 버리는 것을 끝으로 멈추지 않았다. 그 힘은 땅에까지 그 파괴력을 전파했기에 직경 1미터 정도 움푹 파인 거대한 구덩이가 생겼다. 그리고 마석투혼사는 그 반동으로 저 멀리 나가떨어져 있었다.

"켁! 큭! 진짜 죽을 뻔했네."

단 일 합을 겨루고 죽을 뻔했다는 사실은 내게 새로운 충격으로 다가왔다. 사실 지금까지 이렇게 단 일 합으로 나가떨어진 적이 있었던가?

그 옛날 무공도 완벽하지 않던 그때에 투귀와 싸우면서도 일합에 이 정도까지 당하진 않았다. 하지만 녀석의 방어를 도외시한 공격과 광뢰충장의 파괴력을 너무 과신해 버린 나 자신으로 인해 그런 어처구니없는 사태를 발생시킬 뻔했던 것이다.

빠지지직!

양팔에서 올라오는 뇌전은 사방으로 튀고 있었다. 난 쓰려오는 목의 고통을 참아내며 자리에서 일어나 녀석을 향해 걸어가기 시작했다.

"카악!"

놈은 갑자기 한쪽 팔이 사라지자 중심을 잡기 어려운 듯했으나 이내 녀석의 없어진 한쪽 팔 부분을 땅으로 쑥 밀어 넣는가 싶더니 다시 나왔을 땐 온전한 팔을 달고 있었다.

그렇군. 재생의 능력은 돌 괴물의 기본적인 것이었지.

난 그제야 지자록에서 읽었던 것을 기억해 내며 완전히 일어선 마석투혼사를 바라보았다. 확실히 녀석의 기운은 조금 전과는 달리 많이 떨어져 있었다. 분명 광뢰충장이나 진천강기에 의한 공격이 통했다는 뜻이었다.

공격이 통한 건 분명 기뻐해야 할 것이었지만 난 의문에 사로잡혔다. 왜? 왜 녀석은 단 일 격에도 이 정도로 기운이 떨어질 것을 알면서도 방어를 하지 않았을까? 지자록의 마석투혼사는 좀 전처럼 내 목을 들어쥐었을 때 진천강기가 담긴 공격에도 더 나은 대처를 할 수 있을 정도로 묘사되어 있었다. 하지만 이 마석투혼사는 대응은커녕 가만히 서서 맞기만 했다. 도무지 이해하기 힘든 녀석이었다.

그렇게 마석투혼사에 대한 의문을 계속해서 생각하고 있을 때 어느새 녀석의 공격이 다시 들어왔다. 역시 좀 전과 똑같은 공격이었다. 단순한 일직선상의 공격이었지만 조금 전에 당한 내가 그걸 믿을 줄 알고?

난 원주미보를 밟아 녀석의 옆으로 회전을 시도했고, 동시에 광뢰충장을 뿌렸다. 조금 전과는 달리 내 양팔에는 진천강기가 시퍼런 뇌전을 뿌리고 있었다. 나 역시 전력을 다한 공격이었던 것이다.

쾅—!

조금 전과는 그 음의 질에서부터 틀린 공격을 녀석의 옆구리에 틀어박자 그 주위가 아예 산산이 흩어지며 옆으로 튕겨났다. 기운이 줄어들었다지만 너무 쉬이 당하는 녀석의 모습에 난 순간 당황했다. 하지만 여기서 멈출 수 없기에 난 녀석이 튕겨 나간 방향으로 몸을 날리며 광한폭뢰장의 제이초 연환폭뢰(連環爆雷)의 초식을 뿌렸다.

퍼퍼퍼펑!

수십 발의 낙뢰가 꽂히듯 마석투혼사의 전신을 푸른 번개가 두들겨대기 시작했다.

아까부터 내내 느끼는 점이지만 이 녀석은 이상하게도 방어할 줄을 몰랐다. 지자록에는 방어에서부터 공격에까지 모든 투혼을 발휘하는 녀석이라고 기록되어 있었다. 분명 공격력은 강하지만 다른 뭔가가 부족한 느낌을 주고 있었다.

그거야 어쨌든 연환폭뢰의 파괴력도 감히 그 어느 무공에 비할 바가 아닐 정도로 강력했지만 난 좀 더 강렬한 마지막을 원했고, 연환폭뢰의 마지막 공격을 아래에서 위로 올려쳤다.

"카악!"

그 결과 녀석은 하늘로 붕 떠버렸고 곧 아래로 추락하기 시작했다. 이대로 가면 너무 밋밋할 공격이었지만 이미 내 양팔에는 굉장한 양의 진기가 고도로 압축된 채 모아지고 있었다.

"폭광진천!"

언젠가 유향운과의 대결에서 선보였던 초식. 고도로 압축된 진기는 진천강기와 어우러져 마석투혼사의 전신을 쓸어 가버렸다.

콰앙!

폭광진천의 일격에 당한 마석투혼사는 반대편 절벽 쪽으로 나가떨어졌다.

그때 녀석의 입에서 괴성이 터져 나왔다.

끼아아아아아아아악!

온몸의 잔털마저 쫙 일어나는 듯한 그런 느낌을 주는 처절한 괴성. 아니, 그것은 비명이었다.

온통 만신창이가 된 채 쓰러져 있는 마석투혼사의 입가에서 붉은색 기운이 새어 나오기 시작했다. 그것은 아까 보았던 그 원혼의 기운이었다.

"어, 어떻게 된 거지?"

난 너무나 의외의 상황에 눈을 껌뻑거리고 있는데, 한참 비명을 질러대며 마석투혼사의 입가에서 새어 나오기 시작한 원혼은 다시 형체를 갖추어가기 시작했다.

[끼아아아아아악! 이대로, 이대로 끝날 순 없어! 내 원한은… 내 원한은!]

원혼은 이 한마디 말을 내뱉고는 연기가 흩어지듯 사그라져 버리는 게 아닌가. 고인에게 할 말은 아니지만 정말 귀신이 되어서 황당해진 원혼이었다. 갑자기 느껴지는 이 허무함은 뭐지?

그그긍!

이 이상한 소리의 정체가 뭐냐면 거대 원석마들이 다시 땅으로 돌아가는 그런 소리다. 여태껏 나와 마석투혼사의 기파 때문에 이리저리 날려 다니던 원석마들이 그 조종체인 원혼이 사라지자 너무도 허무하게 무너지며 다시 땅으로 돌아가고 있었던 것이다. 물론 너무나 당연하지만 슬프게도 아이템은 떨어뜨리지 않았다.

결국 처음으로 겪는 기행이란 것에서 아무런 것도 얻지 못한 채, 석천이라는 존재만을 떠나보내며 끝이 나는 것 같았다.

그런데 그런 내 눈에 한 가지 이상한 것이 띄었다.

마석투혼사. 폭광진천에 의해 성한 곳 없이 부서져 버린 마석투혼사의 육체가 아직 남아 있었던 것이다. 난 혹시나 마석투혼사가 아이템이나 줄까 싶어 녀석에게로 다가갔다. 뒤에는 끝이 보이지 않는 까마득한 절벽. 구덩이가 암흑 속에서 혀를 날름거리고 있었지만 내가 바보가 아닌 이상 설마 이런 곳에 떨어질까 싶었기에 아무런 망설임도 없었다.

마석투혼사에게 다가선 그 순간, 난 믿을 수 없는 상황을 겪어야 했다.

"후후후, 대단하군요. 아무리 쓸데없던 쓰레기 원혼이 빙의되어 있던 마석투혼사라지만 육체적으론 최상의 마석투혼사를 쓰러뜨리다니요."

난 머리를 망치로 한 대 맞은 느낌이었다. 녀석이 내 눈앞에 웃는 얼굴로 서 있었다. 분명, 절대 그럴 수 없는 녀석이었다. 내가 보았다, 녀석이 죽는 모습을. 상처 따위로 끝날 수 없는, 몸 중간이 뻥하니 뚫려 죽는 모습을.

석천이 눈앞에 서 있었다.

이, 이게 어떻게 된 거지? 석천이 어떻게?

"너, 너……."

"어떻게 살아 있냐고 묻고 싶은 것인가요?"

석천은 내게 빙긋 웃어주며 마석투혼사의 육체가 있는 곳으로 다가 왔다. 그리고는 마석투혼사의 부서진 육체를 쓰다듬었는데, 그곳이 마 치 아직 마석투혼사가 살아 있기라도 하듯 저절도 재생되는 것이 아닌 가!

난 너무 놀란 마음에 말도 제대로 잇지 못하고 있었다. 서, 설마 이 녀석도 버그? 그 죽지 않는다는 버그에 걸린 거야? 아악! 도대체 어떻 게 된 거냐고!

휴… 진정하자, 진정해. 사예, 진정해라.

난 그렇게 마음을 진정시키며 석천을 바라보았다. 석천은 마석투혼 사의 육체를 깨끗이 재생시키고는 일어서 있었다. 그런데 그게 또 괴 기했다. 석천의 몸 중심이, 내가 아까 보았던 대로 구멍이 뻥하니 뚫려 있었던 것이다. 더욱 놀라운 것은 그 구멍 사이로 반대편의 광경이 보 이는데도, 구멍이 뚫린 상처 사이로는 피 한 방울조차 새어 나오지 않 고 있다는 점이다.

"흐음, 마석투혼사의 육체를 잘도 부숴놓았군요. 일류고수라면 결코 할 수 없는 일. 게다가 장강이라니… 날 속였군요. 일류고수가 아니라 절정고수였어요."

"넌 누구지?"

어느새 내 말투도 변해 있었다. 내가 지금까지 석천이라고 믿었던 그는 석천이 아니었다. 내 예상이 맞다면… 석천은 단순한 유저가 아 니었다.

난 풀어져 버린 긴장을 곤두세우며 석천을 노려보았다.

"넌 누구지? 어떻게… 그 몸으로 살아 있을 수 있는 거지?"

내 물음에 석천은 차가운 미소를 지었다.

난 그런 석천의 모습에 오싹 소름이 돋는 것을 느꼈다. 마치 헤어 나올 수 없는 늪에 빠진 듯한, 어둠이 날 잡아당기는 듯한 그런 불길한 예감이 전신을 두들기고 있었다.

식은땀이 흘렀다. 전신이 흠뻑 젖어들었다. 그때 저 멀리 숨어 있던 일행이 모든 일이 끝난 것을 예감했는지 푸우와 함께 달려오고 있었다.

"사예 소협!"

"괜찮아요?"

"근데 이건 누구… 헉!"

가휘는 난데없이 나타난 석천의 얼굴을 보고는 기겁을 하고 뒤로 넘어져 버렸다. 가휘처럼 넘어지지는 않았지만 놀란 것은 유이 소저나 이은 소저 역시 마찬가지인 것 같았다.

그들의 등장에 날 옭아매던 어둠의 늪과 같던 악몽에서 벗어날 수 있었다. 그 순간 내 그림자에서 희끗한 무언가가 빠져나가는 것 같았는데, 난 재빨리 일섬쾌지를 날려 그것을 꿰뚫어 버렸다.

끄어어어—!

울부짖는 듯한 귀곡성이 가휘와 유이 소저, 이은 소저의 얼굴을 창백하게 만들었다. 이 모든 것이 석천을 사이에 두고 벌어진 일이었다. 난 귀곡성을 뿌리는 정체 모를 존재에게 장력을 날려 완전히 괴멸시켰고, 석천을 바라보았다.

"넌 누구지? 어째서 그 몸으로 살아 있을 수 있는 거지?"

난 아까의 물음을 또 한 번 띄워 보냈다. 그러자 석천은 또다시 미소 짓고 있었다. 그 암흑의 늪이 날 끌어당기는 느낌이 들었지만 난 용연지기를 끌어올려 그것에 맞섰다. 그러자 또다시 낮은 귀곡성과 동시에 무언가 튕겨 나가는 듯한 느낌을 받았다.

"장난치지 마라. 더 이상 이딴 것에 넘어가지 않는다."

"역시 섭혼령(攝魂靈)의 공격이 두 번은 통하지 않는군요."

"대답하라. 넌 누구냐! 어떻게 살아 있을 수 있냔 말이다!"

"착각하고 있는 것 같네요. 난 살아 있지 않아요."

"뭐?"

난 석천의… 아니, 정체 모를 그 존재의 말에 의문을 표했다. 살아 있지 않다니……. 그럼 지금 넌 뭔데?

"난 애초에 살아 있지 않은 존재. 과거 따윈 있을 수 없는 존재. 미래 또한 부서져 버린 존재. 영원한 흐름 속에서 빠져나와 영원한 안식을 포기한 존재. 귀신의 제왕. 영혼을 다스리는 자. 썩어가는 모든 시체 위에 군림하는 자. 석천은 내 이름이 아니에요. 다시 인사드리죠. 내 이름은 시왕(尸王). 모든 죽음의 우두머리인 존재."

석천의 말 한마디는 내 머리 속에서의 경종을 울리기에 충분한 것이었다.

자신을 왕으로 칭하는 존재. 비상을 다스리는 '그'를 따르는 존재. 비상을 그들만의 영역으로 만들어가려는 존재. 나와는 결코 같이 설 수 없는 존재.

천추십왕…….

그렇다. 석천은… 아니, 시왕이라 자신을 밝힌 저 존재는 천추십왕의 일 인이었다.

"시, 시왕? 그, 그건 또 무슨 개풀 뜯어 먹는……."

과연 우리의 가휘. 몸통이 뚫린 채 말하는 시왕의 모습은 충분히 괴기스러웠고, 가휘 스스로도 그런 시왕의 모습에 겁먹고 있으면서도 끝까지 할 말 다하는 저 끈끈이 정신을 보라! 참으로 징하지 않은가!

크윽! 상황이 상황이다 보니 이런 농담으로도 이 우중충한 분위기가 가시질 않는군.

난 전신을 죄어오는 싸늘한 압박감을 느끼며 만반의 전투 태세를 취하고 있었다. 용연지기는 맹렬히 돌고 있었으며, 주먹을 쥔 내 손바닥에선 보이지는 않지만 작은 스파크가 튀어 오르고 있었다. 언제든지 진천강기를 뿜을 수 있기 위해.

푸우 역시 그런 기운을 느꼈는지 천천히… 천천히 살기를 북돋우고 있었다.

"네 진짜 목적이 뭐지? 왜 유저로 정체를 숨긴 채 파티에 들어와 우리와 함께한 거지? 네 실력이라면 이런 수고를 겪지 않고도 훨씬 빨리 원하는 바를 이룰 수 있을 텐데?"

천추십왕.

그들은 지금의 나로는 대적하기 힘든 상대였다. 오랜 기간 동안 익혀 극성에 이른 절정도법 현월광도와 최고의 보조 도법 도제도결, 인세에 더없을 아이템, 그리고 엄청난 내공. 이 모든 것을 갖춘 상태의 나와도 평수를 이룬 이들이 천추십왕이란 존재였다.

비록 패왕은 도법, 비왕은 신법, 요왕은 술법 등 각기 자신들의 특성에만 엄청난 능력을 가지고 있다지만 말 그대로 엄청난 능력이라 비상의 어느 곳에 내놓아도 최고를 따질 이들이었다.

그런 이들을 많은 제약이 걸린 상태에서 한월, 승룡갑, 백면귀탈도 없는데다가 도법마저 쓰지 못하는 상태에서 맞붙기란 무리가 있는 일이었다. 겨우 몇 달 익힌 권장지각으로 상대할 수 있을 만큼 천추십왕은 약하지 않다.

하지만 다행히도 지금 내 옆에는 푸우가 있었다. 푸우와 합세한다면 상황은 조금 달라질 것이란 희망이 있었다.

"진짜 목적이요? 쿡! 단순한 유희… 라고나 할까?"

"뭐?!"

순간 가슴속에서 뭔가 치밀어 오르는 감정에 내 목소리는 잔뜩 격양되어 있었다.

"쿡쿡! 농담이에요. 상당히 반응이 재미있군요."

"전혀 재미없는 농담이로군."

"쿡! 그런가요? 그럼 말씀드리죠. 저의 진짜 목적을……."

시왕은 발걸음을 옮기며 말을 이었다. 처음엔 내게 다가오는 줄 알았는데 녀석의 목적지는 내가 아닌 정반대편의 다른 일행이었다.

저벅저벅.

저벅저벅.

마치 뺑그르르 원을 돌듯 시왕이 그들을 향해 원을 그리며 다가갈수록 그들은 시왕과는 반대편으로 이동하고 있었다. 난 녀석의 의도를 알 수 있었지만 그 이유는 알 수 없었다.

"진짜 목적은 다름 아닌 이 마석투혼사의 육체입니다."

녀석은 계속 이동하며 말을 이었다. 시왕이 움직이는 것을 보는 내 머리는 빠른 속도로 회전하고 있었다. 녀석이 이동하는 이유? 녀석은 지금 나머지 일행을 나와 합류시키려 하고 있는 것이다.

하지만 그 이유를 모르겠다. 앞뒤에서 이어지는 푸우와 나의 합동 공격에 대비하는 것도 같지만 녀석은 푸우의 진정한 힘을 모른다. 그 어느 존재도 푸우 스스로 드러내기 전까지는 푸우의 힘을 알 수 없었다. 그것이 천추십왕이라고 해서 달라질 것은 없다. 그들은 인공지능의 피조물, 즉 창조주의 파편일 뿐이지 창조주 자신이 아니니까. 어쨌든 푸우의 능력을 모르는 그가 단순한 곰과의 합격을 두려워할 리가 없었다.

뭐, 나로서는 그리 불평할 일은 아니다. 며칠 되지 않았지만 나름대로 정이 든 일행이고, 싸가지없는 가휘도 미운 정이 든 녀석이다. 그런 일행을 그대로 죽게 내버려 둘 생각이었다면 애초에 거대 원석마에게서 구해주지도 않았을 거다.

"마석투혼사의 육체?"

난 계속해서 이동하고 있는 녀석의 정신을 분산시키고자 질문을 던졌다.

"네. 혼이 빠져나간 마석투혼사의 육체는 저와 같은 시술사(尸術士)에겐 최고의 무기나 같으니까요."

그, 그런…… 녀석의 말에 난 한 가지 가정을 세우고는 약간의 두려움을 느꼈다.

마석투혼사의 육체. 그 원혼의 마석투혼사 조종(?) 실력이 조금만 더 좋았다면 위험했을 거다. 조종 실력이 형편없었기 때문에 방어를 도외시하며 단숨에 끝을 내려 했고, 단순한 공격밖에 못했던 거다. 하지만 그런 마석투혼사의 육체를 시왕 정도의 인물이 움직인다면, 본래의 마석투혼사와 맞먹는… 아니, 그보다 더한 괴물이 될 수도 있었다. 그것은 분명 두려운 일이었다.

어느새 일행과 시왕은 자리를 바꾸고 있었다.

"내 뒤로 물러서세요."

난 일행을 뒤로 물리고는 푸우와 앞으로 나섰다.

"그리고 당신들과 함께한 이유는… 쿡! 죄송하네요. 농담이라고 했지만 역시 단순한 유흥거리일 뿐이었어요. 쿡쿡쿡!"

"큭!"

저 자식이!

난 녀석의 장난기 다분한 말에 분노를 느꼈지만 애써 무시하고는 기를 끌어모으기 시작했다. 마석투혼사의 육체를 없애 버리기로 한 것이다. 시왕의 손에 들어가기 전에……

하지만 나의 그런 시도는 시작도 해보지 못하고 끝이 났다. 시왕의 말이 이어졌다.

"쿡쿡! 어쨌든 제 목적은 이미 이루어졌으니… 이만 죽어주시죠."

"뭐?"

"까악!"

"으악!"

"칫!"

갑자기 들려온 비명에 뒤를 돌아보았다. 그리고 볼 수 있었다. 설영소저와 야랑… 그들의 무기가 이은 소저와 유이 소저, 가휘의 목젖에 닿은 채 생명을 위협하고 있는 모습을.

저들은 왜 저러는 거야? 도대체 왜?

"쿡! 그들을 걱정하기 전에 자신의 생명이나 돌보시죠."

아차!

시왕의 말에 난 다시 뒤돌아보았으나 그땐 이미 조금 늦은 뒤였다. 멀쩡해진 마석투혼사가 지척으로 순식간에 파고들어 오고 있었던 것이다. 큭! 기습 공격을!

난 다시 한 번 목을 죄어오는 고통을 느껴야 했다.

"쿠쿠쿡! 아직 마석투혼사에게 숙련되지는 않았지만 한눈판 고수 정도는 충분히 죽일 수 있습니다.”

“크윽!”

난 시왕의 말에 피가 끓는 것을 느꼈다.

빌어먹을 자식! 고통스럽긴 하지만 내가 똑같은 수에 두 번 당할 듯 싶냐! 어림없다!

난 주먹 안, 손바닥에 모아둔 강기의 억제를 풀었다. 그러자 진천강기의 푸른 뇌전은 양팔 전체로 급격히 번졌고, 내 목을 잡은 마석투혼사의 팔을 올려쳤다.

쾅!

다시 굉음이 울리며 마석투혼사의 팔은 산산조각나서 사라져 버렸다. 아까 전과는 달리 위로 올려쳤기 때문에 먼지는 피어오르지 않았고, 마석투혼사는 완전 무방비 상태가 되었다. 난 비틀대며 뒤로 물러서는 마석투혼사를 향해 광뢰충장을 펼쳤다.

“없어져 버려! 광뢰충장!”

“큭! 가만히 당하지 않겠다는 건가요? 하지만 소용없습니다!”

시왕의 말이 그치자 마석투혼사는 한 팔을 잃은 채로 오히려 내게 달려들었다. 곧 광뢰충장에 의해 굉음이 다시 울려 퍼졌지만, 이미 몸의 반이 날아가 버린 마석투혼사는 멈추지 않고 달려들어 남은 한 팔로 날 끌어안았다.

“이건 무슨?!”

“정말 귀찮게 하시네요. 이만 가시죠.”

시왕의 말이 끝나기도 전에 난 마석투혼사의 돌진에 밀려 버렸고, 내 뒤에 위치한 건 끝이 보이지 않는 나락과도 같은 곳이었다. 이런 젠장!

녀석의 목적은 날 이곳으로 밀어 넣는 거였다. 마석투혼사의 괴력은 몸의 전반이 날아간 상태에서도 마찬가지여서 난 속수무책으로 마석투혼사와 함께 나락으로 떨어져 갔다.

피이이잉!

추락하는 속도는 굉장히 빨랐다. 바람이 찢어지는 듯한 소리에 멍멍해진 내 귓가로 낯익은 소리가 들려왔다.

쿠어어어엉—!

이건! 이건 분명 푸우가 변신할 때, 그때 내뱉는 괴성이었다. 그래, 푸우가 남아 있었지. 푸우… 너라면, 너라면 믿을 수 있다.

"젠장! 그래, 일행은 네게 부탁한다, 푸우!"

마석투혼사와 나는 그렇게 나락 속으로 추락해 갔다.

핏빛 붉은 털에 소름끼치게 날카로운 이빨, 마치 땅이 두부라도 되듯 땅속으로 깊게 파고들어 간 발톱, 보는 사람으로 하여금 두려움을 불러일으키는 붉은색 혈광을 뿌리는 사나운 눈동자. 그리고 사방을 압도하는 질식할 것만 같은 살기.

푸우는 잠재되어 있던 살기를 터뜨리며 살의의 이빨을 드러냈다.

쿠어엉!

찌릿찌릿—

용솟음치며 주변의 모든 것을 압박하는 거대한 살기가 사예 일행의 목숨을 틀어쥐고 있던 야랑과 설영, 그리고 천추십왕의 일 인인 시왕에게까지 전해졌다. 살기가 얼마나 강했던지 야랑과 설영은 뒤로 물러서다 못해 넘어지기까지 하였고, 심지어 시왕마저 주춤주춤 뒤로 두 발자국이나 물러서고 말았다.

물론 그들만 피해를 입은 것은 아니었다. 생명의 위협 때문에 옴짝달싹하지 못하던 가휘와 유이, 이은은 어느새 안색이 새파랗게 질려 있었다. 푸우의 살기로 인해 그들의 두 눈동자에는 공포가 가득했다.

"호, 호오. 저, 정말 대단한 살기로군요."

시왕은 말을 더듬고 있다는 것도 깨닫고 있지 못한 듯 감탄사를 내뱉었다. 그러다가 문득 자신이 뒤로 두 발자국 물러섰다는 것과 말을 더듬었다는 사실을 인식했다. 그 누구도 아닌, 천추십왕의 일 인인 시왕 본인이!

"크윽! 감히 나를!"

크릉.

조금 흥분한 채 자신들을 향해 다가오는 시왕에게 푸우는 보기만 해도 섬뜩한 이빨을 드러내었다. 마치 조금만 더 가까이 오면 갈가리 찢어주겠다는 듯이.

그런 푸우의 위협에 시왕의 발걸음은 멈추고 말았다. 그런 자신의 모습에 잠시 수치스런 표정을 짓던 시왕은 이내 다시 입에 작은 미소를 지었다.

"이런, 제가 잠시 흥분을 하고 말았네요. 뭐, 좋아요. 우리 세상에 유저가 아닌 NPC 중 꼭 우리가 최고로 강하라는 법은 없지요. 비록 미물일 뿐인 곰이라 할지라도 창조주의 은혜로 태어난 것이니까요."

그렇게 말하며 시왕은 푸우와 일정한 거리를 두며 사예가 떨어진 절벽 쪽으로 이동했다.

그런데 그때, 점차 하늘을 까맣게 물들이는 수많은 무언가들이 날아들었다. 그 존재들은 양쪽으로 갈라져 서로가 서로를 죽이는 싸움을 시작했다. 그 덕분에 푸우와 일행이 있는 한의 대지에 까만색의 존재가 떨어지기 시작했다.

"까악!"

"으어억!"

이은과 가휘는 떨어진 까만 존재의 정체에 떠나갈 듯 비명을 질렀다. 까만 존재의 정체는 다름 아닌 까마귀였다.

어느새 절벽에 도착한 시왕의 주변으로도 까마귀의 시체들이 떨어지기 시작했지만 전혀 개의치 않고 말을 이어갔다.

"그렇게 강한 존재와 꼭 진다는 보장은 없지만 이겨도 손해가 클 것 같은 싸움은 하고 싶지 않군요. 더구나 득이 없는 싸움이라면 더욱더."

그 말이 끝났을 쯤 기이한 일이 벌어지기 시작했다. 서로의 싸움으로 죽어버린 까마귀의 시체 위로 무언가가 희끗하게 보이더니 이미 죽은 줄 알았던 까마귀들이 하나 둘 다시 날개를 펼치고 날아올랐다. 그렇게 죽었던 까마귀들은 시왕의 옆으로 날아들어 서로 집약하기 시작했다.

죽었다 살아난 까마귀의 수가 상당히 많았기에 곧 널따란 발판을 만들기에 이르렀고, 시왕은 그런 발판에 당연하다는 듯이 올라서며 다시 싱긋 웃었다.

"원래라면 유이 소저, 이은 소저, 그리고 가휘 소협을 죽여야 하겠으나, 창조주의 보살핌 없이도 스스로 강함을 얻은 당신에게 경의를 표하며 이렇게 물러나겠습니다. 어차피 저들보다는… 쿡쿡! 사예… 그가 참 재미있을 것 같거든요."

까악—!

시왕을 태운 까마귀들은 점점 그 고도를 낮춰가기 시작했다. 까마귀에 탄 채 시왕이 서서히 아래로 내려가며 사라져 가도 그를 바라보는 푸우는 날카로운 이빨을 감출 줄 몰랐다.

시왕의 모습이 완전히 사라져 그 여운만이 남았을 쯤, 아무도 없는 빈 허공에서 한마디의 말이 이어졌다.

"하지만 이렇게 사라지면 기껏 스스로 힘을 드러낸 당신에게 미안할 것 같군요. 비록 상대는 안 되겠지만 유흥거리 정도는 될 겁니다. 귀찮은 유흥거리 말이죠. 쿡쿡!"

말이 끝나는 것과 동시였다. 붉은 대지, 한의 대지에서 정체를 알 수 없는 투명하면서도 불투명한, 그 수많은 개체의 존재가 떠오르기 시작했다. 또한 그것이 전부가 아니었다. 푸우의 살기에 제 몸을 주체하지 못하던 야랑과 설영이 푸우를 향해 살수를 떨치기 시작한 것이었다.

하지만 그들에겐 불행히도 푸우의 감각에는 시왕의 말이 끝나기도 전에 모든 상황이 잡히고 있었다. 수많은 영체들이 들끓는다는 것이나 야랑과 설영이 푸우를 향해 살수를 떨칠 것도 모두 이미 알고 있었다. 그리고 그것은 푸우에게는 그 어떤 위협도 되지 못했다.

쿠어엉!

살기가 가득한 고함이 사방을 쩌렁쩌렁 울리자 돌진하던 야랑과 설영은 잠시 멈칫하는 기세를 보였다. 하지만 조금 전과는 달리 넘어지지도 않았고, 잠시 멈칫했을 뿐이지 다시 푸우에게 돌격하기 시작했다.

하지만 그 잠시 멈칫한 시간이 푸우에겐 너무나 긴 시간이었다.

어느새 야랑과 설영의 앞으로 이동한 푸우는 예의 그 거대한 발을 후려갈기며 설영과 야랑을 공격했고, 그 둘은 푸우의 갑작스런 공격에 급히 각자의 무기로 방어를 했다. 하지만 푸우의 공격은 야랑과 설영이 막을 수 있을 정도의 것이 아니었다. 쿵, 하는 소리와 함께 그 둘은 푸우가 내려친 공격의 반동 때문에 뒤로 나가떨어지고 말았다. 분명 보통 사람이 막아섰다면 한 팔이 부러졌을 법한, 그런 무거운 공격이었다.

그렇게 단 일 격으로 둘을 날려 버린 푸우지만 그들에 대한 신경을 거두지 않고 있었다. 푸우는 그 둘에게서, 흔히 생명체에게 느낄 수 있는 생명력을 느낄 수 없었던 것이다. 오직 침울한… 시체에게서만 느낄 수 있는 끈적끈적한 느낌만이 전해져 왔다. 푸우의 감각 속에 존재하는 야랑과 설영은 이미 살아 있는 존재가 아닌, 그냥 시체일 뿐이었다. 시왕에게 조종당하는 인형 같은 그런 시체…….

그렇다고 푸우는 그들에게만 신경을 집중시킬 수도 없었다. 자신의 뒤에는 지켜야 할 이들이 있었고, 그들을 노리는 것은 설영과 야랑뿐만이 아니었기 때문이다.

키익!

붉은색 대지 위를 유영하던 영체들이 하나 둘 푸우에게로 쏘아져 들어갔다. 영체들의 모습은 각기 제각각이었는데 그나마 비슷한 점이라면 크기가 작은 괴물이라는 점이었다.

빠른 속도로 푸우를 향해 날아간 영체가 뾰족한 이빨을 세우며 그(?)의 붉은 털을 뚫고 살을 할퀴려 했지만 그전에 날카로운 발톱에 꿰인 채 날아온 길을 다시 되날아가야 했다.

키엑!

쿠릉.

실체가 없는 영체를 보통의 공격으로 건드릴 수 없다는 법칙을 간단히 무시한 채 영체 한 마리를 멀리 날려 버린 푸우는 날카로운 이빨을 뽐내며 다가온 영체를 물어서 갈가리 찢어버렸다.

그렇게 찢긴 영체는 곧 땅속으로 스며들며 사라져 버렸다. 소멸한 것이었다.

"일타관파."

고저(高低)를 알 수 없을 만큼 일정한 음량의 외침이 울려 퍼지는 동시에 푸우를 향해 긴 장창이 뻗어왔다. 날카로운 장창의 촉이 푸우의 신형을 꿰뚫을 듯했지만 그 예상은 보기 좋게 빗나가고 말았다.

우지끈!

원석마의 엄청난 힘이 담긴 대시 공격도 가볍게 버텨낸 푸우였다. 그런 푸우에게 단순한 초식이, 그것도 푸우의 공격을 막느라 이미 한 팔이 부러진 상태에서 남은 한 팔로 펼쳐 낸 불완전한 초식이 타격을 줄 수 있을 리 없었다.

푸우는 뒷다리로 부러진 창대를 잡고 있는 야랑을 걷어차 버리고, 몸통 박치기로 자신을 향해 뾰족한 검봉을 세우며 달려드는 설영과 몇몇 영체들을 날려 버렸다.

푸우의 절대적인 강함에 영체와 설영, 야랑은 딴 곳에는 신경 쓰지 못하고, 오직 푸우를 향해 달려들 뿐이었다. 덕분에 잔뜩 긴장하고 있던 유이와 이은, 가휘는 안도의 한숨을 내쉴 뿐이었다.

쿠어어엉!

키엑!

그렇게 그들의 싸움은 계속되었다.

쒜에에엑!

크윽! 떨어지는 속도가 얼마나 빠른지 바람이 스치는 얼굴이 따가울 지경이다. 아니, 따가운 경지는 예전에 지났고, 얼얼해서 표정이 제대로 안 지어져. 젠장, 아무리 마석투혼사가 돌 괴물이라지만 이렇게 무겁다니…… 이렇게 무거울 거면 유연하지를 말던가. 이놈 정말 돌 괴물 맞아?

감격적인(?) 포옹 끝에 절벽으로 떨어진 나와 마석투혼사. 엄청난 속도 덕에 질식할 것만 같이 몰아치는 바람과 엄청난 악력으로 양팔을 내리누르는 고통을 이중으로 느끼고 있는 중이다. 정말 더럽게 아프네. 칫!

떨어진 지 제법 시간이 흐른 것 같은데도 아직 끝이 보이지 않는 절벽을 보고 있자니 예전 책에서 보았던 그로테스크한 스포츠가 하나 떠오르잖아. 번지 점프라는 이름을 가지고 있었는데, 나무 탑 위에 올라가 칡의 일종인 번지라는 열대 덩굴로 엮어 만든 긴 줄을 다리에 묶고 뛰어내려 남성의 담력을 과시하는 것에서 유래된 것이다. 나중에는 전 세계 곳곳으로 퍼질 정도로 아주 많은 인기를 얻었단다.

일종의 스릴을 느끼고, 거기서 쾌락을 얻는 행위였다고 생각되는 번지 점프. 요즘 같은 시대에선 가상 현실로 그보다 더한 스릴을 느낄 수 있기에 점차 사라져 가더니 지금은 마니아 몇 명만이 명맥을 간신히 유지하는 그런 스포츠다. 딱 거기까지만 읽고 접었기에 그 후부터는 모르겠으니 더 알고 싶으면 스스로 찾아보도록.

근데 지금 상황이 이렇게 느긋해도 될 상황인가? 아니잖아! 우선 이 놈부터 떨어뜨려 놔야지.

"떨어져! 좀 떨어지라고!"

양팔은 마석투혼사에게 묶여 버린 상태이다 보니 사용할 수 있는 건 두 다리와 머리뿐인데 마석투혼사… 이놈 엄연히 돌 괴물이다. 한마디로 머리도 돌 머리라는 말이지. 그런 놈이랑 미쳤다고 박치기를 해? 뭐, 천하제일 비무대회의 그 철두라면 붙을 수도 있을라나? 어쨌든 난 철두도 아니고, 함부로 머리를 들이댔다가 떨어져 죽기 전에 뇌진탕으로 먼저 죽는 것도 희망하지 않는다. 결국 발길질을 해대는 수밖에 없었다.

운영각의 초식까지 담아 발길질을 하다못해 차마 같은 남자끼린 결코 공격해선 안 될… 그런 부위까지 사정없이 걷어차 보았으나 각반을 통해서 정강이에 은은한 고통만이 느껴질 뿐이다. 이 녀석… 남자도 아닌가? 하긴 돌 괴물에게 성별이 어디 있겠느냐마는……. 아참, 이러고 있을 때가 아니지.

"젠장! 죽기 아니면 까무러치기다!"

난 결국 마지막 방책을 강구했다. 마석투혼사와 갑작스럽게 떨어지긴 했으나 직접 힘차게 발을 굴러 절벽으로 떨어진 게 아닌 덕분에 현재 나와 마석투혼사의 위치는 벽에서 얼마 멀지 않다. 비록 이놈과 함께 속도를 멈추기는 힘들겠지만 이동이라면!

"아자!"

큰 기합성과 함께 능공천상제로 공중을 힘껏 박찼으나 발밑으로 둔중한 충격이 밀려와 발목만 저릴 뿐 장소는 쉽게 이동되지 않았다. 그렇게 세 번을 연속으로 차냈음에도 발목의 충격만 거세질 뿐 이렇다 할 만한 성과는 전혀 없었다. 이제 능공천상제로 허공을 밟을 수 있는 건 단 네 번!

제기랄! 그래, 좋아! 네가 푸우보다 무거운지 한 번 보자고!

"폭기!"

자칫 잘못하면 주체를 못한 채 8성을 넘어서는 내공을 뿜어낼까 봐

자제하고 있었던 폭기를 전개했다. 한순간 기의 흐름이 꽉 막힌 듯한 느낌이 들더니 이내 한꺼번에 터져 나갔다. 폭발적인 내공이 휩쓸고 지나가며 전신에 힘이 충만해진 것 같았다. 그리고 기회는 이때!

"으라차차!"

기억도 나지 않는 어릴 적… 이라고 해야 하나? 대단히 불온한 가정에서 태어난 사람이 아니면 대부분 한 번쯤은 겪었을, 그 젖 먹던 기억에서 발췌되는 힘까지 끄집어내며 연속으로 남은 네 번의 능공천상제를 모두 허공에다가 펼쳐 냈다. 그러자 그 무거운 마석투혼사가 서서히 밀리기 시작하더니 이내 빠른 속도로 벽을 향해 돌진하기 시작했다.

쾅!

크윽! 역시 이 방법은 나한테도 충격이 심하단 말이야…….

벽에 충돌한 덕분에 부딪쳤던 그 장소부터 벽에 거친 구덩이를 파내며 계속해서 아래로 하강하기 시작했다.

콰콰콰콰―!

아이고, 삭신이야… 비록 부딪친 건 마석투혼사 쪽이라 하더라도 지금 난 마석투혼사와 한몸이 되어 있는 상태. 흠, 조금 이상한 쪽으로 상상할 수 있기도 하겠군. 어쨌든! 그런 상태이기 때문에 벽에 부딪친 충격은 마석투혼사를 거쳐 고스란히 내게 전해졌고, 난 뼈가 조각나는 듯한 고통을 느꼈다. 하지만 그래도 성과는 있단 말이야!

급작스러우면서도 강력한 충격에 조금 팔이 헐거워졌군. 바로 내가 노린 게 이거야! 자, 전신이 다 아프긴 하지만 어쨌든 힘 좀 써볼까?

빠지직!

마석투혼사의 한쪽 팔에 집중된 힘이 조금 헐거워진 덕분에 난 팔에 어느 정도 힘을 줄 수 있었다. 내공을 팔로 집중하기 시작하자 곧 손바닥에서 스파크가 튀어 올랐다. 그리고 그 스파크는 점점 번지기 시작하더니 곧 양팔 전체를 감쌌다.

터질 듯이 휘몰아치는 뇌전, 미칠 듯이 뻗어가려 하는 뇌전. 폭기로 인해 그 위력이 전과는 비교도 안 될 정도의 진천강기가 양팔에 그 모습을 드러내자 난 그대로 양팔을 양 옆으로 뻗어냈다.

빠삭 하고 가루가 되어 사라지는 마석투혼사의 남은 한쪽 팔에 일별을 한 나는 놈의 복부에다가 힘껏 주먹을 박아 넣었다. 그러자 녀석의 주인이 된 시왕처럼 주먹이 녀석의 몸에 구멍을 뻥 하니 뚫어놓았고, 복부에서 주먹을 빼내고는 양손을 모아 위에서 아래로 한 번에 내려쳤다.

빠가가가각!

함몰되다 못해 부서져 버리는 녀석의 머리. 그리고 놈과 떨어진 덕분에 난 그나마 천천히 떨어지기 시작했고, 곧 녀석과 큰 거리 차이를 보였다.

그러나 여기서 그칠 수 없는 법!

난 옆의 벽을 발로 걷어차 몸을 꼿꼿이 세우고는 급속도로 아래로 떨어져 내려갔다. 바람을 가르며 떨어지는 속도가 엄청나게 빨라 스쳐가는 것만으로도 벽에 긴 구덩이를 만들어내고 있었다.

순식간에 녀석과의 거리를 다시 좁힌 나는 진천강기가 꿈틀대는 양팔에 힘을 집중시켰다.

"연환폭뢰!"

퍼퍼퍼퍼펑!

연사되어 쏟아지는 연환폭뢰의 공격에 마석투혼사의 육체는 서서히 걸레가 되어갔다. 그렇게 얼마간 갈기고 있자 없을 것만 같던 절벽의 바닥이 서서히 보이기 시작했다. 쩝, 마음 같아서는 완전히 박살을 내야겠지만 우선 여기서 멈춰야겠군.

이미 전에 벽을 차놓았기에 다시 허공을 여덟 번 찰 수 있었고 난 아래를 향해 순식간에 일곱 번을 차내었다. 그러자 조금 속도가 줄긴 했지만 이렇게 떨어지나 조금 전과 같이 떨어지나 별 차이가 없을 것이 분명하다. 하지만 내겐 마지막으로 허공을 박찰 기회가 있단 말씀!

팡!

이번에는 옆으로 허공을 박차서 다시 벽에 접근한 뒤 벽을 밟듯 아래로 달리기 시작했다. 그리고 그 중간에 다시 허공을 밟으며 속도를 늦추는 것도 잊지 않았다.

콰앙―!

한참을 먼저 떨어진 마석투혼사가 바닥에 부딪친 소리로 이미 바닥과 상당히 가까워졌음을 느꼈다. 마침내 바닥이 보이기 시작하자 이미 상당히 줄어든 낙하 속도에서 난 다시 허공을 박찼다. 그러자 잠시 내 몸이 공중에서 멈칫하고 멈추었다. 즉, 난 지금 땅에 서 있는 것과 다를 바가 없어졌다는 말이다. 그 말은 이 정도의 거리에서 떨어져도 별로 부담이 없다는 말!

이미 벽과 붙어 있는 상태였기 때문에 벽을 살짝 박차며 마석투혼사가 떨어져 만들어낸 거대한 구덩이의 중심으로 이동했다. 동시에 위를 향해 능공천상제를 모두 쏘아내었다. 그러자 엄청난 속도로 낙하하기 시작하는 내 몸! 머리가 아래로 향한 채였기에 이대로 떨어지면 상당히 위험하지만 그 밑으로 이미 손이 펼쳐져 있었다. 그리고 내 몸은 서서히 옆으로 회전을 하기 시작했다.

"이 지겨운 자식! 완전히 죽어버려라. 낙뢰격타!"

콰콰아앙—!

자욱이 낀 먼지가 눈을 가린다. 살짝 바람이 불어주면 좋을 테지만 바람은 불지 않고 난 먼지 사이를 뚫고 나왔다. 어느새 내 양팔을 휘감던 진천강기는 사라져 있었다. 그 기술은 제법 진기 소모가 심하단 말이야. 강기니 당연한 말이겠지만.

"콜록! 콜록! 켁! 아악! 눈 아파."

으음, 지겨운 모래 먼지…….

낙뢰격타를 멋지게 내리꽂은 건 참 좋았다. 거기까진 두말할 나위 없이 최고의 장면이 연출됐을 거라고 본다. 하나 여기에 한 가지 맹점이 있었으니 모래 먼지가 일어나며 눈이고 코고 입이고 곳곳으로 침투해서 날 괴롭게 한다는 것이다. 크윽! 이것을 생각하지 못했다니……. 앞으로 낙뢰격타는 자제해야겠어.

"쿨럭, 쿨럭! 퉤! 하아, 눈도 아프고 코도 찡하지만… 그래도 확실히 끝났겠지?"

폭기 때문에 대폭 상승한 공격력에 전력을 다한 낙뢰격타였다. 그걸 맞고도 살아 있음 그건 이미 인간이… 원래 아니었군. 어쨌든 간에 이 정도 공격에 맞았다면 보통 마물들은 뼈도 못 추릴 것이다. 그럼, 그럼. 누구의 공격인데 말이야.

"근데 도대체 얼마나 떨어진 거야?"

저 위를 쳐다보니 하늘이 보이지 않는다. 중간 중간 벽이 돌출된 부분이 하늘을 가리고 있는 것과 나와 마석투혼사가 지나온 흔적만이 눈에 띌 뿐이다.

"정말 많이도 떨어졌군. 이걸 어떻게…….."

혼잣말을 중얼거리며 주변을 둘러보던 나는 할 말을 잃고 말았다.

내가 긴 흔적을 만들며 떨어진 벽과의 정반대편에 위치한 벽, 그 벽은 지면으로부터 약 30미터가량 위에서 끊겨 있었는데, 그게 끊긴 게 아니라 실은 안쪽으로 파고들어 가 있는 것이었다.

무슨 말이냐면 내가 타고 내려온 벽처럼 중간 중간이 울퉁불퉁하지만 그래도 죽 이어지는 것이 아닌, 그야말로 안쪽으로 쑥 하고 꺼져 버렸다는 말이다. 그리고 그 안쪽, 30미터 높이의 동굴이라고 해야 하나? 원래 절벽에서부터 폭은 약 20미터 정도밖에 안 되니 동굴이라고 하기는 뭣하고……. 어쨌든 그쪽엔 내 눈을 의심스럽게 하는 것이 존재했다.

"호, 호랑이?"

세간에는 흔히 사신(四神)이라는 거창한 이름으로 불리는 네 가지 동물이 있는데, 청룡(青龍), 백호(白虎), 주작(朱雀), 현무(玄武)라 불리는 것들이 그것이며, 각기 순서대로 동서남북을 수호하는 신으로 알려져 있다.

내가 뜬금없이 이 사신 이야기를 왜 꺼내느냐고? 그 이유라면 지금 내 눈앞에 펼쳐진 한 폭의 음각상 때문이었다. 사신, 그중에서도 서(西)를 관장하는 흰색 호랑이, 백호가 절벽의 안쪽에 10미터 정도의 거대한 크기로 음각되어 있는 게 아닌가!

음각되어 있는 부분마다 정교한 솜씨가 느껴지는 게 정말 기품이 넘치고 멋스러움을 뽐내고 있었다. 게다가 백호를 표현하려고 그랬는지 전체적인 색상은 하얗게 되어 있었는데 돌 전체가 원래 하얀색인지 그렇지 않으면 일부러 그렇게 붙이거나 바른 것인지 알 수 없었다. 어쨌든 대단한 작품이라고 할 수밖에 없는 것이었다.

그런데 어째서 이런 곳에 이런 게 새겨져 있는 거지?

"한 번 다가가 볼까?"

그렇게 생각하고 있는데 백호 머리의 오른쪽 눈이 반짝하고 빛나는 것이 시야에 들어왔다. 저건 뭐지? 역시 다가가 봐야겠어.

백호는 고개를 치켜들고 하늘을 향해 포효하는 그런 모습으로 음각되어 있어 백호의 머리는 10미터나 되는 조각의 꼭대기쯤에 위치해 있었다. 보통 사람이라면 감히 엄두도 못 낼 정도였지만 내겐 능공천상제가 있으니 별로 상관없을 것이다.

"좋아, 가보……."

백호를 향해 한발을 내디디려 하는 그때, 갑자기 위에서 무슨 소리가 들려왔다.

푸드득! 푸드득!

처음엔 작은 소리였지만 시간이 지날수록 점점 더 크게 들리는 것으로 봐서 누군가 다가오고 있는 것이었다. 근데 이 소리는 아무리 들어봐도 새가 날갯짓을 하는 소리인걸?

그러더니 잠시 후 울퉁불퉁한 벽으로 웬 검은색의 널따란 물체가 내려오기 시작했는데, 저것이 무엇이냐 하면…….

"흐음, 저게 뭘까… 에엑!"

까, 까마귀?

그렇다. 수많은 까마귀들이 한대 뭉쳐 널따란 발판 같은 모양으로 해서 내려오고 있었던 것이다! 세상에 이런 희한한 일이!

근데 까마귀라……. 왠지 불길한 예감이 드는 것은 무엇 때문일까? 크, 크윽! 설마… 아니겠지?

"호오, 역시 살아 있었군요."

젠장, 꼭 이럴 때만 예감이 적중하더라…….

난 까마귀 위에서 싱긋 미소 짓는 가증스런 시왕을 보고는 아랫입술을 살짝 깨물었다. 어느 정도 예상한 거지만 그래도 평소에는 절대적으로 불일치를 연발하다가 꼭! 불길한 것만 100퍼센트 일치를 보여주는 예감이 오늘따라 더욱더 미워지는 건 어쩔 수 없잖아.

"그 높이에서 떨어졌는데도 멀쩡하다니 대단하… 응? 저건?"

까마귀를 타고 설렁설렁 내려오는 시왕은 거의 땅에 도착해서야 내 뒤에 위치한 백호의 음각상(陰刻像)을 보고는 말끝을 흐렸다. 벽이 안쪽으로 푹 들어가 있는 까닭에 각도상으로 위에선 백호상이 보이지 않기에 이제야 발견한 것이었다.

근데 시왕의 표정이 이상하다. 여전히 미소를 짓고는 있었지만 예전처럼 입만 웃고 눈은 차가운… 안 짓느니만도 못한 그런 미소가 아니라 진정으로 희열에 들뜬 그런 미소를 짓고 있다. 쟤가 왜 저러지?

잠시 이상한 시선으로 시왕을 지켜보고 있자니 시왕은 하늘을 올려다보며 조금씩 웃음을 터뜨렸다.

"쿡! 쿡쿡! 하하하하! 하하하하!"

저런 놈에게 할 수 있는 말은? 뭐, 여러 가지가 있겠지만 난 이 말을 선택하겠다.

저놈 정신이 나갔네.

"하하하하! 정말, 정말 오늘은 운이 좋은 날이로군요. 하하하하! 마석투혼사의 육체를 얻는 것도 모자라서 이렇게 열쇠를 발견하다니!"

녀석의 말에서 난 한 단어를 잡아챘다. 열쇠? 그건 또 무슨 소리야? 아니, 그것보다 녀석에게 이 말을 꼭 해줘야 할 듯싶군.

"미안하지만 마석투혼사의 육체는 이미 가루가 된 지 오래라네."

녀석을 도발해서 내게 좋을 게 하나도 없지만, 이러나저러나 상황이 별로 달라질 것 같지 않으니 이렇게 마음껏 약이나 올리자고!

"가루? 아아, 그렇군요. 쿡쿡!"

시왕은 그렇게 말하면서 마석투혼사가 남긴 거대한 구덩이를 바라보았다. 그러자 구덩이였던, 분명 구덩이였던 곳이 도로 메워지기 시작하더니 이내 원상태로 돌아갔다. 그것뿐만이 아니라 도리어 아까 보았던 그 기둥이 땅 위로 불쑥 튀어 올랐다. 그리고 그 기둥이 서서히 갈라지기 시작했다.

"으잉?"

"가루라… 쿡쿡! 그럼 이것은 가루로 된 마석투혼사로군요."

기둥이 갈라지며 내가 가루가 되었다고 선언한 마석투혼사가 버젓이 멀쩡한 모습으로 걸어나오고 있었다. 크윽! 저건 죽지도 않나? 어떻게 된 게 계속 부활하냐고!

"쿡쿡! 살아 있던 마석투혼사라면 몰라도 이미 혼을 잃고 숙주에 의해 움직이는 마석투혼사의 육체는 끊임없이 부활합니다. 그 숙주인 내가 죽기… 아니, 이곳에서 완전히 소멸하기 전까지 말입니다."

두둥!

아, 좌절을 담은 북소리가 있다면 이럴까. 난 내 머리 속에서 이런 북소리가 울리는 것만 같은 기분이 들었다. 아아, 좌절의 북소리여! 흠, 나 상당히 침착한 거 같지?

젠장! 으아아아아악! 빌어먹을! 그게 말이 되는 소리냔 말이야! 그럼 시왕이 죽기 전까지는 계속해서 부활한단 말이야? 죽은 놈의 왕이라는 시왕을 어떻게 죽여! 그것도 지금 내 실력으론 턱도 없는데! 으어어어!

라고 해야 기분 좋겠나? 사실 진짜 이러고 싶은데 그랬다가는 정말 비참해질 것 같아서 참는 중이다. 근데 할 거 다 해놓고서 이런 말 하려니 좀 뻘쭘하구먼.

어쨌든! 시왕의 말은 충격적이었다. 시왕을 죽이… 아니, 소멸시키기 전까지는 영원히 부활하는 마물……. 그것도 엄청난 육체적 위력을 가진 마물……. 그런 마물을 이길 수 있을 리 만무하잖아! 아니, 이겨도 이긴 게 아닌 거잖아. 젠장. 갈수록 태산이라더니…….

어쨌든 난 자세를 잡아갔다. 시왕이 내려온 이유라면 당연히 날 완전히 끝장내러 온 것일 테니 방심할 수 없는 것이다. 폭기도 썼겠다, 이젠 한 번 붙어볼 만할 것이다. 쩝, 그래도 이기긴 힘들겠지? 아냐, 아냐! 자신감을 가져라! 넌 이길 수 있어! 적어도 죽지는 않을 거란 말이야!

……마지막 말에서 힘이 쫙 빠지네. 크흠.

"쿡쿡! 너무 긴장하지 마세요. 우리완 달리 당신들에겐 죽는다는 것이 별로 큰 의미가 있는 것도 아니잖습니까. 야랑 소협과 설영 소저같이 말입니다."

"역시… 네가 그들을 죽인 거냐? 죽여서 그들의 시체를 조종하는 거였나?"

"네, 맞습니다. 야랑 소협과 설영 소저는 어제저녁, 이 비상에서 그 명을 달리한 것이지요. 전 떠나 버린 그들을 대신하여 그들의 식어버린 육체를 움직여 줄 뿐이었고 말입니다."

말은 잘한다. 한마디로 네가 죽였다는 거잖아. 그런 주제에 뭘 그리 선심 써주는 척 말하는 건데! 그런데 한 가지 궁금증이 든다. 어떻게? 어떻게 그들의 시체를 조종할 수 있을까? 내가 아는 비상의 상식으론 불가능한 이야기다. 하긴 시왕이라든지 천추십왕은 이미 상식을 벗어난 존재이기는 하지만 말이야.

"하지만 어떻게? 그들이 죽음과 동시에 그들의 시체는 곧 사라져 버렸을 텐데? 어떻게 아직도 그 시체를 보존할 수 있었던 거지?"

"뭐, 어렵진 않았습니다. 다행히 그 두 분은 마지막 삶을 살고 계셨거든요."

그랬던 거군. 한 캐릭터당 주어지는 세 번의 목숨. 야랑과 설영 소저는 그 마지막 세 번째 목숨을 살고 있었던 것이다. 첫 번째와 두 번째 죽음에선 그들의 죽음과 동시에 시체가 사라졌겠지만 세 번째 죽음 후엔 그들의 시체는 이 세상의 소유물이 된다. 즉, 생물에게 먹히거나 그렇지 않으면 썩을 때까지 기다려야 한다… 고 원래 설정은 잡아놓았는데 그렇게 했다가는 비상의 전 맵에 시체가 깔리게 될 터라 전격적으로 수정을 했다고 한다. 그것은 다행히 운영자의 권한이 미치는 한도 안에 속해 있는지 5시간마다 특별한 상황이 아닌 한, 착용하고 있던 아이템과 동시에 캐릭터를 초기화시켜 버린다고 한다. 이것은 남은 시체가 비상에 속한 존재가 되어 바깥과의 연결이 완전히 끊어졌기에 가능한 일로, 운영자로서는 죽어버린 NPC 하나를 관리하는 것과 별로 다를 것이 없다고 한다.

하여튼 간에 녀석은 세 번째 목숨을 살고 있던 야랑과 설영 소저를 죽인 후 그들의 시체를 조종하여 일행에 자신의 부하를 심어놓고 처음부터 우리의 뒤통수를 노릴 생각이었던 거다. 한마디로 우린 완전히 녀석의 노림수에 놀아나고 말았다.

뿌득!

아아, 이러면 안 되는데……. 녀석의 말을 들으니 저절로 손에 힘이 들어가고 말았다. 때문에 뼈마디에서 약한 소음이 흘렀고, 그것 덕분에 난 감정을 조절할 수 있었다.

"자아! 이제 어떻게 할까요. 흥미로운 것과 중요한 것. 어떤 것을 선택해야 하겠느냐 이 말입니다."

저건 또 뭔 소리야? 흥미로운 것? 중요한 것? 젠장, 그렇군. 나와 저 백호 음각상에 대한 얘기였구나. 설마 내가 중요한 것(?)일 리는 없을 테고 그렇다면 흥미로움일 테니 자연히 저 백호상이 중요한 것이 되려나? 하지만 어째서 천추십왕이나 되는 놈이 멋지기는 하지만 단순한 음각상 따위에 중요함이란 단서를 붙이는 거지?

혹시……? 좋아, 그럼 확인해 보자.

난 폭기로 인해 터질 것만 같은 기운을 내뿜으며 시왕을 도발하기 시작했다.

"자, 덤벼라!"

"쿡쿡! 역시 흥미로운 쪽이 좋겠군요. 마석투혼사… 가라."

녀석의 말과 동시에 마석투혼사는 위에서와는 달리 빠르면서도 아주 가벼운 움직임으로 순식간에 거리를 좁히며 내 품속으로 들어오기 시작했다. 큭! 아무래도 어느 정도 적응이 된 모양인데? 아무리 그렇다지만 시간이 얼마나 지났다고 벌써 적응을 하냔 말이야!

속의 절규야 어쨌든 내 몸도 반사적으로 마석투혼사의 움직임에 반응하고 있다. 품으로 파고들어 오며 길게 뻗어내는 주먹을 왼쪽으로 흘리고 녀석의 허리에 무릎을 박아 넣었다.

퍽 하는 짧은 소리와 함께 녀석의 뒤로 빠졌다. 분명 아직은 어설픈 공격을 한 마석투혼사였고, 누가 봐도 적절한 반격이었지만 난 그렇게 생각하지 않는다. 타격이 없다. 사람이었다면 꽤나 큰 충격을 줬겠지만 상대는 그야말로 돌덩이. 겨우 이 정도의 공격에 충격이 갈 리 없었다.

그것을 증명이라도 하듯 조금 물러섰던 마석투혼사는 다시 빠르게 다가오며 다리를 짧게 끊어 내려쳤다. 큭! 빠르다!

빠각!

"윽!"

"쿡쿡! 어떻게 된 것이지요? 조금 전의 그 호기롭던 모습은 어디로 갔습니까?"

"젠장! 시끄럽다고!"

난 시왕의 말에 고함을 지르며 마석투혼사의 찍기 공격을 막은 오른팔을 살짝 튕겼다. 그런데 마석투혼사의 찍기 공격이 얼마나 무거웠던지 팔이 욱신거리고 저릴 정도인지라 제법 탄력을 줘서 튕겼어도 겨우 떨쳐 내는 것이 전부였다.

그러면서 왼쪽 주먹으로 녀석을 가격하려고 하는데 갑자기 내 가슴으로 녀석의 반대쪽 다리가 날아오는 게 아닌가! 난 내지르려던 주먹을 급히 거두며 팔꿈치로 거의 근접한 정강이에 부딪쳤다.

"호오……."

시왕의 탄사가 들린다. 현재 나는 마석투혼사에게서 약 3미터 정도 뒤로 밀려 나간 위치에 있었다. 녀석의 돌려차기의 위력이 얼마나 강했던지 여기까지 밀려온 것이다. 녀석의 발차기 공격을 막은 왼쪽 팔꿈치가 골절이라도 된 듯 아파왔지만 난 꾹 참았다. 흐흐, 이번엔 나만 당한 게 아니거든.

다시 말하자면 녀석의 돌려차기를 막은 것은 왼쪽 팔꿈치. 인간의 뼈에서 가장 강한 곳 중 하나로 쳤으니 무사할 리가 없었다. 그리고 마석투혼사를 보니 당연스럽게도 돌려차기를 날렸던 정강이 부분이 부서지고 함몰되어 있었다.

"마석투혼사의 움직임을 따라가는 것만으로도 대단한 것인데 방어에 반격까지……. 쿡쿡! 정말 대단하군요! 세 번째 삶이 아니라서 당신의 육체를 조종할 수 없다는 것이 정말 안타까워요."

"빌어먹을. 언제까지 지껄이나 두고 보자고."

난 그렇게 낮게 읊조리며 잔뜩 굳어 있는 자세를 풀고 뻐근한 양쪽 팔을 휘저어주었다. 고통이 계속해서 밀려왔지만 그렇다고 양쪽 팔 없이 싸울 수도 없는 노릇이고, 이 정도 고통에 양팔을 안 썼다가는 푸우한테 엄살 좀 그만 부리라는 말을 들을 것 같다. 말은 못하는 푸우지만 어쨌든 그런 제스처를 취할 것 같다는 말이다. 내가 다른 건 몰라도 그 꼴은 못 보지. 차라리 죽고 말겠다!

"좋아, 좋아. 긴장을 풀고……. 한 번에 가는 거다. 한 번이야. 지금이다! 가자!"

이번엔 지금까지와는 달리 내가 먼저 녀석에게로 뛰어들어 갔다. 그렇다고 내가 녀석을 죽일 무슨 방법이 있어서가 아니다. 하지만 난 뛰어들어 가며 동시에 초풍건룡권의 건룡초풍의 초식을 펼쳤다.

"건룡초풍!"

뛰어가던 도중에 순식간에 건룡세의 자세로 바꾸며 앞으로 튕기듯 쏟아져 나가는 내 몸. 뛰어가는 것보다 적어도 배 이상은 빠른 속도로 쏟아져 나가고 있었다. 휙휙 지나가는 주변 지형에 어느새 내 체중과 모든 힘을 왼쪽 주먹에 실어 방어 자세를 취하고 있던 마석투혼사의 오른팔을 가격했다.

마석투혼사가, 아니, 마석투혼사를 조종하는 시왕이 녀석의 오른팔로 내 공격을 막으면서 별다른 반응을 하지 않았다. 공격에 담긴 힘이 평범한 것으로 생각하고 내가 완전히 마석투혼사의 사정거리에 들어오면 힘을 몰아 공격하려는 의도 같았다.

하지만 건룡초풍은 순식간에 쏟아져 나가는 속도와 체중, 그리고 힘을 한 점에 집중시켜 그 점으로 하여금 짧은 공격으로 최고의 파괴력을 내도록 하는 공격이다. 온몸의 힘을 한곳으로 집중시켜 내는 위력은 생각해 보면 알 수 있을 것이다. 아니, 생각해 보지 않아도 지금 이 상황을 보면 알 수 있을 것이다.

꽝!

꿩음과 동시에 허리를 중심으로 녀석은 상체와 하체, 완전히 두 개로 나누어졌다. 건룡초풍의 한 수가 녀석의 허리를 끊어놓은 것이었다. 가히 집중의 힘을 보여주는 엄청난 위력이었다.

난 건룡초풍의 초식이 끝나자마자 아직 허공에 떠 있는 마석투혼사의 상체를 뒤돌려 차기로 후려 찼다. 그러자 마석투혼사의 상체는 한쪽으로 날아가기 시작했는데 거기에는 바로 시왕이 버티고 있었다.

"큭! 이건 무슨?!"

"아자자자자!"

이와 같은 시왕의 말이 울리기도 전에 난 뒤로 몸을 돌리고 뛰기 시작했다. 애초에 내 목적은 싸움이 아니었다고!

난 마치 한 마리의 비조가 된 듯 가벼우면서도 빠른 속도로 백호 음각상을 향해 달렸다. 다행히도 마석투혼사를 반 동강 내어 시왕에게 던짐으로 시야를 분산시키는 게 주요했는지 별다른 공격이 들어오지 않았…….

푸드득! 푸드득!

않았… 다가 아니로군. 그럼 그렇지. 에휴……．

까악!

순식간에 날 감싸고 도는 검은 물체들. 바로 시왕 녀석이 타고 내려온 까마귀 떼였다. 어라? 그런데 이놈들 생긴 게 참… 눈알 하나 빠진 건 예사고 날개 하나가 완전히 꺾어진 것도 있었으며, 어떤 건 흘러내려 오는 내장을 길게 늘어뜨리며 나는 놈도 있었다. 이놈들 상태가 왜 이렇게 안 좋아? 시왕이라서 시체만 사용하다 보니 이런 놈들밖에 조종 못하는 건가?

까악!

놈들의 생김새야 어떻든 간에 어느새 날 에워싼 시체 까마귀들은 나를 향해 뾰족한 부리를 들이대기 시작했다. 이놈들이 어따가 그런 것들을 들이대는 거야!

"초풍……!"

잠깐! 초풍만룡을 쓰면 이 까마귀들을 다 없앨 수는 있겠지만 약간의 시간이 지체가 될 거란 말이야. 그렇다면 애써 기습하고 방향을 튼 효과가 없잖아. 시왕도 가만히 있을 리는 없고……． 좋아, 다 때려 눕히는 건 포기다. 돌파한다!

"연환폭뢰!"

퍼퍼퍼펑!

연환폭뢰를 한바탕 퍼붓고 나자 전방 어느 정도 각도 안의 까마귀들이 산산이 흩어지며 더 이상 눈에 띄지 않았다. 하지만 전방만 그렇다는 얘기고 아직 내 주변에는 까마귀들이 득실대고 있었다. 하지만 마오 정도의 까마귀 마물도 어쩌지 못했던 묵룡갑의 방어력을 보통 까마귀의 시체들이 뚫을 수 있을까? 당연히 NO라는 말씀. 그렇기에 난 까마귀들을 무시하며 달렸다.

하나…….

까악!

"에잇! 젠장!"

요놈들이 자신의 힘으로 내게 큰 타격을 줄 수 없다는 걸 인지한 건지, 아니면 시왕이 시켰는지 몰라도 주변에서 껄떡대던 놈들이 전방을 새까맣게 물들이며 앞을 막아서기 시작한 것이다.

젠장! 어떻게든 시간을 끌어볼 셈이로군. 연환폭뢰를 한 번 더 뿌려?

그렇게 생각하고 있는데 백호 음각상이 얼마 멀지 않았다는 걸 인식한 나는 연환폭뢰를 펼치려던 생각을 바꾸었다.

"좋다, 그렇게 백면이고 막아봐라. 다 뚫어버릴 테다! 투영풍로!"

초풍건룡권의 초식 중 최고의 돌파력을 가진 투영풍로를 펼치자 난 순식간에 몇 미터를 쭉 뻗어나가기 시작했고, 내가 지나쳐 온 자리의 까마귀들은 사방으로 튕겨나며 무너지기 시작했다.

함부로 까불면 이렇게 된다고. 알겠냐?

난 투영풍로를 펼친 후의 속도를 줄이지 않은 채 크게 땅을 밟으며 높이 뛰어올랐다.

"으라차차!"

능공천상제의 위력으로 몇 번이고 허공을 박차자 높이 날아오르는 내 몸. 이미 백호 음각상은 코앞이라 해도 좋을 정도로 매우 가까이 다가와 있었다.

처음엔 긴가민가했는데 가까이 다가가 보니 확실히 알 수 있었다. 백호의 한 쪽 눈이 빛을 발한다는 걸!

아니, 정확히 말하자면 눈이 빛나는 게 아니라 한 쪽 눈동자의 중심,

손바닥만한 팔찌 같은 테두리가 백호의 눈동자에 박혀 스스로 은은한 빛을 뿜어내고 있었다.

아마도 시왕 녀석이 중요하다고 말한 게 저것일 테지? 저걸 어떻게 빼낸다?

날듯 허공을 뛰어가며 빼낼 방법을 생각해 봤지만 딱히 좋은 방법이 떠오르지 않았다. 그러나 이미 음각상은 지척으로 다가왔기에 곧 별다른 방법도 구축하지 못한 상태에서 백호의 한 쪽 눈과 맞닥뜨리게 되었다.

이걸 어쩌지? 어쩌긴 뭘 어째!

"에라 모르겠다!"

별다른 방법이 생각나지 않는데 별수있으랴. 이럴 때는 단순 무식한 게 최고라고!

어느새 내 오른손의 다섯 손가락은 빛을 머금고 있었다. 이건 바로 일섬지의 제삼초 일섬파지(一閃破指)의 기운을 고도로 압축한 건데, 내가 생각한 단순 무식 방법의 필수적인 조건 중 하나였다.

내가 생각한 방법? 별거 아니다. 백호의 눈에 손이 닿는 순간, 압축한 일섬파지를 쏘아내는 것과 동시에 눈동자 부분을 깊게 말아 파고든다. 그렇게 되면 일섬파지로 눈동자 부분의 돌을 파괴하는 동시에 내 손이 돌을 통과할 수 있게 되는 것이다.

팔찌의 폭이 얼마나 긴지도 모르고 일섬파지를 이처럼 이용하는 것 역시 한 번도 시도해 보지 않은 것이기에 상당히 위험한 방법이긴 하지만, 별수없잖아. 그러니까 내가 애초에 말했지? 단순 무식한 방법이라고. 내가 스스로 단순 무식하다고 인정하는데 누가 뭐랄 거야?

"일섬파지!"

눈동자에 손끝이 닿았다고 생각한 그 순간, 일섬파지가 빛을 뿜었고, 난 손가락 끝으로 전해져 올 저항력을 생각하며 손가락에 잔뜩 힘을 주어 꼿꼿이 세웠다.

마침내 눈동자 속으로 파고들어 간 오른손. 크윽! 저항이 제법… 거세지 않잖아? 이게 뭐야? 왜 아무런 저항도 없는 것같이 손이 그냥 쑥 하고 파고들어?!

피웅!

"헉!"

잠시 의외의 상황에 공황 상태에 빠진 나는 곧 날아오는 다섯 줄기의 빛을 보고는 신음을 내질렀다. 바로 내가 쏘아낸 일섬파지의 빛 줄기가 손가락을 둥글게 말았기 때문에 그 궤도를 돌려 나에게로 날아오는 것이었다.

다시 말하자면 원래 눈동자를 부수는 것과 동시에 사라졌어야 할 일섬파지가 아무런 저항도 없는, 환상 같은 눈동자를 지나쳐 다시 내게로 되돌아오는 모습이 내 시야에 잡혔다. 때문에 난 신음을 내지를 수밖에 없었다.

"이런 빌어먹을!"

걸쭉한 욕설을 내뱉으며 난 급히 뒤로 허리를 젖혔다. 일섬파지는 빛에 닿은 사물을 파괴하는 것 이외에 일섬지의 기본 특성인 빠르다는 장점 역시 가지고 있었기에 내 반응은 늦은 감이 없지 않았다.

결국 난 오른손에 가득히 잡히는 차가운 금속의 감촉을 느끼며, 한편으로는 가슴을 둔탁하게 때리는 고통을 느끼며 뒤로 튕겨 날아가기 시작했다.

퍼퍽!

"윽!"

내동댕이쳐지는 소리가 참으로 정겹구나… 가 아니잖아! 으윽! 가슴이 빠개질 것 같아.

허리를 접어 피했음에도 기어코 세 방의 일섬파지에 격중되고 말았던 것이다. 다행히 묵룡갑 위에 맞아 이렇게 은은한 고통으로 끝났지, 안 그랬다면 맞은 부위의 뼈가 함몰되었을 가능성도 있었다. 어쨌든 더럽게 아프다.

"크윽! 도대체 어떻게……?"

가슴을 부여잡으며 일어서던 나는 하던 말을 끝까지 잇지 못했다.

없어졌다.

조금 전만 해도 장엄한 기세를 날리던 백호 음각상이 마치 처음부터 존재하지 않은 것처럼 사라져 버렸다. 그걸 보는 내 입장에선 정말 귀신이 곡할 노릇이 아닐 수 없었다.

젠장! 뭐가 어떻게 되어가는 거야? 누가 설명 좀 해줘!

그때 뒤에서 낮게 깔린 목소리가 들려왔다.

"신외지물이라는 게 있습니다."

"아차!"

후다닥!

낮게 깔려 들려오는 말을 들은 나는 그제야 시왕을 잊고 있었단 사실을 떠올리고는 급히 몸을 돌리며 시왕으로부터 멀어지려고 했다.

"신외지물?"

"함부로 욕심을 부려 얻으려 하면 큰 화를 당할 수도 있는 물건입니다. 최하 불구자로부터 자칫 잘못하면 목숨까지도 잃을 수 있죠."

"네가 말하는 신외지물은 이 팔찌를 말하는 건가?"

난 내 손에 들린 금팔찌를 들어 올리며 물었다. 이제야 이 팔찌를 자세히 보게 됐는데 바깥으론 방금 전 벽에 새겨져 있던 백호 음각상과 똑같은 모습으로 음각이 되어 있었고, 그 외엔 아주 평범한 모습이었다. 평범한 금팔찌, 이게 왜 신외지물이라는 거지?

"당신은 그것의 주인이 될 수 없습니다."

저렇게 말하니 괜히 오기가 솟구치잖아? 난 안 되고 넌 된다는 거냐?

"이런 말 아나? 기물은 스스로 주인을 택한다는 말 말이야. 이 팔찌가 뭐 하는 물건인지는 몰라도 지금 내 손에 있다는 것은… 즉, 날 선택한 것이라는 뜻이라고 생각되는데?"

"한낱 바깥 세상의 어리석은 인간이 가지기엔 너무나 위험한 물건입니다. 그것을 내게 주시죠."

이봐, 그렇게 말하면 기분이 잔뜩 나빠진 바깥 세상의 어리석은 인간 중 하나인 내가 순순이 넘겨줄 리 없잖아. 그걸 말이라고 하냐?

"그게 남에게 부탁하는 태도더냐?"

"부탁이 아닙니다. 요구일 뿐이고, 경고일 뿐입니다."

저 녀석이 저렇게 말할 정도로 이게 그렇게 중요한 건가?

그런 생각에 다시 한 번 금팔찌를 내려다보는데 금팔찌의 안쪽 면에 작게 글씨가 적혀 있는 게 눈에 띄었다. 음, 뭐지? 너무 작아서 읽기가 힘드네.

"순… 백의 백호… 핏빛으로 물들다?"

이거 어디서 많이 본 건데?

그때 시왕이 팔을 들어 올려 날 가리키며 외쳤다.

"거기까지입니다! 가라!"

"키이엑!"

시왕의 손짓에 따라 희끗한 색의 뭔가가 주변을 감싸며 생겨나기 시작하더니 이내 엄청난 숫자를 내세우며 내게 달려들기 시작했다. 자세히 보니 아까 내 그림자에서 새어 나온 그런 녀석과 같은 종류 같았다.

쳇! 아무리 숫자가 많아봤자 저따위 녀석들에게 당하지 않는다고!

"유운만각(幽雲滿脚)!"

초풍건룡권에 초풍만룡이 있다면 운영각에는 유운만각이 있다!

하나의 다리로 이루었다고는 도저히 볼 수 없는 화려한 변화가 사방을 뒤덮기 시작했다. 유운만각은 초풍만룡과 같이 전 방위를 격하는 초식인데 초풍만룡과 다른 점이 있다면 그리 빠르지 않다는 거다. 천천히 내려쳐지는 발차기의 뒤로 마치 구름이 퍼지듯 긴 잔영이 뒤따라 붙으면서 완성되는 게 운영각 제사초 유운만각이었다.

사실 유운만각은 현월광도의 망월막과 비슷한 개념의 방어 초식인데 잔영으로 하여금 시전자의 주변을 완전히 에워싸 그 누구도 침범치 못하게 하는 게 그 원리였다. 그래서 이름도 그윽한[幽] 구름이[雲] 가득[滿]하다고 해서 유운만각이었다. 하나 운영각은 워낙 기본적인 각력이 좋아서 이 유운만각 역시 초풍건룡권의 초풍만룡과 같이 사방을 공격하는 데도 쓸 수 있는 초식이었다.

바로 지금처럼!

"아다다다다!"

파파파파파팟!

"키에에엑!"

풍압을 찢어내며 사방을 뒤덮기 시작한 유운만각의 잔영에 희끗희끗한 존재, 흠… 이런 걸 사념귀(邪念鬼)라고 하나? 식신(食神)? 어쨌든 이 사념귀 같은 놈들이 귀청이 찢어질 것만 같은 비명을 질러대며 사방으로 흩어지기 시작했다. 쩝, 사념귀는 말 그대로 귀신, 다른 말로 유령인데 유령을 흠씬 패버리니 기분이 참 묘하군.

"죽어라!"

팔찌를 들고 있는 고로 초풍만룡보다 발로 펼쳐 낼 수 있는 유운만각의 초식을 잠시 펼쳐 내자 그 많던 사념귀들의 대부분이 사라져 버리고 아주 소수만이 남아 있을 뿐이었다. 난 즉시 유운만각을 거두고는 앞으로 달리기 시작했다. 내가 달리는 곳에는 내가 떨어졌던 절벽이 가로막고 있었다.

"멈추십시오."

그러나 그런 벽과 나를 가로막는 존재가 있었으니, 다름 아닌 시왕이었다.

저렇게까지 하면서 날 막을 정도면 분명 이 팔찌가 중요하다는 건데……. 순백의 백호 핏빛으로 물들다…… 순백의 백호 핏빛으로 물들다…… 순백의…….

"이런 바보! 이건 초절정무공의 단서 중 한 구절이잖아!"

"웅? 어떻게 당신이 그걸!"

"헙!"

난 반사적으로 튀어나온 말에 내가 실수했다는 것을 깨닫고는 순간적으로 입을 가렸지만 이미 외양간은 무너졌고 소는 바이바이 한 후였다.

순백의 백호 핏빛으로 물들다. 이건 강민 형이 내게 준 초절정무공에 대한 단서 열 개 중 하나의 단서였다. 근데 그걸 이제야 기억하다니……. 크음, 초절정무공을 찾는 내 감각도 많이 무뎌졌나 보군. 하긴 요 얼마간 초절정무공의 단서는커녕 초절정무공이란 단어조차 들어보질 못했으니……. 그럼 이게 초절정무공인가? 이 팔찌가?

그렇게 고민에 빠지려고 하는데 시왕의 목소리가 다시 들려왔다.

"당신, 당신도 초절정무공을 찾는 것입니까?"

이런, 젠장.

"초, 초절정무공? 그게 뭐더라?"

"이제 와서 그렇게 말해 봤자 날 속일 순 없습니다. 그랬군요. 단순한 여행자가 아니었어요. 어떻게 당신이 초절정무공의 단서에 대해 알고 있는 겁니까?"

"커험, 거참 모른다니깐 그러네."

말하며 난 슬금슬금 뒤로 빠졌다. 하나 바보가 아닌 이상 알 수 있을 거다. 내 말을 믿는 놈이 진정한 바보라는 사실을…….

내가 한 걸음씩 뒤로 물러서자 시왕은 오히려 한 걸음씩 다가오기 시작했다. 이대로 가다가는 끝이 없겠군. 좋아, 그렇다면 별수없지.

"어쨌든 간에 나도 너에게 이걸 넘겨주지 못하는 이유가 생겨 버렸군. 쩝, 초절정무공이라…… 설마 이런 곳에서 나도 모르는 사이에 이런 단서를 발견할 줄은 생각도 못했는데 말이야. 게다가 그 사실을 알려준 이가 너라니 참 모순적이지?"

"무슨?"

"무슨 말이기는 무슨 말이야. 난 네가 그렇게 흥분하기 전까지만 해도 이딴 팔찌가 무슨 소용이 있으리란 생각은 하지 않았단 말이야. 하지만 네가 괜히 흥분한 덕에 난 초절정무공에 대한 단서를 하나 건질 수 있었지. 이거 고마워서 어쩌나?"

난 지금 시왕의 약을 올리는 중이다. 녀석으로 인해 내가 이런 사실을 알게 되었기에 네 모습이 오히려 내게 득이 되었다고 계속 말하는 것이다. 나를 죽이려는 입장에서 피해는 주지 못할망정 오히려 내게 이득을 안겨주었다면 약이 오를 만도 하지? 그것도 보통의 것이 아닌, 비상 최고의 비급인 초절정무공에 대한 것이니 말이야.

"당신이 세 번째 단서를 가지고 가게 내버려 둘 것 같습니까!"

"세 번째 단서?"

내 말에 시왕은 그야말로 아차! 하는 표정을 지었다. 뭐야? 그럼 이미 두 개의 단서를 찾았단 말이야? 젠장! 내가 놀고 있는 사이에 벌써 두 개의 단서라……. 분명 적으로부터 공짜 정보를 얻었으면 좋아해야 할 터인데 전혀 좋지 않잖아!

"그렇군. 이게 세 번째라 이 말이지? 그렇다면 더 더욱 내줄 수는 없는 노릇이군."

"지금이라도 그것을 내놓는다면 목숨만은 살려 드리겠습니다."

"이거 미안해서 어쩌지? 나도 내 목숨이 귀한 줄은 알고 있어. 하지만 그렇게 구걸할 정도로 궁하지는 않아!"

그렇게 외치며 난 시왕을 향해 갑작스레 뛰어가기 시작했다. 그러자 녀석은 내가 공격해 오려는 줄 알고 양손을 뻗어왔지만 이미 내 신형을 녀석은 뛰어넘고 있었다.

누가 이런 불리한 싸움을 할 줄 알고?

"난 먼저 갈 테니 천천히 쫓아와 봐라!"

그 말을 마지막으로 난 절벽의 벽을 박차기 시작했다. 한 번 절벽을 박차고 높이 뛰어오른 후 능공천상제를 이용하여 순식간에 위로 계속해서 뛰어올랐다. 그리고 다시 마지막 허공을 밟아 다시 벽으로 이동,

또다시 능공천상제를 사용하는 반복적인 운동을 계속하며 절벽을 타고 올라가기 시작했다. 이러면 능공천상제를 계속해서 사용하느라 내공이 엄청나게 소모되겠지만… 지금 내게는 별달리 뾰족한 수가 없었다.

◆ 비상(飛翔) 마흔세 번째 날개
죽음

비상(飛翔) 마흔세 번째 날개 죽음

파파팟!

탓!

발끝을 스치는 딱딱한 벽의 감촉이 더없이도 무디다. 쳇! 내려가는 건 몰라도 올라가는 건 너무 힘들잖아. 벽을 박찬 다음 능공천상제로 허공을 박차며 상승한다지만 벌써 벽만 몇 번이나 박찼는지 발끝이 얼얼한 게 감각이 사라질 정도다.

능공천상제를 너무 연달아 썼는지 내공도 거의 바닥을 보일 정도이고, 이래저래 문제가 많은 방법이긴 하지만 빠른 걸 어쩌겠냐고. 예전처럼 기어오르다가 중간 중간에 쉴 곳이라도 마련해 가면서 그렇게 올라갈까? 헷! 시왕에게 잡히고 싶어 안달난 게 아니라 뭐겠냐, 그게.

어쨌든 이 방법을 써서 엄청난 속도로 상승하고 있는 덕분에 시왕이 내 속도를 따라오지 못하고 있는 듯했다. 게다가 올라오기 시작한 지 얼마 되지도 않아 벌써 절벽의 끝이 보이기 시작했다. 좋아, 이대로 올라가서 도망치는 거다!

"으라차차!"

나는 크게 기합을 지르며 마지막 능공천상제의 한발을 딛고는 절벽 위로 몸을 날렸다. 마치 한 마리의 새가 된 듯이 멋들어지게 날아오르는 내 모습에 스스로 감탄하고 있을 때, 웬 돌멩이가 이마를 향해 날아오고 있었다.

딱! 하고 보통 사람이면 맞았겠지만 난 멋지게 몸을 옆으로 회전시켜 돌멩이를 피하고 지상에 안착했다. 그리고 돌멩이가 날아온 쪽을 보았는데, 난 황당함에 물들고 말았다.

"으아악! 저리 가! 저리 가라구! 오, 오면 이걸 던질 거야?! 진짜라고!"

"흑흑흑."

"괜찮아, 괜찮아."

이건 뭔 광경이래?

이은 소저는 유이 소저의 품에서 겁에 질려 울고 있고, 유이 소저는 그런 이은 소저를 달래주고 있지만 역시 겁에 질린 듯하고, 가휘는 작은 돌을 계속해서 던지다가 그야말로 턱도 안 될 거대한 바위를 잡고 던진다고 협박을 하질 않나, 이 모든 것의 원흉으로 보이는 푸우는 티꺼운 표정을 유지한 채 그들의 주위를 계속해서 어슬렁어슬렁거리면서 돌고 있다니……. 도대체 무슨 일이야?

음, 아무래도 내가 절벽을 올라왔다는 걸 저들에게 알려야 하긴 해야겠는데 가휘가 저 바위를 던지는 것을 보고 알리면 안 될까?

쿠릉.

이런 나의 생각을 이미 알고 있다는 듯이 푸우는 곧바로 고개를 돌려 나를 바라보았다. 물론 그 여파로 다른 일행 역시 나를 바라보았고. 쩝, 왠지 아쉬움이 드네?

"사예 소협!"

이은 소저의 반가움 가득한 외침이 들렸고, 비록 이은 소저처럼 날 부르지는 않았지만 밝은 미소로 반가움을 나타내는 유이 소저가 보였다. 아아, 미녀들의 저런 모습은 날 뿌듯하게 하지. 뭐, 아직 미녀라기보다는 소녀에 가깝지만 말이야. 그렇게 다들 기뻐하는 가운데 한 명, 가휘는 바위를 던져 버리려 안간힘을 쓰는 모습 그대로 굳어버렸다.

"여어."

난 손을 살짝 흔들어주었는데, 푸우가 마치 비켜나기라도 하듯 그들과 나 사이의 길을 터주자 그들… 아니, 정확히 말해서 그녀들은 나를 향해 뛰어왔다. 가휘야 아직 바위에 손을 대고 굳은 그대로다.

"도대체 어떻게 된 거예요? 밑에서 무슨 일이 있었나요? 석천 소협은요? 네?"

이봐 이봐, 아무리 그렇게 속사포처럼 연달아 질문해도 내 입이 하나인 이상 그것들을 한꺼번에 얘기하진 못하잖아. 우리 릴렉스하게 살자고, 릴렉스.

그나저나 어디서부터 얘기를 꺼내야 하나… 음? 근데 얘기? 뭔 얘기?

……이런!

푸드득! 푸드득!

절벽 너머 먼 곳에서 들리는 소리……. 이 소리는 분명 그놈의 까마귀들이 날갯짓을 하는 소리다. 제기랄! 어떻게 조금 황당한 것을 봤다고 그새 시왕에 대해 까먹고 있었느냔 말이야! 야, 최효민… 아니, 사예. 너 바보냐? 바보야? 응?

"일단 가면서 얘기하자고!"

"까악!"

"꺅!"

난 이은 소저와 유이 소저를 양팔에 각각 끼운 채 푸우 위로 폴짝 뛰어올랐다. 그리고 가휘를 향해 이리 오라고 손을 흔드는데, 이놈이……

"싫어! 난 죽어도 그 괴물 가까이 가지 않을 거야!"

"이 자식아! 시간없어! 빨리 타라니까!"

"싫어!"

떼를 쓰는 가휘 놈을 보자니 이대로 놈을 버리고 갈까 하는 생각도 들었지만 미운 정도 정이라고 버리고 갈 수는 없지. 좋아, 한 번 해보자.

"푸우, 가자!"

쿠룽.

붉은색 털을 잡고 비틀자 푸우는 상당히 기분이 언짢은 표정을 지으면서도 내가 의도하는 대로 움직이기 시작했다.

"전속력으로 돌격!"

내가 돌격으로 가리킨 곳? 뭐, 별거 아냐. 그냥 가휘를 향했다는 것 정도일까나?

두두두두!

푸우가 전속력으로 달리며 딱딱한 지면을 박차자 굉장한 소리와 함께 먼지가 사방으로 피어올랐다. 아마 지금의 푸우를 정면으로 마주한다면 엄청난 압박감이 느껴질 것이다. 그리고 그 압박감은 가휘를 억누르고 있었다.

"흐이익!"

뒤로 벌러덩 쓰러진 채 열심히 뒤로 물러서려 하지만 저렇게 기어가는 걸 설마 푸우가 못 잡겠어?

가휘를 향해 정면으로 달려가는 푸우의 등에서 난 눈을 번쩍 떴다. 그리고 마침내 가휘와 부딪치려 하는 그 순간!

"으아아악!"

"조용히 해!"

난 그렇게 외치며 살짝 스쳐 가는 가휘를 낚아채어 푸우의 등에 태웠다. 도대체 푸우 녀석, 뭘 어떻게 했기에 이들이 이렇게 무서워하는 거지? 뭐, 그거야 어쨌든 이제 다 탔지? 아아, 야랑과 설영 소저는 죽은 데다 푸우가 어떻게 했는지 보이지 않으니 그냥 버리고 가는 수밖에. 시왕이 쫓아오는데 죽은 사람 생각이나 하고 있을까? 흥이다!

"가자, 곰탱이!"

우리는 그렇게 이곳에서 나갈 수 있는 유일한 길인 흡혈박쥐 동굴을 향해 전속력으로 이동했다.

자, 잠깐만…… . 흡혈박쥐? 젠장!

"으아아악! 으아아아악! 으아아아아아아악!"

"비명 좀 그만 질러! 이 자식아!"

계속해서 비명을 질러대는 가휘에게 일갈을 터뜨렸다. 하지만… 확실히 이 상황에서 보통 사람이라면 비명을 터뜨리는 게 당연한 거지?

사실 가휘의 비명이 너무 커서 그렇지 유이 소저나 이은 소저 역시 비명을 지르고 있잖아.

이 상황이 무슨 상황이냐고? 뻔하잖아. 흡혈박쥐들이 떼거리로 달려드는 상황이지 뭐. 하하하하. 웃을 상황이 아니잖아!

파다다다다닥!

난 끊이지 않고 들려오는 날개 소리의 주범인 흡혈박쥐들을 향해 주먹을 날렸다. 아니, 흡혈박쥐들에라기보다는 무작위로 막 뻗어낸다는 게 정확하겠지? 어쨌든 간에 뻗어내는 주먹마다 두세 마리씩은 걸리니 상관없잖아.

젠장! 이런 걸 생각하고 있을 때냐! 아아, 끝없이 밀려오는 흡혈박쥐를 보고 있자니 없던 두통마저 다 생기네.

이 흡혈박쥐 동굴은 끝이 뾰족한 바위들이 마치 기둥처럼 곳곳마다 솟아나 있어서 들어올 때는 이 바위들을 엄폐물로 삼고 차례대로 박쥐들을 처치할 수 있어서 좋았다. 그런데 막상 도망가는 입장이 되니까 이놈의 바위들이 방해가 돼서 푸우가 아무리 빨라도 흡혈박쥐들을 따돌릴 수가 없는 불상사가 생기는 게 아닌가.

결국 앞뒤에서 끝없이 밀려오는 흡혈박쥐들에 포위당하자 난 나머지 일행을 엎드리게 하고 양다리로 푸우를 잘 잡은 후 주먹을 떨쳐 내기 시작했고, 지금 이 상황에 직면한 것이다. 안 그래도 초풍만룡을 연달아 펼쳐 내느라 내공이 바닥을 기었지만, 그래도 덕분에 일행은 아직 별 탈 없이 무사할 수 있었다. 단 가휘의 시끄러운 비명 소리에 귀가 아프고, 전신을 끈적끈적한 피로 덧칠했다는 게 기분 나쁘긴 하지만.

"초풍만룡! 으라차차차차!"

파파파팟!

악! 초풍만룡으로 박쥐 놈들을 때려 부수는 건 좋은데, 내 입에 박쥐 피가 들어갔잖아! 으에에에, 찝찝해! 기분 나빠! 그건 그렇고 꽤나 온 것 같은데 아직까지도 입구는 먼 거냐?

그렇게 생각하며 앞쪽을 바라보았는데, 먼 곳에서 빛이 일렁이는 모습이 보였다. 좋아, 거의 다 왔구나. 시왕도 아직 따라오지 못하는 것 같고…….

그렇게 생각하는 사이, 어느새 빛으로 향하는 입구가 가까이 와 있었다. 그리고 마침내 입구를 통과했다.

"밖이다!"

파다다다다닥!

아아, 저 박쥐 날개 소리와도 안녕이구나. 역시 밖이 좋아!

눈부시긴 하지만 바깥과의 기쁨 어린 재회에 난 억지로 눈을 뜨고 세상을 바라보았다. 아아, 맑고 푸른 하늘과 그 위에 둥둥 떠다니는 흰 구름이 날 반기는구나. 초록빛을 뿜어내는 숲이여, 오랜만이다. 이 지겨운 붉은색 땅도 태양 빛을 받으니 그나마 나아보이는구나. 그리고 정겨운 미소를 짓고 있는 귀여운 소년이 날 반기니 이보다 더… 엥? 귀여운 소년?

"헉!"

"이제야 오셨군요."

"너, 넌……?!"

난 너무 놀라 심장이 입으로 튀어나오는 줄 알았다. 저, 저놈이 어째서 여기에 있는 거야? 분명 우리가 더 빨랐는데?!

"으으, 눈부셔요. 사예 소협, 근데 누가 있어요? 누… 꺄악!"

이은 소저도 어지간히 놀랐는지 빛에 적응해 눈을 뜨자마자 녀석을 보고는 비명을 지르다 푸우에게서 떨어져 버렸다. 그리고 잠시 후 눈을 뜬 유이 소저나 가휘 역시 예외는 아니었다.

"이런, 저를 무슨 귀신 보듯이 하시는군요."

"귀신이 아니라 시체겠지."

난 그렇게 말하며 푸우의 등에서 뛰어내렸다. 그리고 빙긋이 미소 짓고 있는 시왕을 똑똑히 바라보았다. 저놈 순간 이동이라도 하는 거야? 어떻게 벌써 여기에 와 있는 거지?

"하하하, 시체라니……. 뭐, 틀린 말은 아니니 그렇다고 해두죠."

"어떻게 네가 여기 있을 수 있는 거지?"

"어떻게라니요?"

"분명 동굴에서 나와 일행을 추월한 것은 없었어. 어떻게 네가 우리보다 더 빨리 도착해 있는 거지?"

"하하하, 별거 아닙니다. 날아서 왔거든요."

시왕은 그렇게 말하며 까마득한 절벽 쪽을 가리켰다. 그곳에는 결코 보고 싶지 않은 까마귀 시체들이 가득히 땅에 내려서서 이쪽을 째려보고 있었다. 그리고 그 너머론 우리 뒤에 있는 동굴과 연결된 붉은색 대지가 눈에 들어왔다.

크윽! 그, 그렇군. 그 절벽도 날아올라 오는 놈인데 이딴 절벽쯤 횡단을 못할 리 없잖아. 난 순간 황당하면서도 분한 눈빛으로 시왕을 바라보았다.

젠장, 미치겠네. 내공도 바닥이고 체력도 많이 깎인 상태에서 시왕이 길을 막아서고 있다라… 이거 상황이 나쁘다 못해 아주 불행의 늪으로 파고드는구먼.

그렇다고 가만히 앉아 당할 수도 없기에 잔뜩 긴장한 나는 건룡세의 자세를 취했다. 그때까지 그런 나를 잠자코 지켜보던 시왕이 두 팔을 펼치며 한 발자국 앞으로 다가왔다.

"자아, 이제 어떻게 할까요? 흥미로운 것과 중요한 것, 어떤 것을 선택해야 하느냐 이 말입니다."

저 녀석… 날 도발하고 있다. 아까 절벽 밑에서 했던 말을 그대로 하면서 날 조롱하고 있는 거야. 쳇! 그따위 격장지계에 넘어갈 내가 아니지.

"왜? 흥미로운 것을 선택했다가 피 보고 나니 다시 선택하고 싶은가? 흐응, 그럼 난 버림받은 건가?"

내가 그렇게 이죽거리자 시왕은 뜻밖이란 표정을 지었다. 그리고 그 표정은 곧 미소로 바뀌어갔다. 비웃음이 담긴 미소로.

"쿡쿡! 역시 재미있어요. 죽어서 박제로 보관하고 싶을 만큼 마음에 드는군요. 쿡쿡쿡!"

이, 이 자식들 단체로 미친 거냐? 요왕도 박제니 어쩌니 하더니 시왕까지 박제라니… 천추십왕 놈들은 하나같이 이런 놈들뿐인가?

"아아, 이런 어쩌지? 워낙 예약이 많이 밀려서 말이야. 내가 좀 잘났다 보니 날 박제로 보관하고 싶어하는 사람이 좀 많거든. 아아, 잘난 것도 죄야."

"……."

싸늘한 침묵이 감돌았다. 그리고 시왕이고 우리 일행이고 할 것 없이 모두 한결같은 표정으로 날 바라보았다.

흠흠, 이봐들. 시왕이야 적이라지만 왜 내 편인 너희까지 그런 표정을 짓는 거냐? 크윽! 난 기선을 잡으려고 이런 말까지 하고 있건만…

혹시 내가 너무 잘난 것에 질투를?!

……미친 소리 작작하자.

"쿡쿡쿡. 그것도 유머인가요?"

"유머라니!"

순수한 사실이지!

"뭐, 어쨌든 좋아요. 말장난은 여기서 끝내죠. 요 며칠 낭비한 시간이 많아 더 이상 낭비할 시간이 없거든요."

"이하 동문이다."

말은 이렇게 한다만 싸울 수 있는 수단이 거의 바닥나 버린 지금의 나로서는 도무지 방법이 떠오르지 않았다. 아아, 정말 대책없는 놈이란 말이야, 나란 놈도.

그그그그긍!

석관(石棺)으로 보이는 네모 반듯한 돌기둥이 땅속에서 솟구쳐 튀어나왔다. 그리고 그 석관에서 손, 발 등이 튀어나오며 하나의 형체를 이루었는데, 다름 아닌 마석투혼사였다. 또 쟤야?

"넌 그 녀석밖에 싸우게 할 놈이 없냐?"

"물론 마석투혼사는 제 능력의 일부분일 뿐이죠. 하지만… 쿡쿡! 마석투혼사를 내놓는 게 재미있지 않겠어요? 여러분과 인연이 깊잖아요."

인연은 개뿔이. 그딴 게 인연이라면 돈 주면서 가지라고 해도 안 가지겠다.

그러나저러나 어떻게 하지? 확실히 마석투혼사가 조금 약해지긴 했지만 어디까지나 본래의 위력이란 전제 하에서 그렇다는 것이지 아직까지도 그 괴물 같은 강함을 가지고 있을 거다. 오히려 내가 내공과 체력, 생명력의 소모로 더 약해지고 말았잖아. 게다가 녀석들이 도망갈 길을 완전 봉쇄하고 있는 통에 도망도 어렵고 말이야……

그때 마석투혼사가 움직이려 했다. 아, 제기랄! 이 방법밖에 없나?

"잠깐!"

"……무슨 일이죠? 더 이상의 말싸움은 하고 싶지 않다고 말했습니다만."

"아아, 네가 원하는 게 이거잖아. 그렇지?"

난 그렇게 절벽 밑에서 획득한 세 번째 단서라는 예의 그 팔찌를 품속에서 꺼내 들었다. 어디서나 볼 수 있는 금팔찌. 백호 음각상과 그 안쪽에 새겨진 한 구절의 문구를 제외하고는 어디서나 볼 수 있는 평범한 금팔찌였다. 물론 가장 중요한 게 백호상이랑 문구겠지만.

과연 내가 팔찌를 꺼내 들자 시왕은 흠칫하면서 반응을 보였다.

"어때? 나랑 협상해 볼 생각 없어?"

"협상?"

"그래, 아까 네가 말했었지? 이 팔찌를 넘기면 목숨을 살려준다고 말이야. 그때 결렬되었던 협상을 다시 한 번 해보자, 이거지."

"스스로 협상을 결렬하게끔 한 사람이 이제 와 협상이라? 지금 절대적으로 불리한 상황에 처한 것은 제가 아니라 당신들입니다만."

확실히 불리한 입장이긴 하지. 하지만 말이야, 이러면 상황이 달라진다고.

"아아, 이래도?"

난 양손의 엄지손가락을 팔찌에 넣고 양쪽으로 잡아당기는 시늉을 하였다.

금은 무르다. 황금색이 예쁘고 멋지다며 칼로 만들었다가는 잘 재련된 강철검에 잘려질 만큼이나 무르다. 뭐, 이 팔찌의 두께 정도라면 힘만으로 쪼갤 수는 없겠지만 내공을 사용한다면 말은 달라진다. 게다가 정 안 되면 부숴 버리면 그만이니까.

물론 지금 진짜 부수려거나 쪼개려는 건 아니다. 나중에 이 팔찌가 정말 녀석들에게 넘어갈 위험에 처해 다른 방도가 없다면 이 팔찌를 부술 수밖에 없을 테지만 지금은 아니다. 이래 봬도 처음으로 찾은 초절정무공의 단서인데 무작정 부술 것 같아? 단지 녀석과의 협상을 위한 협박물이라고나 할까?

나의 연기 솜씨가 워낙 좋아서인지, 아니면 팔찌가 워낙 중요해서인지 녀석은 움찔거리며 입가에 짓고 있던 미소를 지웠다.

"만약 그것을 당신이 파괴해 버리신 대도 언젠가는 다시 그 장소에 나타날 텐데요?"

"뭐, 그래도 그동안 시간을 끌 수 있는데다가 너를 정확히 언제일지도 모를 미래까지 꼼짝 못하게 잡아둘 수 있으니… 지금처럼 그냥 당하는 무지막지한 손해는 아닐 것 같은데?"

"어디 조건이나 들어보죠."

걸렸군.

"내 조건은 그리 크지 않아. 우리의 생명 보장과 확실히 빠져나갈 때까지 이 팔찌를 내가 보관하겠어."

"말도 안 되는 소리!"

"말은 네가 안 되는 거고, 약속만 해놓고 팔찌를 넘겨줬다가 네가 뒤통수치면 우리는 어떻게 되는 거냐? 하소연할 사람도 없이 그냥 찍히고 죽는 거라고."

"인간과 같이 거짓말 따윈 하지 않습니다."

"아아, 그래서 내가 그걸 믿어야만 하는 이유는? 또 그럴 만한 확실한 물증도 없잖아. 무작정 믿으라고만 하고 그걸 다 믿었다가는 세상참 편해지겠다. 그치?"

아아, 나의 깐죽거리기 신공이 빛을 발하는구나. 그나저나 이게 통하려나?

긴장한 채로 시왕을 바라보고 있자니 잠시 생각을 하던 녀석이 고개를 들었다.

"좋습니다. 당신이 보관하시죠. 하지만……."

거기서 살짝 미소 지으며 말을 끊는 시왕. 으음, 왠지 불길한데…….

"당신은 살려 드릴 수 없습니다."

"엑?!"

"생각해 보니 당신은 매우 위험한 존재이더군요. 마석투혼사와 싸우고도 밀리지 않는 무력, 알 수 없는 정체, 때를 가릴 줄 아는 직관력과 대담함… 당신이 '그것'을 찾고 있다는 그 자체만으로 상당한 걸림돌이 될 것임에 분명해요. 그런 당신을 살려주다니……. 으음, 안 될 말이죠. 비록 한 번밖에 되지 않는 죽음이지만… 그래도 당신은 이 자리에서 죽어야 할 거예요."

제, 젠장. 쟤 말하는 것 좀 봐. 기어코 날 죽여야 한다는 말이잖아! 소름이 끼친다. 사실 나도 내 목숨을 살려줄 거라곤 생각지 않았다. 하지만 그럼에도 조건을 내건 이유?

원래 거래를 할 때 처음 가격은 보다 높게 잡아야 한다. 그렇지 않고 정말 필요한 것만 달랑 말했다가는 상대적으로 내가 가진 것의 가치가 떨어지는 것처럼 느껴지기 때문이다. 그래서 조건을 되도록 높게 잡아야 한다. 운이 좋으면 처음 내건 조건으로 협상이 바로 체결될 수도 있고, 최하 손해는 보지 않게 된다는 것, 상술의 기본으로 예전 아르바이트 할 때 깨우쳤다. 흠흠, 나도 약 10년 동안 막노동만 한 게 아니라고.

시왕은 내 얼굴이 굳어지자 만면에 미소를 띠었다.

"반 시진의 시간을 드리겠습니다. 당신을 제외한 다른 일행을 물리시죠."

"한 시진. 누굴 속이려고 그러나. 적어도 너랑 반 시진의 차이는 금방 좁힐 수 있을 텐데? 적어도 한 시진은 되어야 그나마 안심이 된다는 말이지."

"그러시죠."

"좋아, 아직 시작 아니다? 기다려."

난 그렇게 말하고는 뒤돌아 일행을 바라보았다.

"사예 소협……."

"아아, 괜찮아요. 그것보다 우선 빠져나가야죠."

"하지만 사예 소협이……."

"저야 위험을 달고 살면서도 아직 살아 있으니 이번 역시 아무런 문제 없을 겁니다. 자아, 어떻게 한다? 일단 세 분 다 푸우의 등에 올라타 빠져나가세요. 그게 가장 안전할 겁니다. 시왕이 언제 쫓아갈지 모르니 두 시진 안으론 절대 멈추어선 안 됩니다. 고통스럽겠지만 드라이브한다고 생각하고 참으십시오."

난 일행에게 그렇게 말하고는 푸우의 머리를 쓰다듬었다.

"곰탱아, 알겠지? 절대 멈춰선 안 된다. 저놈의 능력은 나조차도 감당하기 힘들어. 그러니 네가 이들을 잘 돌봐야 한다. 만난 지 얼마 되지는 않았다 해도 동료 아니냐. 너만 믿는다. 알았지? 나중에… 우리가 처음 만났던 그곳에서 보자."

쿠릉.

도망치는 게 마음에 들지 않는지 낮게 으르릉대는 푸우였지만 녀석의 머리를 살짝 치며 가라고 손짓하자 곧 앞으로 걷기 시작했다. 시왕 녀석도 약속은 지키려는지 길을 살짝 비켜주며 그들이 지나갈 수 있게 해주었다.

그렇게 푸우와 일행이 떠나자 이곳에서 의지력을 가진 이는 나와 시왕만이 존재했다. 마석투혼사나 까마귀 시체들은 시왕의 통제를 받는 녀석들이니까 제외해야 하겠지.

"갔군."

"그렇군요."

"그럼 이제 한 시진 동안 뭘 한다지? 한 시진이 되기까지는 기다려야 할 것 아닌가?"

"쿡쿡, 기다림이 지루하시다면… 한 번 놀아보시겠습니까?"

녀석의 웃음 섞인 말에 맞추어 한 발자국 다가오는 마석투혼사.

"……사양하지."

"쿡쿡! 그러시던지요."

에잉, 기분 나쁜 녀석.

세월이 화살 같다 했는가. 근데 세월까지는 아니더라도 한 시진이란 시간은 정말로 빨리 지나갔다. 아니, 어떻게 보면 참 지루한 시간이었지만 몸 안의 내공과 체력, 생명력을 확보하는데 있어 약간은 부족한 시간이었음을 부정할 수 없다.

그렇게 한 시진이란 시간은 빛살처럼 지나가고 난 몸을 다스리던 것을 멈춘 채 자리에서 일어날 수밖에 없었다. 시왕 녀석이 보기에도 섬뜩한 미소를 짓고 있었기 때문이다.

"쿡쿡! 그래, 몸은 조금 회복하셨습니까?"

"덕분에 어느 정도 회복했지."

"그럼… 어쩌시겠습니까. 이대로 그것을 내놓고 죽음을 맞이하시겠습니까? 아니면……."

"아니면?"

"쿡쿡쿡!"

"후자를 택하지."

"하하하하, 그럴 줄 알았습니다. 아니, 그것을 바라고 있었다는 게 정확하겠죠. 그래야 재미가 있거든요."

재미는 쥐뿔이. 그래, 그 미소가 언제까지 가는지 한 번 두고 보자!

지금 내 몸 상태는 아무리 좋게 봐줘도 최고일 때의 삼분지 이에 해당하는 능력밖에 안 된다. 한 시진 동안 뭘 했냐고 묻겠지만 우선 내공의 소모가 평소 때와는 비교도 되지 않을 정도로 컸다.

게다가 시왕 녀석이 저렇게 떡하니 버티고 있는데 아무리 간덩이가 큰 녀석이라고 할지라도 마음 놓고 운기조식을 펼칠 수 없으니 약식으로 펼친 운기조식으로는 그 내공을 다 모을 수가 없었다. 그리고 마석 투혼사와 싸우다 다친 것 때문인지 체력과 생명력 역시 일정 이상 채워지지 않고 있어서 더욱더 상황을 심오하게(?) 만들었다.

어쨌든 간에 건룡세를 취한 나는 서서히 가라앉아 가던 내공을 다시 일깨웠다. 용연지기가 혈맥을 타고 세차게 흘러갈 때 비로소 느끼는 그 황홀함을 어찌 표현할 수 있으랴!

나는 주먹을 쥐었다.

"쿡쿡! 이젠 봐드리지 않겠습니다."

녀석의 말이 끝나는 것과 동시에 마석투혼사가 지금까지와는 비교도 안 될 속도로 다가와 돌려차기를 날렸다. 바람을 가르는 소리와 그 속도에 있어 이전과는 차원이 다른 공격임에 분명했다. 쳇! 그 사이에 완전히 적응했다 이건가?

"하지만 이런 단순한 공격으론 파리 한 마리 맞추지 못할 거다!"

신형을 급히 낮춰 발차기를 머리 위쪽으로 흘리고, 도리어 주먹을 올려쳐 녀석의 아래쪽 허벅지를 가격했다. 그리고 한 바퀴 돌아 주저앉으며 녀석이 땅을 짚고 있는 다리를 걸려고 했는데 갑자기 섬뜩한 느낌이 들어 공격을 거두고 급히 앞으로 굴렀다. 그러자 곧 내가 있던 자리로 무언가가 깊이 내리 꽂히며 바닥이 아주 산산조각이 나버리는 듯했다.

쿵!

제길, 단순한 주먹 공격으론 타격도 줄 수 없단 말인가? 어떻게 허벅지를 맞았음에도 아무렇지도 않게 후속 공격을 할 수 있는 거지?

그런 생각도 잠시, 곧바로 뒤로 돌아 공격해 오는 마석투혼사의 모습에 난 훌쩍 뒤로 뛰어 시간을 벌려 했다.

주변에 나무라도 있었으면 모를까, 양쪽이 절벽으로 막혀 있어서 도망치기에도 쉽지 않은데다가 이곳을 빠져나간다 해도 펼쳐진 건 넓은 평지뿐. 조금 더 가야 숲이 나오니 결국 정면 승부밖에 없다는 소리다. 이대로 피하기만 해서는 안 된다는 말이겠지!

"간다!"

캬오—!

난 뒤로 흘렀던 몸을 추스름과 동시에 앞으로 달려오는 마석투혼사를 향해 정면으로 돌진했다.

"건룡초풍!"

앞으로 팅기듯 날아가며 건룡세의 자세에서 왼손을 가볍게 쥐었다. 그 사이 마석투혼사는 내가 겁도 없이 자신의 정면으로 달려오자 온 힘을 담은 주먹을 내질렀다. 난 왼손을 안으로 살짝 당겼다가 이내 앞으로 내지른다. 그러자 꽉 묶였던 고무줄의 이음새가 풀어지듯 쏜살같이 뻗어나가는 왼손이 그 정점에 달했을 무렵, 마석투혼사의 주먹과 부딪쳤다.

콰앙!

굉음이 터지며 녀석의 팔이 터져 나갔다. 아무리 녀석의 힘이 담긴 주먹이라 할지라도 신체의 모든 체중과 힘을 한 점에 몰아 내어주는 건룡초풍의 순간적인 위력을 따라오기엔 멀었다는 말씀.

게다가 확실히 시왕이 마석투혼사를 다루는데 익숙해지긴 했는지 몸놀림과 파괴력이 전과 많은 차이를 보였다. 하지만 오히려 그것을 너무 믿었는지 유연성이 떨어져 버렸다. 나를 얕보고 있다는 뜻이겠지. 아직도!

마석투혼사는 물러서려 했지만 이대로 녀석을 놓아줄 수는 없는 노릇이지. 똑똑히 봐둬라. 이게 진짜 내 실력이다! 사실 너 따위는 내가 도만 쥐었어도 가뿐하단 말이야!

"광뢰충장!"

빠지지직!

순간 내 오른팔에서 스파크가 튀어 오르기 시작했다. 진천강기만큼 진하고 파괴력이 가득 담긴 그런 뇌전은 아니지만 공기를 찢으며 나아가는 광뢰충장을 따라 이어지는 스파크는 굉장히 위협적으로 보였다.

어라? 이건 광한폭뢰장이 6성에 올라야 나오는 건데? 어떻게 된 거지?

그런 생각을 하는 사이 광뢰충장의 한 수를 담은 일장은 무섭게 뻗어나가고 있었다.

그때였다.

끼아아아악—!

귀청을 마비시킬 정도의 큰 귀곡성과 함께 내 어깨를 훑고 지나가는 반투명한 무언가! 그나마 갑자기 느껴지는 살기에 어깨를 급히 틀어 훑고만 지나갔지 안 그랬으면 또 어깨가 날아가 버릴 뻔한 공격이었다.

"제길, 이 자식!"

"호오, 그걸 피하다니……."

그렇다. 반투명한 무언가, 그것은 식신이었던 것이다. 그것도 제법 고위 등급으로 보이는 영혼. 바로 시왕이 날려 보낸 공격이었다. 제기랄, 이런 식으로 공격을 할 줄이야…….

쾅!

어깨를 비튼 것 때문에 마석투혼사를 노리던 광뢰충장은 허공을 지나쳐 동굴로부터 이어지는 벽의 일부를 멋지게 들이박았고, 광뢰충장에 격중당한 그 부위는 큰 손바닥 자국과 함께 주변이 시꺼멓게 타 들어갔다.

프아아아앙!

그때 긴 파공음이 들리며 허리가 빠개지는 듯한 충격과 함께 난 널찍한 앞으로 튕겨 나갈 수밖에 없었다.

퍼억!

"끄억!"

광뢰충장같이 모선이 큰 공격이 빗나갔으니 내 몸은 빈틈 천지였을 테고, 그 틈을 노려 마석투혼사가 내지른 발차기에 허리를 맞은 것이다.

펙!

땅으로 내팽개쳐져 지독한 고통에 신음하고 있는 내 눈에 마석투혼사가 희끗 보인다 했더니 곧 복부에 둔탁한 충격이 전해져 왔다.

"커억!"

큭! 쓰러져 있는 사람을 공격하기냐?

하지만 녀석에게 인정을 기대하기란 요원한 일이었고, 난 그런 식으로 마석투혼사의 발에 엄청나게 채였다. 이 허리라는 것은 척추라는 신경계가 존재하는 것으로 잘못 맞으면 반신불수도 될 수 있다. 비록 그것까지는 아니더라도 마석투혼사에게 맞은 허리 때문에 하반신에 힘이 제대로 들어가지 않아 녀석의 공격에 변변찮은 방어나 반격은 꿈도 못 꿀 정도였다.

그것뿐만이 아니라 시왕이 소환한 식신들도 달려들어 계속해서 충격을 줬다. 그나마 다행이라는 건 아까처럼 물어뜯거나 아예 날려 버릴 정도의 파괴력은 없다는 것일까? 큭! 별로 좋지도 않구먼.

캬오―!

그렇게 맞고 구르고 맞고 구르기를 잠시, 갑자기 녀석의 공격이 줄었다 생각했는데 이내 지금까지 차던 것의 두 배는 됨직한 힘을 담은 발이 머리를 향해 날아왔다.

큭! 이거 맞으면 죽는다. 억지로라도 막을 수밖에.

그래도 그나마 상체는 움직일 수 있기에 양팔을 들어 얼굴을 가렸고,

곧 팔이 부러지는 듯한 충격과 함께 다시 몸이 붕 떠서 뒤로 날아가 버렸다.

"크아아악!"

크악! 팔이 부러진 것 같아. 두 팔로 막았음에도 이런 파괴력이라니…….

정신없이 땅을 구르며 고통에 신음하고 있는데 갑자기 얼굴에 그늘이 졌다. 마석투혼사가 태양을 가릴 정도로 높이 뛰어올라 내게 내려찍기를 시도하려는 것이다.

"크윽! 제, 젠장! 이대로 당할 수 없어!"

지독한 고통이 허리와 팔을 통해 느껴졌지만 지금 마석투혼사의 공격을 맞았다가는 자칫 잘못하면 골로 갈 수 있기 때문에 난 몸을 굴려서라도 피하려 했다.

하나 그때, 땅속에서부터 내 사족을 감아오는 무언가가 느껴졌다.

"또 너냐, 시왕!"

"쿡쿡쿡!"

"으아아아악!"

쾅!

쿠어어엉!

날카로운 발톱이 식신의 반투명한 몸을 찢어발겼다. 그리고 사라지는 식신의 신체를 뚫으며 달려나가는 붉은 동체(動體), 그것은 혈웅이 된 푸우였다.

"까아아악!"

"으아아악!"

이은과 가휘는 세상이 떠나가라 비명을 질러댔고, 유이 역시 비명은 지르지 않았지만 얼굴이 창백해졌다.

그들이 사예의 도움으로 석천, 시왕에게서 빠져나온 지 정확히 한 시진이 되었을 때부터 반투명한 식신들이 벌 떼같이 달려들었다. 시왕으로선 한 시진이 되기 전까지 공격하지 않다가 한 시진이 지난 후부터 공격했으니 약속을 어긴 것은 아니었다.

결국 식신들에 둘러싸여 두려움에 떠는 일행에게 푸우는 혈웅으로 그 모습을 드러내었다. 진득한 살기가 흐르고 흉신악살의 모습이 된 푸우는 단숨에 식신들의 포위를 뚫어버리고 질주했다.

그러나 이에 또 문제가 있었으니 푸우의 살기에 일행이 더 겁에 질린 것이다. 하지만 사예의 당부 덕분인지 부들부들 떨면서도 푸우를 잡고 있는 손을 놓지 않았고, 푸우는 최대한 살기를 자제하며 식신들을 몰살시키면서 앞으로, 앞으로 전진해 나갔다. 사예와 약속한 그곳까지.

쿠어어엉!

"헉! 헉! 헉!"

제, 젠장… 죽을 뻔했잖아!

난 산산조각나서 본래의 형체도 알아보기 힘든 마석투혼사의 잔재를 바라보며 한숨을 내쉬었다.

마석투혼사가 하늘 높이 뛰어올라 내려찍는 공격은 다른 건 몰라도 파괴력만으론 지금까지 마석투혼사가 펼친 어느 공격보다 위력적인 것이었다.

그도 그럴 것이, 마석투혼사의 몸무게가 얼마인가. 그 체중을 완전히 싣고 내려찍는 공격은 거석이 내리 꽂히는 것과 다를 바가 없었다.

게다가 거석이라면 면적이 커 직접 내게 오는 충격이 적기라도 하지만 마석투혼사는 무릎, 이 한 점에 온 체중을 실은 터라 그 충격이 장난이 아닐 것이었다.

한마디로 말하면 맞으면 94287퍼센트 죽음인 공격이라고 해야 할까나?

하지만 내가 그렇게 쉽게 당할 인간이 아니지.

난 즉시 폭기를 펼쳐 온몸에 폭발적인 내공을 돌렸고, 그것에 이어 투결에 복속되어 있는 기술인 분경까지 펼쳤다. 폭기를 사용하여 생긴 힘이 고통으로 힘이 빠져 버렸던 전신에 새로운 힘을 주었고, 분경으로 나뉜 시간 속에 고통도 분할되어 참을 수 있는 수준으로 내려갔다.

폭기의 폭발적인 내공의 흐름에 힘입어 나를 잡아채던 식신들은 힘없이 나가떨어졌고, 난 자리에서 일어나 주먹을 쥐었다. 그리고 천천히 투결의 효용으로 굵은 하얀 선을 그리며 오는 마석투혼사를 향해 난 전력을 다 쏟아내었다.

빠지지직!

푸른색 거대한 뇌전이 무엇이든 삼켜 버릴 기세로 혀를 날름거리며 뒤따랐다. 폭기까지 쓴 상태에서 끌어올린 진천강기의 기세는 이전과 비교할 바가 아니었다.

양팔에 끓어오르던 푸른색 뇌전을 모두 오른팔에 집어넣고, 또 오른팔 안에 집어넣은 모든 진천강기를 최대한 압축했다. 그러니 꼭 진천강기가 사라진 듯한 착각이 들 정도였다. 그리고 난 오른팔을 내뻗었다.

꽈르르르릉!

다시 갑작스레 일어나 뒤로 길게 이어져 어깨까지 덮은 진천강기는 엄청난 위력을 담아내고 있었다. 그리고 진천강기를 잔뜩 머금은 오른 팔이 그 정점에 달했을 때, 천둥이 울리는 소리가 들렸다.

설명은 길었지만 이 모든 것이 너무나도 천천히, 하지만 한순간에 벌어진 일이었다.

"폭광진천!"

마치 내 입에서 나오는 소리가 아닌 듯 너무나도 천천히 흘러나오는 소리와 함께 폭광진천의 초식이 마석투혼사에게 격중되었다.

뭐, 위와 같은 상황의 끝이 지금의 마석투혼사를 반영하고 있지. 부서지다 못해 아예 가루가 나버렸으니 재생하기는 힘들 거다. 그나저나 폭기랑 투결이 아니었다면 꼼짝없이 죽을 뻔했잖아.

"이런… 아주 만신창이로 만들어놓으셨군요."

아차, 시왕이 있었지. 난 급히 뒤로 물러서며 시왕을 향해 전투 자세를 잡았다. 8성 이상의 내공이 끌어올려질까 봐 자제하던 폭기까지 써버렸으니 더 이상 날 막을 건 없다. 게다가 마석투혼사도 완전히 가루로 만들어 버렸고 말이야.

가루가 되어버린 마석투혼사에게로 다가가는 시왕은 매우 안타까운 표정을 짓고 있었다. 아아, 애도 아니고 이러면 안 되는데 왜 쟤가 저런 표정을 지으니까 입이 쭉 찢어지는 거지? 흠흠.

"이제 어떡할 테냐. 아무리 재생하는 마석투혼사라도 그 정도까지 부서졌다면 더 이상 재생하긴 힘들 텐데?"

헤헹! 이제 어쩔 테냐!

난 득의만만한 미소를 지으며 그렇게 이죽거렸고, 시왕은 처음으로 근심 어린 표정을 짓다가 이내 고개를 들었다. 그리고 녀석의 입에서 나오는 말은 여지없이 나의 기대를 부숴 버렸다.

"아니요, 재생은 가능합니다."

뭐, 뭐?! 그렇게 부서졌는데 재생이 가능해? 젠장, 그럼 나 헛고생한 거야? 말도 안 돼!

"하지만… 흐음, 과연 재생을 하는데 있어 지금까지완 달리 제법 시간이 걸리겠군요. 이거 골치 아픈데요."

그, 그렇겠지! 아무리 마석투혼사라지만 저런 꼴이 되어가지고 바로 부활한다는 건 말이 안 되지. 아니, 저 상태에서 재생하는 것만으로도 이미 말이 되는 경지를 벗어난 거라고.

"뭐, 별수없군요. 이렇게 된다면 제가 직접 나서는 수밖에."

"말해 두지만 그딴 식신 따위… 이젠 통하지 않는다고."

"아아, 그 정돈 알고 있습니다. 식신은 아무리 좋게 봐줘봤자 귀신의 일종. 사자(死者)가 생자(生者)를 이길 수 없다는 세상 사람의 믿음처럼 식신 따위가 당신에게 큰 해를 입힐 수 있다고 생각지 않습니다. 고작해야 당신의 행동에 제약을 주는 정도?"

음, 근데 저 녀석은 자기가 죽인 놈들을 지배하는… 아니, 자기 자신 또한 죽은 녀석이면서 사자가 생자를 이길 수 없다느니 같은 말을 쉽게 납득해 버리는 거야? 거참 희한한 놈이야.

"쿡쿡, 하지만 모든 일에는 예외가 있는 법. 저를 단순히 사자라고 생각하시는 건 아니겠죠?"

"당연하지. 단순한 사자라고 생각하기엔 네놈은 너무 더러우니까."

"음? 그래도 이 몸은 아직 깨끗한데요?"

"하! 몰라서 묻는 건 아니겠지? 네 녀석에게선 악취가 나. 네 녀석의 몸이 아니라 그 썩어 들어간 심장 속, 그 속에서 지독하고 음습한 악취가 난다고. 이 빌어먹을 자식아."

격장지계라고 해야 하나? 뭐, 시왕 녀석이 이 정도의 간단한 술수에 넘어올 거라고는 생각지 않지만 손해 볼 것은 없으니까.

"아아, 한 가지 잘못 생각하시고 계신 게 있네요. 이 몸에는 심장이 없답니다. 쿡쿡!"

"큭!"

손해 볼 것이 없기는… 오히려 내가 한 방 맞았잖아. 칫! 이렇게 된 바에야 폭기의 기운이 가라앉기 전에 먼저 선수를 친다. 선수필승!

"건룡초풍!"

건룡초풍을 펼쳐 급격히 시왕에게 접근하며 주먹을 떨쳤다.

기습했다고 비겁하다고 하지 마라. 아니, 비겁한 건 인정하지만 이 상황이 되어서도 기습하지 않는 놈은 바보라고! 바보가 되어 얌전히 죽음을 맞이할 바에야 비겁한 놈이 되겠다!

파앗!

기습적으로 펼친 건룡초풍의 수법에 시왕은 아무런 방비도 하지 못한 것 같았다. 순식간에 일 장여를 날아 시왕에게 도달한 나는 시왕의 명치에 주먹을 박아 넣었다.

"차핫!"

뿌거걱!

건룡초풍의 한 수에 가슴뼈가 부서진 채 시왕은 뒤로 튕겨지려 했지만 그것을 가만히 두고 볼 내가 아니었다. 이대로 끝나기는 섭섭하잖아.

"건룡풍힐! 받아라! 아자자자자!"

수많은 권영들이 시왕을 덮쳐 갔다. 비록 권영 하나하나에 태산을 붕괴시킬 만한 힘이 담긴 건 아니지만 그래도 결코 가볍지 않은 것들이라 시왕의 형체는 금세 본래의 형체를 알아보기 힘들 정도가 되었다.

마지막이다!

"마지막이다, 광뢰충장!"

경을 담아 내지르는 일장!

파괴력 면에서 만큼은 절대 고개 숙일 수 없다는 광뢰충장이 펼쳐졌다.

찌지지직!

다시 한 번 영문 모를 스파크가 생겨났다. 어째서 이게 생기는 건지는 모르겠지만 그거야 나중에 생각할 일이고!

뻐거거걱!

광뢰충장의 일장은 그대로 시왕의 가슴부터 등까지 완전히 뚫어버리고 말았다.

원래 사람의 뼈라는 게 상당히 단단해서 이렇게 가슴뼈를 관통하기란 결코 쉽지 않다. 하지만 건룡초풍에 의해 가슴뼈가 일단 부서져 버렸고, 이 단계로 건룡풍힐에 잘 다져졌으며, 마지막 광뢰충장을 펼침으로 해서 이렇게 완전히 뚫어버릴 수 있었던 것이다.

그런데 그것이 오히려 독이 될 줄이야……. 시왕은 신체를 이용하여 자신의 몸을 뚫어버린 내 팔을 감아 올렸다. 젠장, 아무리 시체를 조종한다지만 자신이 사용하고 있는 신체를 저렇게까지 움직일 수 있는 건가?

세상에 뼈와 살로 팔을 감아 움직이지 못하게 하다니!

"쿡쿡쿡! 끝인가요?"

칫! 역시 너무 쉽다 했어. 설마 이런 수를 쓸 줄이야……. 근데 이놈은 가슴이 완전히 뚫리고도 웃다니… 으으, 징그러운 놈.

"누가 이대로 끝낸다고 했냐! 운영초각!"

단숨에 세 방의 발차기가 날아들어 시왕의 다리를 때렸다. 뿌드득하는 기괴한 소리와 함께 녀석의 정강이는 아무런 힘도 없이 부러져 버렸고, 그대로 주저앉을 수밖에 없는 시왕.

난 거기서 멈추지 않고 오른발을 축으로 삼으며 녀석에게 잡힌 오른팔의 어깨부터 비틀어 뒤돌려차기를 날렸다. 어깨 때문에 제 위력이 나오기 힘들 테지만 그것을 생각하고 타격점을 한참이나 낮춰뒀단 말이지!

퍼억!

과연 내가 노렸던 상황이 적중하여 돌려차기는 시왕의 머리 깊숙이 파고들어 갔다. 그러나 이게 웬일! 부서져야 할 녀석의 머리통이 마치제 몸통이 내 팔을 감싼 것처럼 다리까지 감싸 버리는 게 아닌가!

"이, 이게 무슨?!"

"하하하하하! 이제 재롱이 다 끝나셨으면 내 차례인가요?"

"헉!"

저, 저거 뭐야?! 머리만 껑충껑충 뛰어서 다가오다니……. 게다가 머리만 달린 놈이 말을 하고 있어! 진짜 괴기 영화라도 되나?

이런 생각도 잠시, 여기까지 느껴지는 암울하고 찐득찐득한 기운이 녀석의 오른팔을 감싸며 나타났다.

제, 젠장! 위험해!

"가시죠!"

"으아아악! 젠장!"

난 녀석의 오른팔이 나를 향해 정면으로 다가오는 것을 바라보며 급히 신형을 띄웠다. 뒤로 뺀 게 아니다. 오른팔과 왼쪽 다리가 잡혀 있는 판에 뒤로 뺀다고 해서 빠지겠냐?

난 그냥 그 자리에서 몸을 띄워 급히 안쪽으로 회전해 들어갔다.

우드득!

"크악!"

사람의 뼈로는 도저히 불가능한 시도를 한 덕분에 팔과 다리가 어긋나는 소리와 함께 지독한 고통이 느껴졌으나 다행히도 녀석의 장력은 밑으로 스쳐 지나가게 할 수 있었다.

난 끔찍한 고통에 이를 악물고 움직일 수 있는 오른쪽 다리에 신경을 집중했다. 현재 나는 공중에 떠서 한 바퀴 회전을 해가는 상태. 덕분에 왼쪽 다리와 오른팔이 부러져 버렸으니 이번 공격이 성공하지 못하면 끝난다.

모든 신경을 집중한 오른쪽 다리가 궤도를 그리며 낙하하는 순간! 난 모든 힘을 오른쪽 다리에 담았다. 그리고 그대로 녀석의 어깨를 내려쳤다.

쾅!

"크억! 큭!"

으윽! 더럽게 아파. 정말 진짜 아프네. 으억! 젠장!

발차기의 위력이 너무나 강했던 탓인지, 녀석의 어깨를 부수다 못해 아예 뭉그러뜨렸다. 덕분에 살짝 미끄러진 발이 땅과 접촉을 하여 거대한 먼지를 불러일으켰고, 난 왼팔만으로 기어 그 먼지 구덩이를 벗어나며 신음을 질러댔다.

"제기랄."

낮게 욕설을 내뱉으며 오른팔과 다리를 살펴보았다. 으음, 이거 환장하겠군. 오른팔은 그야말로 부서졌다. 억지로 비틀다 보니까 당연한 것이겠지. 그나마 다행인 것은 왼쪽 다리는 그리 큰 충격을 받지 않았기에 뼈가 어긋나는 정도로 그친 것.

난 예전 하얀이에게서 배운 것을 생각해 냈다. 몇 가지 기본 응급처치는 의원이라는 전문 직업 없이도 할 수 있다고 하여 몇 가지 기술을 배워뒀는데, 그중 뼈를 맞추는 기술도 있었기에 그것을 시도해 보려는 것이다.

"윽! 근데 제대로 할 수 있으려나? 하는 법만 배웠지 제대로 해본 적은 한 번도 없는데……."

그러나 한쪽 다리가 이렇게 된 채로는 제대로 움직일 수도 없을 것이기에 난 뼈 맞추기를 시도할 수밖에 없었다.

"후우, 후우, 침착하게… 후우……."

우드득!

"으악!"

으으으윽! 미칠 듯이 아프다. 의원이 하는 치료라면 아무런 고통이 없을 텐데 역시 의원이 아니다 보니 이런 고통이 뒤따를 수밖에 없는 것이로구나.

그렇게 악으로, 오기로 뼈를 맞추고 간신히 제자리에 서자 마침 모래 먼지는 사그라졌다. 그리고 그 자리에는 멀쩡한 모습의 시왕이 기다리고 있었다.

"아아, 역시 직접적인 전투는 제 취향에 맞지 않는군요. 아직 이렇게 몸으로 치고받고 싸우는 것은 익숙하지 않아 너무나도 쉽게 당해 버렸어요. 아아, 하지만… 조금은 박투전에 익숙해진 것 같군요."

"으윽!"

저, 저런 놈을 어떻게 이기라는 거야! 죽여도, 죽여도 죽지 않는 놈을 이기라니……. 이건 말도 안 되는 소리라고!

"이런, 시간이 벌써 이렇게 되었나? 으음, 마음 같아서는 당신의 상처를 치료해 주고 다시 한 번 놀고 싶지만 시간이 시간인 만큼 여기서 끝을 내야겠군요. 참 즐거웠습니다."

즐겁기는 개뿔이! 으음, 이렇게 된다면 역시 이 수밖에 없겠지?

지금 현재 나의 위치는 아까와는 정반대로 오히려 바깥 출입구 쪽이다. 즉, 도망가려면 언제든지 도망갈 수 있는 위치라는 거다. 단, 녀석이 아무런 장치도 해두지 않았다면. 하지만 감쪽같이 우리를 속이고 조롱할 정도로 재수없게 돌아가는 머리를 가진 녀석이 아무런 방비도 없이 이렇게 자리를 선뜻 바꿔줄 리는 없잖아.

그러니 녀석의 시야를 돌려서 잠깐이라도 시간을 마련해야 녀석이 준비해 둔 장치가 나와도 내가 도망갈 수 있을 텐데… 역시 방법은 그것밖에 없다.

난 품에서 다시 팔찌를 꺼내 들었다. 약속해 놓고 이런 짓을 하자니 좀생원 같긴 하지만… 그래, 나 좀생원이라고.

"잠깐!"

"아아, 설마 또 그것을 가지고 협박할 생각 같은 건 아니겠죠? 이번엔 어림도 없습니다. 당신이 그것을 설령 부숴 버려서 오랜 시간을 기다려야 한다 하더라도 전 당신을 죽여야겠어요."

으윽! 도대체 내게 무슨 원한이 저렇게 많아서……. 음, 많긴 많군.

"걱정 말아라. 내가 아무리 얍삽한 놈이라 하더라도 이미 써먹었던 수를 또 써먹을까. 단지 이걸 네게 건네주려 함일 뿐이야."

그렇게 말하며 팔찌를 들고 있는 왼팔에 일섬지의 힘을 모았다. 약간의 시간만 있다면 시동어를 외치지 않고도 일섬지 정도야 언제든지 쏘아낼 수 있다고. 하지만 빛이 새어 나가지 않도록 하려니 좀 힘들긴 힘들군.

"나도 너무나 지쳤다고. 그냥 팔찌 따위 넘겨주고 편히 쉬고 싶다고."

"흠, 뭔가 굉장히 섭섭하군요. 이렇게 간단히 포기하다니."

"죽여도 죽지 않는 놈이랑 싸우면 어떤 놈이 포기하지 않을까. 젠장, 네게 죽음이라는 것이라도 있으면 내가 미쳤다고 이러겠냐?"

"하아, 그것도 그렇군요. 쿡쿡, 근데 한 가지 틀린 게 있군요. 저에게 죽음이 없는 것이 아닙니다. 항상 죽음이란 끈을 묶어두고 있으니 죽음이 없는 것처럼 보일 뿐이죠."

"어쨌든 간에 받으라고."

난 던질 자세를 취했다. 시왕은 만면에 미소를 띠고 있고. 후후후, 그 미소… 언제까지 가는지 두고 보자.

"던진다! 단, 네가 받을 수 있을지 모르겠지만."

"뭐?"

난 팔찌를 던졌다. 시왕 녀석을 향해서가 아닌 절벽을 향해서. 그것도 온 힘을 다해!

쒜엑 하고 팔찌가 날아가자 시왕의 얼굴은 당혹감으로 물들었다. 비상에서 제일 힘이 세다고 자부하는 내가 전력을 다해 던진 만큼 팔찌는 멀리멀리 날아갈 테고, 그럼 시왕은 이 망망대해와 같은 곳에서 눈에 잘 띄지도 않는 팔찌를 찾아야 할 것이다.

또한 찾았다 하더라도 거의 90에 가까운 확률로 부서져 있을걸? 결국 시왕은 헛고생할 거란 이 말이다. 물론 이 사실은 시왕도 알기에 찾지 않고 그냥 나타날 장소에서 기다리고 있음 될 테지만 만약에 부서지지 않았다면? 그렇게 되면 그건 또 문제이기 때문에 시왕은 찾을 수밖에 없을 거다.

이러나저러나 시왕으로선 엄청난 시간이 소비될 수밖에 없을 거란 말씀. 하지만 내가 정말 노린 건 이게 아니다.

"흥!"

시왕은 콧방귀를 뀌며 훌쩍 뛰어올랐다. 그러자 어느새 모였는지 까마귀들이 벌 떼같이 모여 시왕의 발을 지탱해 주며 팔찌를 향해 날아가고 있는 게 아닌가.

그래, 내가 노린 게 바로 이거라고!

까마귀의 속도는 매우 빨라서 어느새 팔찌를 향해 접근하고 있었다. 그리고 마침내 팔찌와 아주 근접한 순간, 팔찌는 시왕이 전혀 예상치 못한 변화를 보였다.

탕!

마치 쇠 두들기는 소리가 들리며 팔찌가 날아가던 속도를 멈추고 각도를 꺾어 오히려 높이 날아오르기 시작했다. 바로 팔찌를 던지자마자 펼친 일섬탄지를 팔찌의 아래 부분에 맞춰두었기에 가능한 것이었다.

하나 그것으로 끝난 게 아니었다.

"이런 잔재주를 부리다니!"

시왕을 태운 까마귀들은 팔찌를 한참이나 지나쳐 있었지만 급히 호선을 그리며 회전하여 다시 팔찌를 향해 날아올랐다. 하지만 그걸 내가 가만 내버려 둘 줄 알고?

"일섬파지!"

일섬지의 제삼초 일섬파지! 기능은 이름 그대로 부수는 능력!

순식간에 내 왼손의 다섯 손가락에서 한 번에 다섯 줄기씩, 네 차례에 걸쳐 총 스무 줄기의 섬광이 뻗어나갔다.

일섬지의 초식인 일섬파지는 매우 빠른 속도를 자랑했지만 나와 팔찌가 있던 거리가 거리인 만큼 시왕이 팔찌를 잡기 전, 그를 격할 수 있을 리가 없었다. 하지만 지금과 같은 상황이라면 말이 달라지지!

파파파파팍!

일섬파지의 스무 줄기 섬광이 까마귀들을 때렸다. 그러자 까마귀들은 산산이 부서지며 흩어졌고, 순식간에 시왕은 발판을 잃어버려서 밑으로 추락하기 시작했다.

"크아아아악!"

자기가 당한 것이 분한지 열심히 괴성을 질러대는 시왕이지만 그런다고 상황은 변하지 않는다는 말씀.

능공천상제로 팔찌가 있는 곳까지 날아올라 내가 뿌린 일섬파지로 인해 나가떨어지는 시왕을 보며 난 팔찌를 집었다. 흐흐흐, 아무리 내가 생각해 냈다지만 정말 기발해. 어떻게 시왕을 뒤따라 능공천상제로 날아올라 뒤따를 생각을 다 했을까. 역시 난 천재였어!

"으하하하하하하!"

팔찌를 회수한 나는 능공천상제의 마지막 발걸음을 딛고 땅에 내려섰다. 음, 유향운이 준 이 각반이 아니었으면 능공천상제의 발걸음도 더 늘릴 수 없었을 테고, 그랬다면 이 방법은 꿈도 못 꿨을 텐데……. 고맙다, 유향운아!

"자, 그럼 가볼… 컥!"

절벽을 보고 있던 내가 뒤를 돌아 이곳을 빠져나가려는 찰나 등이 화끈해짐을 느꼈다. 뜨겁다. 아니, 차갑다. 아니, 뜨겁다. 아니, 차갑다! 지독히도… 고통스럽다.

푸학!

"끄윽!"

피가 분수처럼 새어 나와 전신을 적신다.

뜨거운 피.

하지만 너무나도 차갑다.

피를 뒤집어쓴 난 시야가 흐릿해짐을 느끼며 쓰러졌다.

"시왕… 뒤처리를 제대로 하지 못하는군. 혹시나 해서 와보지 않았다면 놓칠 뻔했어."

차가운 목소리.

심장이 얼어붙는 듯한 차가운 목소리가 귓가를 때린다. 귀가 멍멍하다. 손끝, 발끝 하나 제대로 움직여지지 않는다. 크윽! 지금까지 많은 고통을 느껴왔는데… 이 고통이 가장 심하다.

고통으로 인해 손에 절로 힘이 들어갔다. 하지만 지금 난 내가 무슨 행동을 하는지도 생각나지 않았다. 단지 손 안에 딱딱한 감촉만이 느껴질 뿐.

"그만 가라."

흘러내린 피로 시야가 흐릿했지만 난 상대를 볼 수 있었다. 마치 얼음을 깎아 조각상을 해놓았다면 이런 모습일까? 아무런 표정도 담겨 있지 않은 그런 모습. 마치 차가운 한기의 결정체와 같은 모습.

그리고 그가 든 무엇인가가 번쩍이는 것을 본 후, 난 곧 암흑 속으로 빠져들었다.

너무나도 춥다…….

"멍청한 녀석."

낙막한 사내의 입에서는 한기가 줄줄 새어 나왔다. 마치 칼로 조각한 듯, 정교하면서도 섬세한 이목구비와 훤칠한 키로 하여금 수많은 여인들의 마음을 설레게 할 만한 미(美)공자였다. 하지만 싸늘하면서도 매의 그것과도 같이 날카로운 눈매에서 흘러나오는 한기와 전체적인 분위기가 누구도 그에게 쉽게 접근치 못하게 했다.

그런 그의 앞에는 작은 소년이 인상을 잔뜩 찌푸리며 서 있었다.

"내가 그런 수에 당하다니."

"네 힘에 자만하여 처음부터 전력을 다하지 않은 탓이다."

"크윽!"

소년, 시왕은 쓰러져 있는 사예를 보며 살기를 뿜어냈다.

설마 그런 방법을 쓸 줄은 몰랐다. 감히 이 시왕에게 그런 조잡한 방법을 쓰다니… 도저히 용서할 수 없었다.

'몇 번이고 죽여주마. 죽이고 또 죽이고, 또 죽인 다음에 종으로 부려주겠다!'

그렇게 다짐하는 시왕이었지만 그것만으로는 도저히 화가 풀리지 않았다. 그래서 사예의 사라져 가는 시체를 걷어차려다 문득 어떤 생각이 들었다.

"백호륜(白虎輪)!"

녀석이 그것을 가지고 있었다. 그것을 빼앗았어야 했다. 하지만 시왕으로서도 아직 완전히 죽지 않은 상대의 물품을 빼낼 수는 없었다. 살아 있다면 강탈을 할 수 있을지 몰라도 이렇게 첫 번째 죽음으로 시체가 되어 사라지는 것에서 물품을 빼오는 일은 창조주라도 불가능한 일이었다.

분해하고 있는 그에게 다시 차가운 목소리가 들렸다.

"호들갑 떨지 마라, 시왕."

"하지만 이 녀석이 백호륜을 가지고 가버렸어! 참왕(斬王)! 너 같으면 진정할 수 있겠느냐!"

"멍청한 녀석, 이미 너 때문에 계획이 어긋나 버렸다."

"아니, 그것은?!"

참왕이라 불린 낙막한 사내는 손을 들어 올려 보였다. 그리고 그것을 본 시왕의 눈가에는 순간 희열이 깃들었다가 곧 절망에서 분노로 바뀌어갔다.

"크으윽! 가만두지 않겠어!"

붉은 대지가 넓게 펼쳐진 대지… 그곳에선 분노가 가득 담긴 외침이 울려 퍼지고 있었다.

◆ 비상(飛翔) 마흔네 번째 날개
우선 가보자!

비상(飛翔) 마흔네 번째 날개 우선 가보자!

탕!

난 물병을 거칠게 식탁 위에 내려놓았다.

"젠장, 빌어먹을!"

어떻게 그런 일이 벌어질 수 있는 거지? 완벽하게 시왕을 속였다고 한참이나 의기양양해하던 내 자신이 바보 같았다.

지독하던 그 고통.

마치 전신을 차갑고도 뜨거운 곳에 맴돌게 하는 듯한 고통이 생각났다.

"누구였을까?"

아마도 천추십왕 중 하나였겠지. 내가 알고 있는 천추십왕이라고 해봤자 비왕, 요왕, 잔왕, 암왕, 파왕, 시왕뿐이다. 열 명 중에서 여섯 명이면 많이 알고 있는 거라지만 그들 중 그나마 그 능력을 아는 자라고는 싸워봤던 비왕과 시왕뿐이다.

요왕과 암왕, 잔왕과도 잠시 겨뤄봤지만 그들과는 제대로 된 승부를 내지 못했다. 때문에 난 그들에게 내 실력을 보이지 못했고, 그들 역시 제대로 된 실력을 보여주지 못했다.

결국 비왕과 시왕, 이 두 명의 능력 외에는 제대로 아는 것이 하나도 없다는 말이다.

하지만 나머지 요왕, 잔왕, 암왕, 파왕도 그 속성만은 대충 알고 있어 싸울 경우 어느 정도 대처가 가능할 텐데, 이 여섯 명을 제외한 나머지 네 명은 그 무공의 속성은커녕 이름조차 모르고 있으니…….

이런 상황을 고려해 볼 때, 나를 암습한 그는 분명 내가 알지 못하는 천추십왕 중 일 인임에 분명하다. 그렇게 생각하는 데에는 한 가지 이유가 더 있다.

너무나 쉽게 뒤를 빼앗겼다는 것.

당금 비상에 있어 내가 그 누구에게 그렇게 쉽게 뒤를 빼앗길 수 있을까. 아무리 시왕과의 접전으로 심신이 많이 피폐해졌다 하더라도 말이다.

여러모로 미루어보아 그는 천추십왕일 수밖에 없다.

"아, 빌어먹을."

난 소파에 눕듯 앉으며 욕설을 중얼거렸다.

분이 가시질 않는다. 조금만 더 조심했더라면, 어쩌면 그의 암습을 막아낼 수 있었을지도 모른다. 그가 정말 천추십왕이라면 암습을 막아냈다 하더라도 그 후 그에게서 벗어날 수 있는 뾰족한 수가 있다는 건 아니지만 그래도 그렇게 멍청하게는 당하지 않았을 거다.

당했다는 사실보다도, 너무나 어이없이 당했다는 그 사실에 더욱 나 자신에게 화가 난다.

난… 내 힘에 너무 자만하고 있었다. 그리고 그 결과가 이렇게 죽음으로 나타난 것이고. 애초에 시왕을 만났을 그때, 내게 한 자루의 도라도 쥐어져 있었다면 어떻게 되었을까?

"도망갈 필요도 없었겠지."

그렇다. 사실 마석투혼사가 아무리 강하다 하더라도 권을 사용하는 나를 이기지는 못한다. 비록 시왕이 익숙하게 조종하지 못했다고는 하지만 제 본래의 신체적 능력은 모두 지니고 있던 마석투혼사였다. 그런 마석투혼사도 내 주먹 아래 무너졌다.

아직 익숙하지 못한 권으로도 그럴진데 정말 내게 도라도 들려 있었다면 상황은 오래가지 않았을 것이다. 멀리 떨어지거나 능공천상제로 하늘 높이 날아올라 초월파만 쐈댔어도 마석투혼사는 속수무책으로 팔다리 할 것 없이 동강나 버렸을 것이고, 그게 아니더라도 섬월명으로 단숨에 승부를 낼 수도 있었을 것이다.

죽지 않는다 하여도 별로 달라질 것은 없다. 권장지각으로야 아직 모든 것을 펼칠 수 있을 정도로 익숙하지도 않고, 숙련도 또한 높지 않았기에 막막했다지만 도라면 이야기가 달라진다.

죽지 않는다면 부활할 수 없을 정도로 난도질해 버리면 그만이다. 또한 시왕처럼 스스로의 신체를 무기 삼아 공격해 온다 하더라도 문제없다. 시왕의 신체가 아무리 괴상망측하다지만 한월의 예리함을 막아낼 수 있을 거란 생각은 하지 않는다.

"하아… 생각하면 뭘 하나. 이미 지나간 일인데."

난 비상의 일을 잊기로 했다. 이미 지난 일인데 또다시 떠올려서 어쩌겠는가.

그렇게 비상의 일을 잊고 나자 오늘 하루, 너무나 많은 일을 겪은 탓일까? 갑자기 두통이 몰려왔다.

아아, 정말 피곤하다.

죽음.

그것은 나에게는 새로운 충격이었다. 이만큼이나 강해질 때까지 이제 겨우 첫 번째 죽음을 맞아놓고는 이런 말을 하다니…… 벌써 캐릭터를 수십 번이나 바꿨지만 아직 이류의 수준에 머물러 있는 사람들이 들었다면 다시 캐릭터를 바꾸는 한이 있어도 덤벼들, 그런 소리다.

하지만 내게 죽음이라는 건 역시 익숙지가 않다. 아니, 죽음에 익숙한 사람이 몇이나 될까? 실제 죽음의 공포…… 내가 느낀 것이 그런 공포였는지도 확실치 않다. 하지만 다시는 그런 느낌을 느끼고 싶지 않다는 것만은 정확하다. 비록 진짜 죽음은 아니더라도 더러운 느낌이라는 건 두말할 필요가 없으니까.

"음, 아직 한 시간이나 남았나?"

난 지금 캡슐 옆에 앉아 느리게만 가는 시계를 보며 애꿎은 한탄만 하고 있는 중이다.

옛날에도 설명했지만 비상에서의 첫 번째 죽음은 꽤나 많은 패널티를 가지고 온다. 전체적인 능력치의 하락. 이미 능력치가 거의 극에 달해 있는 내게는 크게 상관할 바가 아니지만 내가 아닌 다른 사람이라면 정말 절망하고 싶은 심정일 것이다.

뭐, 상급 의원에게 돈을 주고 회복할 수 있다. 하지만 그 전에 원한을 가진 사람이라도 만나 봐라. 전과는 비교도 할 수 없을 정도로 약해진 몸이기에 뒤도 보지 말고 도망쳐야 할 거다. 상급 의원 NPC는 작은 마을에는 있지도 않은데다 있다고 하더라도 하락한 능력치를 복구시키는 데는 돈이 많이 든다.

결국 초보자들은 이러나저러나 노가다로 돈 버는 것만이 살길이라는 거다.

두 번째 죽음이 되면 이런 페널티가 오히려 역이 되어 도움이 된다. 두 번째 죽음부터는 능력치가 하락이 아닌, 상승이 되는 것이다. 마지막 목숨인 만큼 조금이나마 도움이 되라고 그러는 것 같다. 뭐, 그래도 죽는 사람은 죽겠지만서도.

세 번째 죽음? 말할 필요 있나? 당연히 캐릭터의 삭제지.

제각기 개성(?)이 뚜렷한 이런 죽음들의 공통점을 찾으라면 한 가지를 찾을 수 있다. 바로 만 하루 동안 접속을 하지 못한다는 것이다. 물론 현실 시간으로.

때문에 나도 하루 동안 빈둥거리며 비상에 대한 생각을 잊어야 정상인데, 이게 참 어이없게도 피곤해서 자고 일어나 보니 하루의 대부분이 지나가 있는 게 아닌가. 이건 신의 장난이거나 알 수 없는 누군가(?)의 소행이 분명하다. 그렇지 않고서야 이렇게 타이밍이 적절할 수가 있으랴!

근데 타이밍을 맞춰주려면 딱 맞춰줄 것이지 어정쩡하게 세 시간을 남겨놓는 건 또 무슨 심보냐! 밥 먹고 씻고 무슨 짓을 해도 두 시간이 남잖아! 두 시간 가지고는 누굴 만나러 갈 수도 없고 말이야. 이런 어정쩡한 시간을 부여하다니… 크흑!

그렇게 시작된 투덜거림은 시간이 가는 줄도 모르고 계속되었다. 그러다 보니 얼레? 어느새 접속할 시간이 다된 것이 아닌가. 과연 투덜거리기의 가공할 파워로군.

흠, 헛소리는 그만 하고 자, 접속해 볼까?

눈을 뜨자 목재 천장이 보였다. 아아, 등에 딱딱한 감촉이 느껴진다. 으으, 이런 딱딱한 침대에 환자를 눕혀놔도 괜찮은 거야?

내가 부활한 곳은 한 의원(醫院)이었다. 넓은 방에 딱딱하지만 많은 침대들이 놓여 있고, 그 위에 몇몇 사람들이 누워 있었다. 다 죽은 사람이다.

죽으면 50퍼센트는 죽은 장소에서 가장 가까운 마을로 가게 되어 있고, 나머지 50퍼센트는 각 지역에 랜덤으로 분포하여 부활하게 되어 있다. 그리고 부활하는 장소는 이렇게 각 마을의 의원.

재수가 좋다면 대도시에 부활해서 상급 의원에게 치료를 받을 수 있겠지만, 재수 나쁘면 오지에 떨어져 몇 개의 마을을 거쳐야만 간신히 상급 의원을 만날 수 있었다.

어쨌거나 천장의 상태로 봐서 그리 큰 마을은 아닌 것으로 짐작되네. 아니면 의원의 주인이 엄청 구두쇠던가. 도대체 청결을 가장 중요시해야 할 의원의 천장에 곰팡이가 슬어? 참 멋지구나.

난 몸을 일으키려다 죽기 전, 등의 그 끔찍하던 고통을 기억해 내고는 잠시 멈칫거렸다. 그러나 죽으면 죽기 전의 상처는 모두 없어지기에 이내 안심하고 몸을 돌려보았더니 정말 아무런 이상도 없었다. 전보다 몸이 무거워지기는 했지만 그리 티날 정도는 아니고.

"응?"

그렇게 몸 상태를 점검하던 중 문득 왼손이 주먹을 꽉 쥐고 있다는 것을 발견했다. 무의식적으로 말이다. 주먹을 쥐고 있다는 걸 발견하자 곧 왼 손바닥이 무척이나 아파왔다.

음, 이걸 뭐라고 표현해야 하나… 그렇지.

미처 다쳤다는 걸 인식하지 못했을 때는 아프다는 것을 전혀 느끼지 못하다가 다쳤다는 걸 인식한 뒤로는 그 상처에 대한 고통이 느껴진달까?

어쨌든 무의식적으로 주먹을 얼마나 꽉 쥐고 있었던지 손끝이 얼얼할 정도였다. 도대체 내가 왜 이렇게 주먹을 꽉 쥐고 있었던 것일까? 그 답을 알려면 주먹을 펴보는 수밖에. 사실 그 이유 때문이 아니더라도 무척 아프니까 빨리 펴야겠다.

"이건?!"

어, 어떻게 이게 내 손 안에, 그것도 이렇게 피를 뿌리면서까지 남아있는 거지?

난 정말 믿을 수 없는 사실에 경악하였다.

그것, 웅장한 백호 음각상이 멋지게 틀어박혀 있는 그 금팔찌. 그 금팔찌가 지금 내 왼손에 있는 것이다! 물론 금팔찌 전체가 아니라 새끼손가락만한 크기의 조각에 불과했지만 그게 내 왼손에 박혀서 시뻘건 피를 뿌려내고 있었다.

"어, 어째서?"

비상에서 유저가 죽으면 죽은 후 한 시간 동안의 유예 기간이 주어져 그 시간 동안은 필드 상의 시체로 존재한다. 시왕도 유예 기간을 통해 세 번째 목숨이 막을 내린 설영 소저와 야랑의 시체를 가로챘을 것이다.

이 유예 기간이라는 게 상당히 복잡한 시스템이라서 단순히 리얼리티만을 강조하기 위해 주어졌다고는 보기 힘들다. 그리고 실제로도 그렇다.

아까 미처 말 못했는데 이 유예 기간이라는 게 죽은 사람에게는 또 다른 페널티로 주어져 절망감에 휩싸이게 하는데 중요한 역할을 한다. 그 페널티라는 건 단 한 번, 시체가 겉으로 지니고 있는 아이템 중 하나를 가지고 갈 수 있다는 것이다.

예를 들자면 만약 내가 한월을 들고 설치다가 죽었다면 내 시체를 처음으로 발견한 사람은 내 시체에서 한월을 가져갈 수 있다는 말이다.

참 지랄맞은 페널티가 아닐 수 없다.

아이템을 가져가는데 몇 가지 제한이 있기는 하지만 죽은 사람은 바깥에서 제발 사람을 만나지 않기를 빌고 또 빌어야 하는, 사람 애태워 죽이는 짓인 것이다. 아마 나를 죽였던 사람도 이 유예 기간을 통해 내게서 하나의 아이템을 가지고 갔을 것이다. 그리고 불행인지 다행인지 난 그것이 무엇인지 확인해 보지 않아도 알 수 있었다.

금팔찌. 백호 음각상이 새겨진 초절정무공의 단서, 금팔찌를 들고 갔을 것임에 분명했다. 적어도 그가 천추십왕이라면 더 이상 생각해 볼 필요가 없을 정도로 그것은 확실하다.

예상대로 그 사람은 금팔찌를 들고 갔다. 단, 내 손에 박힌 이 한 조각을 남겨두고선.

"설마 그때 부서진 건가?"

난 죽기 전의 기억을 떠올리다 마지막 순간에 손에 힘을 잔뜩 준 것이 생각났다. 아마 그때 일섬파지의 기운이 끌어올려지면서 금팔찌를 부쉈을 것이고, 내가 주먹을 너무 꽉 쥐다 보니 이렇게 손바닥에 박혔을 것이다. 사실과는 다를 수 있겠지만 이것이 내 추측이다.

왜 이런 추측을 하냐고? 이 추측 아래라면 모든 것이 이해되기 때문이다. 팔찌가 부서진 이유라던가, 내 손에 박힌 이유라던가, 팔찌의 나머지를 들고 간 사람이 이것마저 들고 가지 못한 이유 말이다.

좀 전에 얘기했다시피 시체에서 아이템을 빼가는 것에는 몇 가지 제한이 있는데, 그중 하나가 시체의 본신(本身)에 속한 것은 가져갈 수 없다는 것이다. 또한 시체를 뒤질 수 없고 오직 보이는 것만 가능하다는 또 하나의 규칙.

이런 규칙 때문에 그는 내게서 팔찌를 빼갔겠지만 내 손바닥에 박혀서 본신에 귀속된 조각은 가져가지 못했던 것이다. 설령 귀속된 조각을 가져가는 게 가능했다 하더라도 내 손바닥을 억지로 펼쳐는 보지는 못했을 것이다.

때문에 이게 지금 내 손바닥 위에 대롱대롱 흔들리며 달려 있는 것이겠지.

"하… 하… 이런 말도 안 되는……."

정말 내가 추리한 거라지만 이건 너무 말이 안 되잖아! 세상에 이런 우연이라니…….

프싯!

"이크!"

금팔찌 조각을 손바닥에서 뽑아내자 작은 핏줄기가 솟구쳐서 옷 위로 튀었다. 이런, 하여간에 덤벙대는 데 소질있다니까, 나란 놈은.

아아, 이럴 때가 아니지. 우선 생각을 해보자. 아무리 내가 추측한 대로 상황이 흘러왔다고 가정해도, 이해되지 않는 의문점이 남는단 말이야.

"어째서 이게 아직까지 남아 있는 거지?"

난 금팔찌로 시선을 집중하며 그렇게 중얼거렸다.

그 멋지던 백호 음각상은 어디로 가고 목 아래는 모두 잘려 나가 얼굴만 덩하니 새겨져 있는 조각이 왜 아직까지 남아 있는 것일까?

원래의 형태에서 심하게 손상된 아이템은 사라져 버린다. 폐기 처분되는 것이다. 그런데 손상되다 못해 아예 조각나 버린 이 금팔찌의 일부가 아직도 내 손 안에 남아 있다니…….

"설마 완전히 손상될 수 없는 건가?"

만약 그렇다면 이건 상당히 위험하다. 아무리 그 금팔찌가 단서라고 해도 어쨌든 완벽하게 갖추어야 단서로서의 일을 할 게 아닌가. 게다가 중요해 보이는 이 음각상의 머리 부분이 이쪽에 있는데 나머지 부분만으로 될까?

아닐 것이다. 때문에 놈들은 이 나머지 조각을 찾기 위해 날 찾으러 올 것이다.

이 넓은 비상의 세계에서 사람을 찾는 게 쉽겠느냐마는 내 정보대로라면 녀석들은 기파를 읽는다. 사람의 형태를 좇는 게 아니라 기파를 좇는다고 알고 있다. 만약 그렇다면 그 기파를 따르는 건 어렵지 않을 터.

하지만 난 크게 걱정되지 않았다. 현재 내 기파는 거의 무의미하다. 일주일에 한 알씩 먹는 기파를 바꾸는 알약. 그것이 내게는 하나일 수밖에 없었던 기파를 여러 개로 나누어 읽지 못하게 만들었다. 결국 그들이 날 찾으려면 발로 뛸 수밖에 없다는 소리.

"그렇다면 이러고 있음 위험하겠군. 여기가 어디인지는 모르지만 녀석들이 언제 닥칠지 모르니 우선 빨리 상급 의원을 만나서 치료를 받고 이동해야겠어."

그렇게 중얼거리고 있는데 뒤에서 누군가 가까이 오는 게 느껴졌다.

휘익!

긴 물체를 내려쳐 오는 소리. 그리 빠르지도, 강한 힘이 담겨 있지도 않았지만 미쳤다고 내 머리를 노리는 걸 가만히 맞아주겠나? 이유도 모르는 상태에서?

난 침상에서 풀쩍 뛰어내려 내려쳐 오는 그 물체를 피했다.

"이놈아, 깨어났으면 궁상 그만 떨고 어서 꺼져!"

뒤를 돌아보니 웬 꼬장꼬장하게 생긴 할아버지가 긴 회초리로 침상을 내려치는 모습이 보였다. 모습을 보아하니 이 의원의 주인 같았다. 아무리 무전 치료라지만 환자에게 이러다니… 이거 너무하잖아!

나는 나대로 노인의 행동에 조금 화가 났고, 노인은 노인대로 내가 노인의 공격을 가뿐히 피하자 꼬장꼬장한 눈초리에 힘을 실었다.

"이게 무슨 짓입니까!"

"아니, 이놈이 어디서 고함이야!"

"노인장께서 먼저 사람을 향해 회초리를 휘두르시지 않으셨습니까. 그러고도 좋은 말을 들으시길 원하셨습니까?"

나 최효민, 노인 공경 사상이 투철한 청년이긴 하지만 그렇다고 다짜고짜 이렇게 나오는 사람에게까지 일일이 상냥하게 대해줄 수는 없는 법이다.

"이놈이! 죽어가는 걸 살려놓았더니 어디서 큰소리야!"

"아니, 살려놓으시려면 끝까지 잘하시던가. 왜 잘 치료해 놓고 화를 내십니까!"

"아이고, 국법만 아니었으면……."

이 노인장이 무슨 말을 하는 거냐 하면, 비상에서는 NPC들에게 법이 있다. 뭐, 이 세계의 주민들이니까 당연한 것이겠지만서도 국법이라니까 왠지 신선한 느낌이 드는군. 어쨌든 그 국법이라는 게 있는데, 게임 오버된 유저, 그러니까 NPC들에게는 다 죽어가는 환자가 있으면 반드시 가까운 의원에서 치료를 해야 한다는 것이다.

사실은 그냥 깨어날 수 있는 장소를 제공하는 것밖에 없지만, 비상의 컨셉이라서 저들은 자신들이 죽어가는 사람을 발견해서 치료한 줄안다.

국법, 국법 하니까 생각나는 게 있네.

"이보십시오, 노인장. 국법 탓으로 돌리지 마십시오. 국법이라면 저를 치료해 준 것도 공짜가 아니지 않습니까. 매달 일정량의 돈을 지급받으면서 이러서도 되는 겁니까?"

내가 여기까지 말하자 노인장은 아무런 대답도 못하고 입만 꽉 다물뿐이었다. 훗! 이겼다.

비상의 국법으로 이렇게 치료, 실제는 장소를 제공하는 것만으로도이들은 한 달에 일정량의 돈을 받게 된다. 이것도 물론 진짜가 아니라가상의 일일 뿐이지만 뭐, 어쨌든 나도 무전 치료를 받은 사람은 아니라 이거야.

"안 그래도 나갈 것이었으니 그만 좀 보채십시오. 그전에 뭐 하나좀 물읍시다. 상급 의원을 만나려면 어디로 가야 여기서 가장 가깝습니까? 보아하니 노인장은 상급 의원 같지는 않고 말입니다."

음, 내가 말했지만 참 싸가지없는 말투야.

과연 노인도 싸가지가 철철 넘치다 못해 바닥을 드러낸 말투에 화가잔뜩 났는지 얼굴이 시뻘개져 있었다. 하지만 그쪽에서 먼저 잘못한것이 있으니 차마 화를 터뜨리지는 못하고 꾹꾹 눌러 참고 있는 모습이 역력했다.

"끄응······."

"설마 이것도 돈 내야 합니까? 질문 하나 했다고 돈 내라니··· 세상이 왜 이렇게 야박해졌는지……."

"아니야!"

"아니면 답해 주시죠."

"끄응… 좋다. 이 마을에서 길을 따라 남쪽으로 이십 리쯤 가다 보면 마을이 하나 나오지. 그 마을의 중심에서 서쪽 길을 따라 삼십 리쯤 가다 보면 큰 호수가 나오는데, 그 호수를 건너서 죽 가다 보면 제법 큰 마을이 하나 나온다. 거기에 상급 의원이 있다. 흥!"

노인은 거기까지 말하고는 등을 돌려 나가 버림으로써 더 이상 나랑은 한마디도 나누지 않겠다는 의사를 간접적으로 표현했다. 누가 그러면 겁낼 줄 알고? 나도 흥이다! 흥!

"이 빌어먹을 영감탱이!"

치밀어 오르는 울분에 못 이겨 나도 모르게 소리를 쳐버리고는 고개를 숙였다. 이크, 화가 난다고 이러면 안 되지. 이러면 이럴수록 나만 손해야.

"키익!"

헉! 큰일날 뻔했다. 고개를 조금만 더 늦게 숙였거나 소리가 조금만 더 컸더라면 들켰을 거다. 난 슬쩍 고개를 들어 엄폐물로 삼은 큰 바위 너머를 바라보았다.

그곳에는 한 인영이 고개를 두리번거리며 방금 난 소리의 진원지를 찾으려 하는 듯했다.

왜 숨냐고? 그건 저 인영의 생김새로부터 알 수 있다.

다부진 체격에 단단할 것만 같은 팔뚝과 다리, 긴 머리카락이 허리까지 덮어 내리고, 가장 중요한 세로로 쭉 찢어진 금색 눈동자와 날카

로운 발톱, 그리고 이빨이 햇빛에 빛난다. 그리고 잔뜩 곤두선 털이라
니…….

저건 수인족 중 묘인족(猫人族)이잖아! 제기랄!

수인족(獸人族). 말 그대로 동물 인간이라는 뜻이다. 그들의 기원이
야 어찌 되었든 간에, 인간과 동물의 형상을 동시에 지니고 있으며 각
동물의 장점마저 모두 갖춘 그런 생물인 것이다.

그들은 인간들을 매우 싫어하는데 지자록을 보자니, 옛날에 인간들
이 수인족들을 노예로 거느렸다고 하는 부분에서 그 이유를 알 수 있
었다. 자신들을 노예로 부려먹었던 놈들을 뭐가 예쁘다고 가만히 내버
려 두겠는가. 쳐들어가지 않는 것만으로도 감지덕지인 것이야.

수인족은 동물의 힘까지 가지고 있기 때문에 보통의 인간이 상대하
기 힘든 재빠름과 힘, 그리고 체력을 가지고 있다. 묘인족은 그런 수인
족에서 고양이[猫]를 닮은 종족인데, 알다시피 고양이의 특성상 힘은
그리 세지 않지만(그래도 보통 인간보다는 몇 곱절은 더 세다) 날카로운 이
빨과 발톱, 그리고 재빠른 스피드가 특징이다.

어쨌든 이게 어떻게 된 일이냐 하면, 그 노인의 말대로 상급 의원을
찾아 산 넘고 물 건너… 아, 산은 안 넘었나? 그렇게 해서 오니까 이
게 웬일. 있을 거라던 마을은 없… 아, 있긴 있구나. 묘인족 마
을…….

그러니까 왜 인간 마을이 아니라 묘인족 마을을 알려주냐고! 얘들
중에 아무리 상급 의원이 있어봤자 날 치료해 줄 거 같아?!

"이 빌어먹을 영감탱이!"

헉!

캬오!

"으악!"

난 날아드는 섬뜩한 빛을 피해 옆으로 몸을 굴렸다. 이번에 지른 소리는 워낙 큰데다가 한 묘인족이 가까이 있어서 들어버렸던 것이다. 그리고 그 묘인족의 반응은 이렇게 매서운 살기를 날리며 날 공격하는 것이고.

제, 젠장! 하여튼 그 영감탱이 나중에 두고 봐! 가만히 안 둘 테다!

영감탱이에게 정의의 응징을 내리는 것이야 나중에 할 일이고, 우선 저 묘인족부터 제압해야겠지?

"운풍건룡!"

난 구르던 것을 멈추고는 재빨리 일어서서 건룡세의 자세를 잡으며 운풍건룡을 펼쳤다. 좌선우심의 자세인 건룡세에서 펼쳐지는 운풍건룡의 왼손은 묘인족이 달려오며 내지르는 섬뜩한 손톱의 한 수는 가볍게 빗겨나게 했다.

캬옹!

묘인족 녀석은 자신의 공격이 너무나 쉽게 무산되자 양손으로 무차별적으로 공격해 왔는데, 그 역시 운풍건룡의 흐름으로 모두 가볍게 쳐내 버렸다. 덕분에 녀석은 앞으로 체중을 실은 주제에 두 팔이 뒤로 젖혀진 무방비 상태가 되어버렸다.

앞쪽으로 체중을 실었기에 쉽게 피할 수도 없을 테고… 이쯤에서 끝낼까?

"받아라!"

난 중심에서 웅크리고 있던 오른손에 힘을 주었다. 이미 모든 상황은 왼손이 만들어놓았으니 끝만 낼 차례! 마침내 오른손이 옛날 만화에 나오는 로봇의 로케트 주먹처럼 발사되듯 날아갔고, 여지없이 묘인족 녀석의 얼굴을 두드리는 듯했다.

여자라면 몰라도 남자 녀석이라면 때리는데 전혀 껄끄럽지 않단 말이다! 크하하하!

캬오!

어라? 이게 지금 뭐 하는 거야?

묘인족 녀석을 확실히 죽이려는 마음이 없었기에 내 주먹에 담긴 힘이 별로 강하지 않았고, 속도도 그리 빠르지 않았다지만 오히려 돌진해 오다니! 녀석의 속력과 내 주먹의 속력이 충돌한다면 제아무리 약한 공격이라 하더라도 큰 충격을 받을 것이다.

그런데 내 예상과는 달리 묘인족 녀석이 급히 허리를 틀더니 내 주먹을 피해 살짝 나를 지나쳐 가는 게 아닌가. 하지만 제대로 피하지 못했기에 내 주먹은 녀석의 어깨를 두드렸고, 또 녀석은 너무나 과도하게 방향을 꺾은 덕분에 힘을 이기지 못한 채 나를 지나치자마자 데굴데굴 굴러갔다. 난 주먹을 거두고 흥미로운 눈길로 녀석을 바라보았다.

"호오, 이런 수를 쓰다니… 과연 묘인족이라서 쉽게 당하지 않는다 이 말인가?"

반사 신경이 제법이야. 확실히 그 상황에서는 뒤로 피하는 것보다 앞으로 돌진해서 피하는 게 상책이었겠지. 그대로 맞부딪치는 건 제일 하책이었겠지만 맞부딪치지 않고 스쳐 지나갔으니까. 하지만 아무리 그렇다 할지라도 내 주먹에 맞았으니 무사하진 못할걸?

저벅저벅.

캬웅!

자신에게로 다가가는 내 발자국 소리에 쓰러져 있던 묘인족 녀석은 급히 몸을 일으키려 했지만 어깨에 극심한 통증이 왔는지 다시 주저앉고 말았다.

"쩝, 그러니까 공격하지 않았으면 됐을 거 아냐. 나도 이러긴 싫었다고."

흠, 그나저나 얘를 어떻게 하지? 어떻게 하긴 뭘 어떻게, 그냥 내버려 두고 가는 거지. 지 마을이 넘어지면 코앞인데 내가 걱정할 게 뭐 있… 군. 이… 살기들…….

난 나를 칼로 베는 듯한 살기들을 사방에서 느끼며 식은땀을 흘렸다. 나도 미쳤지 참. 묘인족 마을이 코앞인데 도망도 안 가고 싸움질을 벌여? 네가 제정신이냐?

크르르.

"하… 하… 안녕?"

이, 이봐들. 너희가 개도 아니고 크르르라니…….

도망갈 틈을 찾았지만 날 중심으로 숲 전체에서 서서히 접근하고 있는 묘인족들의 모습에 그럴 틈이 없다는 것을 알았다. 능공천상제를 써서 하늘을 통해 도망가려는 생각도 안 해본 건 아니지만 나무 위에 올라서서 눈을 빛내고 있는 녀석들이 있으니 더 생각해 봐서 무엇 하랴.

난 결국 결단을 내릴 수밖에 없었다. 세상에 인간이 묘인족한테 당할 수야 없지. 난 이 비상에서 인간들 중에서도 최강자 중 하나로 꼽힌단 말이야. 내가 왜 그런 최강자로 꼽힐 수 있는지 그 이유를 가르쳐 주겠어!

크르르르.

난 금방이라도 날 덮칠 듯이 다가오는 묘인족들을 매서운 눈길로 쳐다보았다. 그리고 마침내 녀석들의 살기가 부풀어 오르며 그 끝을 맞이한 그 순간!

"잠깐!"

난 그 살기를 끊어내고는 앞으로 한 발자국 나섰다. 내 한 발자국에 담긴 기세는 결코 가벼운 것이 아니어서 녀석들도 덩달아 한 발자국 물러섰고, 나는 기세등등한 목소리로 외쳤다.

"항복!"

"에휴……."

한숨이 저 새파란 창공으로 멋지게 날아올랐다. 하늘은 저렇게 넓고 푸른데, 난 이런 좁은 새장 속에 갇혀 한숨이나 쉬고 있다니…….

"에휴……."

난 철을 재료로 해서 만든, 마치 새장 같은 감옥의 쇠창살을 잡고는 한숨을 터뜨렸다.

이게 어떻게 된 일이냐고? 알면서 뭘 물어. 묘인족들에게 둘러싸인 나는 인간들의 최강자 중 하나라는 자긍심을 가지고 당당히 앞으로 나서며 크게 항복을 외쳤고, 결국 그 말을 알아들은 묘인족들이 나를 끌고 와 이런 곳에 집어넣은 거지.

흑흑, 이래 가지고 어떻게 최강자가 됐냐고? 묻지 마. 답이야 뻔하잖아. 그래! 나 각종 비굴함의 극치를 보이고 살살 도망치다 보니까 어쩌다가 최강자가 됐다! 불만있어?!

아아, 이런 말을 하는 거나, 이런 말을 납득하는 거나 참 비참하다.

"에휴……."

"그놈의 한숨 좀 그만 쉬어!"

갑자기 들려온 고함 소리. 난 뒤를 돌아 고함 소리의 주인공을 바라보았다. 반대편에 있는 역시 새장 같은 감옥, 거기에는 꼬장꼬장한 눈매를 잔뜩 빛내며 웬 노인이 나를 바라보며 씩씩거리고 있었다.

"에휴……."

난 고개를 돌려 노인을 외면하고는 다시 하늘이 떠나가라 한숨을 내쉬었다.

"아니, 이 녀석이!"

노인은 내 반응에 잔뜩 화가 나서 이리저리 날뛰었지만 감옥이 가로막고 있음에 나에게 피해를 줄 순 없었다. 결국 제풀에 지친 노인이 자리에 앉아 헉헉대고 있자 난 노인 쪽의 새장 끝으로 다가가 앉았다.

"이봐요, 노인장."

"……."

"도대체 노인장은 왜 잡힌 거요?"

내 눈길에는 언뜻 황당함이 담겨 있었다.

눈앞의 노인은 바로 내게 이곳을 친절하게(?) 설명해 준 그 의원 노인이었던 것이다. 세상에, 여기가 어떤 곳인 줄 알고 있으면서 왜 온 거야?

묘인족 녀석들에게 끌려와 나보다 먼저 다른 새장 속에 갇혀 있는 노인의 모습을 보고 난 황당함에 화를 낼 생각조차 잊어버렸다. 젠장. 어쩐지 경계가 심하다고 했더니 저 노인이 잡혀 버리는 바람에 동료가 더 있을지도 모른다 생각했던 거로군.

어찌 되었든 간에 잡힌 것은 잡힌 것. 나중 일이야 나중에 생각하고 난 우선 지금의 궁금증부터 풀어야 했다.

"이봐요, 노인장. 내 말 안 들리우?"

"에잉! 어른한테 하는 말버릇하고는… 쯧쯧, 이래서 요즘 것들은 안
돼."

"무슨 소리. 이래 봬도 내가 얼마나 노인 공경 사상이 투철한데."

"투철은 얼어죽을. 그런 놈이 그딴 말투더냐?"

"아아, 그것도 상대를 봐가면서 그러는 거지. 아무한테나 다 공손하
나? 애초에 상대가 공경을 받게 행동을 안 하는데 어떻게 공경을 하란
말이오."

"에잉!"

내 말에 노인은 못마땅한지 혀를 찼지만 그렇다고 반박하지는 못했
다.

"그 일이야 어쨌든 간에, 내게 이렇게 골탕을 먹였으면 됐지, 노인장
은 도대체 왜 잡힌 거요?"

"흥!"

"대답을 안 하시겠다. 뭐, 좋아."

난 그 말을 끝으로 입을 꾹 다물었다. 대답을 안 해줬다고 삐친 게
아니다. 다만 노인장의 상황을 추리해 보려는 것이다.

나는 여기 오기 전에 미리 지도를 펼쳐 봤는데 이 영위 지도라는
것에 새겨진 넓이가 아직 무척 좁아서인지 소축척 지도로 넓어지지
않고, 이동하는 범위마다 지도가 찍혀 나오는 대축척 지도만 가능했
다.

덕분에 지도를 펼친 내 눈에 들어오는 건 오직 깜깜한 어둠 속에 홀
로 빛을 발하고 있는 내 모습이었다. 대략 이곳이 어딘지도 잘 모르겠
다는 뜻이지.

아아, 내가 왜 이런 말을 하냐면 간단히 말해, 현재 내가 이 주변의

지리에 대해 전혀, 네버, 절대 모른다는 것을 말하고 싶었던 거다. 그에 반해 노인은 NPC로서 이 주변 지리에 대해 빠삭할 거고.

아무리 내가 천천히 걸었다손 쳐도, 저런 노인이 나보다 더 빠를 수 있을까? 아니, 만약 그렇다 하더라도 여기가 산골 오지라 그런지 사람이 많지 않고, 이쪽으로 오는 사람도 없었다. 결국 나를 지나치는 사람을 한 명도 보지 못했는데 어떻게 날 지나쳤다는 것인가.

"결국 지름길이란 말이군."

움찔!

"뭐, 뭐?"

"아아, 아니요. 그냥 혼잣말이니 신경 쓰지 마슈."

난 그렇게 툭 내뱉고는 다시 상념에 잠겼다. 사실 이 행동도 할 것이 없어서 이러고 있을 뿐이니 상념이랄 것도 없지만, 상념이라는 단어를 써야 좀 더 기품있어 보이지 않겠어? 흠흠.

자, 생각해 보자. 노인장은 내가 알지 못하는 지름길을 이용하여 이곳에 도착해서 나보다 더 빨리 잡혔단 말이지. 하지만 왜? 왜 노인장은 이곳에 왔을까?

노인장의 행동으로 봐서 분명 이곳이 묘인족들의 구역이라는 걸 뻔히 알고 있었다. 그런 곳에 단신으로, 아무런 무공도 느껴지지 않는 의원이 혼자 와? 어떻게 보나 이상할 수밖에 없는 행동이다.

"설마 날 골탕 먹여놓고, 그 골탕 먹는 모습을 반드시 지켜봐야 할 목적으로 이곳에 온 것은 아닐 테고……."

움찔!

우, 움찔했다! 서, 설마 아니겠지?

"지, 진짜 내가 골탕 먹는 걸 보려고 왔다가 잡힌 거요?"

움찔!

"아, 아니야! 아니라고!"

정곡을 찔렀군.

난 당황해서 마구 손을 내젓는 노인의 모습에 왠지 방금까지 골 싸매고 고민하던 내가 바보 같아졌다. 아무리 무료해서 한 짓이라지만 설마 이렇게 황당하게 끝을 맺을 줄이야……

저 노인도 참… 특이한 노인이로군.

"에휴……"

"그 한숨은 대체 뭐난 말이다!"

"아무것도 아니오. 에휴……"

"이익!"

노인이 성깔있으서.

난 나 자신이 한심해지고, 덩달아 노인까지 한심해지는 상황에 모든 의욕을 잃고 하늘만을 바라보며 한숨을 내쉴 뿐이었다.

깊은 밤이 됐다. 묘인족 녀석들도 설마 나랑 노인이 이 쇠창살을 어찌하지 못할 것이라 믿었는지, 아니면 별로 신경을 쓰지 않는 건지 전부 각자의 집으로 들어가 버렸다. 결국 정적만이 싸늘한 밤공기에 흘러내렸다.

비상 신력 5년 2월4일. 제2차 천하제일 비무대회가 비상 신력 4년 9월26일에 치러졌으니 그로부터 약 4개월이 흘렀다. 실제로는 3개월에서 며칠 더 지났지. 현실로는 4월의 중순으로 봄을 알리는 계절이 도래했다. 게임과 현실을 오가다 보니 계절 감각이 불투명해졌다. 현실에서는 좀 춥긴 해도 날씨가 많이 따뜻해졌는데, 게임에서는 아직도 차가운 바람이 쌩쌩 몰아치니 말이다.

아아, 원래라면 조금 있으면 강민 형의 결혼식이었건만 그놈의 망할 인공지능 때문에 연기되다니……. 으음, 난 내가 강민 형이 빨리 행복한 결혼을 하지 못해서 안타까워하는 건지, 아니면 그 카사노바(?) 기질을 빨리 형수님이 잡아주지 못함을 안타까워하는 건지 잘 모르겠다.

어쨌든 간에 모든 잘못은 전부 인공지능한테 있다고!

"웬 헛소리냐. 아아, 지금 정도면 괜찮을라나?"

난 누워 있던 자세에서 벌떡 일어나며 중얼거렸다. 그러자 차가운 바람에 뒤척이며 잠 못 이루던 노인이 몸을 일으키며 날 바라보았다.

"지금 뭐 하는 거냐?"

"아아, 이대로 잡혀 있을 수는 없잖소. 뭐, 묘인족이 죽이진 않겠지만 그들에게 잡혀 있을 시간 같은 게 없어서."

묘인족은 수인족 중 하나답게 인간을 싫어한다. 하지만 무턱대고 인간을 죽이진 않는다. 그렇다고 인간에게서 무슨 동질감을 느낀다던지 하는 건 아니다.

묘인족의 또 하나의 장점이라면 영활한 머리를 꼽을 수 있는데, 그들이 인간을 무턱대고 죽이면 인간들이 반발해서 단체로 몰려올 것이란 생각을 해보지 못했겠는가. 결국 며칠 잡아두고 있다가 적당한 때 놓아준다고 한다. 다만 그 적당한 때가 정확히 언제인지 알지 못하지만 말이다. 다른 수인족들 중에는 인간만 보면 무조건 죽이려는 녀석들도 있으니 이 정도면 양호하지 않은가.

물론! 이것도 지자록에 기재되어 있는 것이다. 나라고 뭐, 무턱대고 항복한 줄 아나? 저번에 지자록에서 묘인족에 대한 것을 언뜻 봤기에 그들이 사람을 죽이지 않는다는 것을 알고 얌전히 항복했던 것이다.

그러나 내게는 그리 시간이 많지 않단 말이지. 지금 이 시간에도 인공지능이 무슨 짓을 하고 있을지 내가 알게 뭐야. 어쨌든 여기에 더 이상 갇혀 있을 순 없다는 거지.

"도대체 무슨 짓을 하려고……."

"흠… 이 정도면 가능하겠지?"

쇠창살을 보니 그리 두껍지는 않다. 그도 그럴 것이 묘인족은 쇠를 다루는데 익숙하지 않으니 두꺼운 쇠로 이런 새장을 만들지 못했을 것이다.

원래 묘인족들은 나무를 주로 애용하는데 낮에 내 힘을 보았기 때문에 나무로 된 것을 사용하지 못하고, 이렇게 엉성하게나마 쇠로 만든 것을 사용한 것이다. 저 노인의 새장은 쇠가 아니라 나무로 만들어진 것이라는 것만으로도 이 상황이 충분히 설명된다.

어리둥절하게 나를 바라보는 노인을 한 번 힐끔 봐주고는 눈앞의 쇠창살 두 개를 양손으로 잡았다. 음, 이 장면은 영화에서 자주 나오던 건데 설마 내가 이런 것을 따라 하게 될 줄이야…….

"흡!"

기이이잉!

낮으면서도 묵직한 기합. 난 서서히 양팔에 힘을 집중하기 시작했다. 그러자 쇠창살이 낮은 소음을 내며 서서히 벌어지기 시작했다.

역시 생각대로 별로 힘이 들지 않는군. 아무리 죽음 때문에 능력치의 감소가 있었다 하더라도 내 힘은 보통 힘이 아니란 말이야.

"세상에, 저런 무식한……."

무, 무식하다니! 저 노인이 말이야!

순간 발끈한 나였지만 그런 노인을 애써 무시하고는 쇠창살을 완전히 벌려 내가 나갈 수 있을 정도의 길을 만들었다. 그리고 그 길로 밖으로 나와 땅에 내려섰다.

아아, 이 새장이 기둥에 매달려 있어 자꾸 흔들려 멀미날 뻔했단 말이야.

"자, 그럼 가볼까?"

"이, 이보게나."

"응?"

"나, 나도 풀어주게나."

"아아, 노인장은 그냥 여기 계시는 게 좋을 거요. 저 녀석들은 그래도 사람을 죽이지는 않으니까 말이오."

"여기에 있다가는 저놈들이 죽이든 안 죽이든 간에 얼어 죽겠단 말이야!"

"그거야 노인장 사정이고."

난 그렇게 매몰차게 대답하고는 발걸음을 옮기려 했다. 그러자 노인의 표정이 절박해지며 날 붙잡았다.

"조, 좋아. 네가 무슨 부탁을 하든 간에 한 가지 소원은 들어주지."

"흐음, 흥정을 하잔 말이요?"

흥정이라……. 좋아, 하지만 자고로 흥정은 이렇게 시시하게 끝내선 안 되는 법이야.

"세 가지."

"으잉?"

"세 가지 조건을 들어주면 꺼내주겠소."

"이런 날강도 같은 놈이!"

"노인장 그렇게 크게 소리 지르다가는 녀석들이 다 듣겠소. 뭐, 들어도 난 충분히 빠져나갈 수 있으니 크게 걱정은 없지만."

아아, 이 능글대는 솜씨란……. 내가 생각해도 난 참 얄미운 놈인 것 같아.

"끄응… 한 가지 부탁에 상급 의원에게로 데려다주지."

"그 상급 의원을 찾으러 왔다가 이 모양 이 꼴이 됐는데 아직도 그 소리요?"

"빨리 결정해, 이놈! 아……."

노인은 소리를 지르려다 내가 주변을 돌아보는 시늉을 하자 이내 목소리를 낮추었다. 그나저나 이걸 어쩌지…….

"두 가지 조건에 상급 의원에게 데려다주는 걸로 합시다. 그리고 말해 두겠는데 부탁이 아니라 조건이오. 뭐, 싫으면 난 이대로 가는 거고."

"끄응… 좋다, 이놈아."

"내 이름은 이놈이 아니고 사예요. 그럼……."

난 그렇게 말하고는 노인이 갇힌 목재 새장 감옥의 한 귀퉁이를 잡고는 뜯었다. 사실 단번에 노인을 꺼내줄 수 있었지만 그랬다가는 소리가 너무 크게 울릴 것이기에 조심하다 보니 몇 번의 뜯어내기를 해서야 노인이 나올 정도의 크기가 되었다.

"자, 갑시다."

"으잉? 억!"

난 노인을 옆구리에 끼고는 재빨리 달리기 시작했고, 옆구리에 매달린 노인은 신음 소리를 내기 시작했다. 우선 여기부터 벗어나야겠지?

"으윽! 이놈이 늙은이를 죽일 셈이냐?"

"죽일 셈이었으면 던져 놓고 왔지 뭐 하러 데리고 오는 수고까지 했겠소."

"으윽! 그래도 이놈이!"

"아아, 아까도 말했지만 내 이름은 이놈이 아니라 사예요, 사예. 계속해서 이놈 저놈 한다면 다시 묘인족 부락에 데려다놓고 오는 수밖에."

"끄응……."

그러게 본전도 못 찾을 걸 왜 시비를 거냐고.

나는 노인을 데리고 묘인족 부락을 탈출하여 얼마 전 내가 깨어났던 그 마을, 노인의 의원으로 돌아왔다. 도착하자마자 노인을 내려놓으니 노인이 저런 식으로 계속 내게 시비를 걸어오는 것이다. 쩝. 뭐, 하긴 일반인들이 버티기 힘든 속도로 달려오긴 했지만서도. 크흠, 이건 결코 내 복수 따위가 아니다. 단지 빨리 탈출하고자 하는 그런 순수한 마음이었다! 크흠.

"그나저나 상급 의원은 어디 있소? 빨리 치료를 하고 떠나야 하는데 말이야."

"여기다."

"엥?"

"나라고, 이놈아!"

마, 말도 안 돼! 이런 꼬장꼬장한 노인이 상급 의원이라고? 세상에 상급 의원들은 다 죽었단 말이냐! 이런 노인이 상급 의원이게!

"하하하, 장난하지 말고 빨리 상급 의원에게 데려다주쇼."

"나라니까, 이놈아!"

"장난치지 말라니까요!"

"장난 아냐!"

"허……."

"끄으……."

난 허탈한 마음에 공허한 숨을 내뱉었고, 노인은 노인대로 답답한 마음에 쓴 숨을 삼켰다.

"좋소, 믿어보지. 자, 어서 고쳐 주쇼."

"싫어, 이놈아."

"이 늙은이가, 정말!"

"이놈이, 진짜!"

"에휴……. 왜 안 고쳐 주겠다는 거요."

"네놈이 싸가지가 없어서."

캬악! 정말 NPC가 이래도 되는 거야? 아무리 NPC마다 개성이 강하다지만 누구 게임하다가 열받아서 돌아가실 일 있냐고! 크어어어어어!

"그렇게 나온다면 나도 하는 수 없지. 첫 번째 조건이오. 날 지금, 당장 무료로 치료해 주쇼."

"조, 조건?"

"아까 약속했잖소."

"그거야… 그 상황을 벗어나려고……."

"이봐요, 노인장. 이래 봬도 나 운영자랑 아는 사이라고. 계속 이런 식으로 나온다면 다 꼰지를지도 몰라."

"크, 크윽!"

결국 노인은 울며 겨자 먹기 식으로 내 상처를 치료해 줄 수밖에 없었다. 그것도 무료로. 흐흐흐. 사실 치료할 때 드는 돈은 레벨이 아니라 능력치만큼이다. 내 능력치야 보나마나 비상 최고니까 치료할 때도 돈이 엄청나게 들 것인데, 이렇게 공짜로 치료하니 얼마나 좋은가. 크하하하하! 그래도 하루 헛날린 건 아니구나!

"자, 다 됐다. 에잉."

"으음."

노인은 뭐가 그리도 못마땅한지 계속해서 혀를 찼지만 난 내 몸 상태를 점검하기 바빴다. 사실 그동안 말을 하지 않아서 그렇지 능력치가 줄어들고 나니 움직일 때마다 바람의 저항력이 더 심하게 느껴지고, 움직임이 뜻대로 안 돼 짜증이 났었다. 그런데 지금은 그 어느 때보다 최상의 컨디션과 몸 상태로 느껴지는 것이 아닌가. 캬, 역시 있을 때는 고마운 줄 모르다가 없을 때야 그 고마움을 깨닫게 된다더니…….

난 감탄스러운 눈으로 노인을 쳐다보았다. 그러자 노인은 그 꼬장꼬장한 눈매를 한차례 더 빛내더니 마치 뭘 보냐는 듯한 표정을 지었다.

"노인장… 정말 상급 의원이었군요……."

"왜? 놀랍냐?"

"맞아요. 놀라워요. 노인장과 같은 성격의 사람도 상급 의원이 될 수 있다니……."

"뭐야?! 내 성격이 어때서!"

"우리 솔직해집시다. 내 성격도 그리 좋지만은 않지만 솔직히 노인장 성격이 더 더럽잖아요."

"이놈이!"

"아아, 이런 헛소리는 각설하고. 노인장, 그럼 마지막 두 번째 조건을 말하겠소."

"끄응… 내가 어쩌다 이런 놈이랑 그런 약속을 해서…….."

그러니까 그런 흥정도 사람을 봐가면서 해야지. 나같이 악독한 녀석이랑은 절대로 그런 흥정은 하면 안 되는 거라고! 크하하하!

왜 갑자기 이런 말을 순순이 납득하는 내 자신이 싫어질까……?

"내 두 번째 조건은 노인장이 나에게 평생 무료 봉사 하라는 거요!"

"뭐?!"

"아, 무료로 치료받은 게 너무 기쁘다 보니 말이 잘못 나왔군. 다시… 크흠, 내 두 번째 조건은 노인장이 우리 장원의 전속 의원을 맡아 달라는 거요."

"뭐?!"

이 노인은 어째 대답하는 반응이 전부 똑같아?

사실 개인의 장원에 NPC의원이 있다는 것은 놀라운 게 아니다. 의원조합이 있어서 그곳에 요청하면 세상의 수많은 의원들 중 누군가가 고용되어 자신의 장원에 머물게 되며, 그들에게 매달 얼마간의 봉급을 줘야 하는 것이다.

이외에도 의원조합이 아닌 NPC의원이나 아니면 유저를 고용하는 법도 있는데, 의원조합이 아닌 NPC의원은 자신이 살던 곳을 잘 떠나지 않으려는 습성이 있어 고용하기 어렵고, 유저는 24시간 풀로 접속해 있을 수 없으니 많이 애용하지 않는다.

우리 장원에도 의녀 하얀이가 있으나 하얀이라고 매번 중요할 때마다 접속해 있으리란 법은 없기에 언젠가는 의원을 구해야지, 구해야지 하다가 까먹고 지금에서야 생각난 것이다. 상급 의원이라면 의원조합에 백번 요청해 봤자 받아들여지기 힘든 조건의 의원이기 때문에 이건 기회랄 수 있었다. 단, 저 노인네의 성격만 제외하고.

크흠, 이건 추신으로 하는 말이지만 결코 그동안의 골탕 때문에 약올라서 부려먹으려는 건 아니다. 진짜야, 흠흠.

"싫다, 이놈아. 난 이곳을 떠나지 않을 거야."

"어허, 노인장 이거 왜 이럽니까. 약속은 약속! 거래는 거래! 설마 한입으로 두말하는 건 아니겠죠? 여기 있어봤자 사람도 많이 없어서 돈벌이도 안 될 거 아닙니까. 보수는 섭섭하지 않게 주죠. 전속 의원이 되십시오."

"끄응, 이놈이 계속해서 그 조건을 물고 늘어지네."

"애초에 말을 꺼낸 건 노인장입니다만."

"끄응……."

"노인장에게 선택의 기회는 없다고요. 난 뭐, 노인장이 좋아서 그러나? 노인장의 의술이 여기서 썩는 게 아까워서 그렇지."

"끄응… 하는 수 없군."

결국 노인은 내 제안을 승낙했다. 아니, 할 수밖에 없었다가 정확한가?

"근데 하나 물읍시다. 도대체 여기가 어디쯤이요?"

"귀주(貴州)의 대루산(大婁山)에서 뻗어 나온 줄기의 중턱쯤에 위치한 곳이다."

"귀주?"

귀주라 하면 호남의 좌측에 있는 곳 맞지? 온통 산지로 덮여 있다는 곳. 그래서 이곳이 온통 산지였군. 그나저나 우선 호남 쪽으로 가야지 대충이나마 방향을 잡을 수 있을 텐데 말이야.

"내가 가야 할 곳이 어디더냐?"

"북경이오."

"허… 거참 멀기도 하구나."

쩝, 멀다고 해봤자 말 타고 가면 금방인데 말이지.

"그나저나 호남을 거쳐서 가야 할 듯싶은데 귀주는 처음이라 지리를 전혀 모르니……."

"내게 귀주 지도가 있다."

"그렇다면 괜찮겠군. 뭐 챙길 것 있소?"

"잠시만 기다려라. 내 금방 챙겨 나오지."

노인이 급하게 자리를 비우고 난 혼자가 됐다. 그나저나 이 의원은 어떻게 되는 거지? 아아, 상급 의원이 없다고 해서 다른 의원들이 없는 건 아니니 별로 상관없겠군.

골치 아프게 이것저것 생각하지 말고… 우선 가보자고!

◆ 비상(飛翔) 마흔다섯 번째 날개

백야(白夜)

비상(飛翔) 마흔다섯 번째 날개 백야(白夜)

귀주성에서 출발한 노인, 자칭 귀의(鬼醫)라고 외쳐 대는 약간 제정신이 아닌 것 같은 감(甘)씨 성의 노인과 나는 호남을 향해 걷기 시작했다. 말을 타고 이동했더라면 훨씬 간편하고 빨리 도착할 수 있었겠지만, 우리가 있던 곳이 귀주성 우측의 거의 끝부분이란 점을 감안하여 그냥 걷기로 했던 것이다.

내가 목표로 삼고 있는 곳은 호남의 시부촌이다. 이 사예가 생겨난 마을이며 몇 가지 추억(?)이 깃들어져 있는 곳. 또 푸우와 만나기로 한 곳이기 때문에 어떻게든 시부촌을 거쳐야 하는데, 얼마 멀지 않은 곳에 있어서 다행이었다.

흠흠, 가깝기 때문에 말을 타지 않았다고는 했지만 사실 시부촌은 하남의 중상측에 있는 성도인 장사(長沙)와 가까이 있었기 때문에 말을 타고 가는 게 옳다. 하지만 이 노인이 뭐가 예쁘다고 내 돈을 들여 말을 태워줘야 한단 말인가! 그런데… 말을 타고 가지 않은 것이 이리도 후회될 줄이야……

"이 늙은이를 굶겨 죽일 셈이냐! 이딴 걸 먹고 어떻게 움직이란 말이냐!"

"하아……."

저런 식이다. 떠난 그날부터 하루도 빼먹지 않고… 아니, 하루가 뭐야. 단 한 시간도 빼먹지 않고 투덜투덜거리고 있으니 마음 같아서는 다시 돌려보내고 싶을 정도였다. 하지만 보낸다고 하면 '늙은이를 가지고 장난치는 거야 뭐야!' 하며 노발대발 화를 낼 게 뻔한데다가, 상급 의원이라는 타이틀을 구하기 쉽지 않은 관계로 억지로 참고 있는 중이다.

그러나 이것도 얼마 남지 않았다! 감 노인의 성화에 못 이겨 초인적인 능력과 속도를 발휘한 덕분에 벌써 시부촌 가까이 도착했다. 사실 도중에 가끔씩 감 노인이 뭐라고 하든 간에 그를 옆구리에 끼고 달려왔으니 이만큼이나 온 것이지 아니었으면 이제야 호남의 좌측 귀퉁이를 넘었을 거다.

그나저나 참 어이없단 말이야. 시왕과 싸우는 사이 능공천상제는 극성에 오르고, 광한폭뢰장과 초풍건룡권은 6성에 오르다니……

시왕과의 대결에서 난 진천강기를 끌어올리지 않는데도 팔에서 스파크가 튄다든지 하는 경험을 겪었다. 그때는 의아한 생각이 들었지만 워낙 다급한 상황이었고, 그 후 죽음을 맞아서 확인해 볼 시간이 없었는데, 감 노인과 길을 걷다가 문득 그것이 떠올라 확인해 보았다. 그랬더니 이게 웬일. 초풍건룡권과 광한폭뢰장이 각각 6성에 빛나고 있고, 능공천상제는 12성, 극성으로 치솟아 있는 게 아닌가.

능공천상제는 11성에 오른 지 제법 되었기 때문에 이쯤에서 극성에 올라설 것이라 대충 예상했지만, 초풍건룡권과 광한폭뢰장은 상상 이상의 성장 속도를 보여주고 있었다. 쩝, 하긴 그동안 전투를 좀 많이 하긴 했지. 내공도 엄청나게 써보고 말이야.

어쨌든 능공천상제가 12성에 오른 덕분에 허공을 여덟 번 박찰 수 있었던 것에서 총 열 번으로 그 숫자가 늘어났으며, 속도 또한 이전과 비교할 수 없을 정도로 빨라졌다. 그리고 광한폭뢰장을 펼칠 때면 스파크가 튀어 올라 기본적인 공격 외에도 전기적 충격을 가미하게 되었고, 초풍건룡권은 건룡세를 펼치지 않아도 자연스레 초식이 이어지게 되었다.

현월광도의 숙련도를 올리던 때가 생각난다. 뼈 빠지게 도를 휘둘러도 얼마 올라가지도 않던 숙련도……. 그런데 절정무공이 극성에 오른 어드밴티지를 받는다지만 같은 절정무공인 초풍건룡권과 광한폭뢰장이 이리도 빠른 성장 속도를 보여주다니…….

어쨌든 좋은 게 좋은 거라고, 빠른 성장을 보니 감개무량일 따름이다. 근데 이렇게 빨리 숙련도가 올라 봤자 12성, 극성이 되려면 아직 멀었으니 까마득하다.

"이놈아! 어른 말을 듣는 것이냐, 안 듣는 것이냐!"

그렇게 감 노인은 감 노인대로 화를 내고 나는 나대로 그런 그를 무시하며 생각에 잠기다 보니 멀리서 마을의 끄트머리가 보이기 시작했다. 아아, 낯익은 모습이여! 드디어 시부촌이다!

"아아, 이제 살 것 같네."

난 한껏 기지개를 켜며 중얼거렸다.

시부촌에 도착한 나와 감 노인은 즉시 객잔으로 이동했다. 시부촌에서 내가 들를 객잔은 당연히 용문객잔! 예상대로 오늘도 파리만 날리고 계시던 주인 어르신은 나를 보자 매우 반가워하셨고, 그 즉시 소면도 한 그릇씩 말아주셨다.

감 노인은 맨 처음 소면을 언짢은 눈길로 바라보다가 이내 한 번 먹고 나자 눈에 이채를 발하며 재빨리 먹어치웠다. 그 모습을 누가 보면 며칠 굶었다 할 정도였다.

주인 어르신께는 정말 죄송한 일이었지만 난 감 노인을 용문객잔에 맡겨놓고(?) 길을 나섰다. 내게는 여러 가지 할 일이 있었는데, 감 노인을 데리고 다니면 또 무슨 불평 불만을 해댈지 알 수가 없었기 때문이다. 으윽! 역시 사람은 귀가 편하고 봐야 해.

그렇게 해서 시부촌의 길거리에 나선 나는 오랜만에 활기 찬 사람들의 모습을 볼 수 있었다.

"쌉니다, 싸요! 옷 싸게 팝니다."

"특가! 흑검(黑劍)을 은자 60냥에 팝니다!"

"흑검 50냥에 팔아요!"

"이봐! 왜 내 옆에 와서 마음대로 가격을 낮춰서 파는 거야?"

"내가 어디서 팔든 내 마음이지 댁이 뭔 상관이유?"

"이 자식이!"

"어? 사람 치겠수?"

"그래, 친다. 죽어!"

창!

"가만히 죽어줄 줄 알고!"

웅성웅성.

흠, 싸움난 것 같군. 그나저나 이 상황… 어디서 많이 본 것 같은데? 하하하, 설마 그럴 리 있겠어? 재탕이라니. 귀찮음 때문에 일부러 이런 상황을 재탕하는 건 아니겠지?

그런데 도대체 내가 무슨 소리를 하는 거냐?

"헛소리는 그만두고, 어디부터 갈까? 푸우야 나중에 찾아도 되니 패스하고……. 음. 그래, 우선 대장간부터 가보자."

어차피 내 발걸음에 계획이 있었나? 우선 가보고 생각은 나중에 하는 거지 뭐. 어쨌든 대장간으로 고다!

"……라고 하려고 했는데 말이지. 쩝, 이미 도착해 있잖아?"

흠흠, 잡생각을 하면서 발길이 가는 대로 움직이다 보니 어느새 대장간 앞이라니……. 뭐 어때, 길을 가는 지루함이 사라졌으니 좋은 거지.

"그나저나 여전히 여긴 사람이 정말 많네."

난 대장간 앞에 일렬로 줄을 선 사람들을 보며 중얼거렸다. 정말 시부촌은 변하지 않아. 용문객잔은 여전히 파리만 날리고, 강우 형의 대장간에는 이렇게 줄이 서 있고……. 쩝, 이렇게 기다리다가는 날 새겠지?

난 줄지어 서 있는 사람들을 뒤로하고 대장간의 뒤로 돌아갔다. 암흑의 경로랄까나? 훗! 줄 서 있는 사람들한테는 미안하지만 난 대장간의 뒷문을 이용하여 안으로 들어섰다.

끼이이익!

철문이 열리며 미세한 소음을 만들었고, 그 소리를 들었는지 강우 형으로 예상되는 누군가의 목소리가 옆방에서 들려왔다.

"빨리 왔군."

응? 내가 올 걸 알고 있었나?

"부탁한 물건은 그 옆에 있는 선반에 내려놓고 여기 와서 나 좀 도와."

아, 내가 아니었군. 누군가에게 심부름을 시켰는데 그게 나라고 착각한 건가? 난 군말없이 옆방으로 넘어갔다. 옆방은 예전에 보았던 그 창고가 아니라 평범한 무기들이 쌓여 있는 작은 창고였는데, 그곳에서 덩치 큰 누군가가 상자에 검 몇 자루를 담고 있었다.

"왔으면 돕지 않고 왜 멍하니 서 있… 헉!"

역시 그 덩치 큰 사람은 강우 형이었다. 강우 형은 문을 열고 들어온 내가 아직도 심부름을 맡은 사람인 줄 알았는지 가만히 서 있자 돌아보며 말했다. 그러다가 깜짝 놀라며 헛바람을 들이켰다. 왜 저렇게 놀라는 거지?

"강우 형, 오랜만입니다."

"그, 그래, 오랜만일세."

"저번에 도와주셨는데 이제야 감사의 말을 전하네요."

"하… 하하. 별거 아니었네. 돕고 살아야지."

"근데 왜 식은땀을 흘리십니까?"

"아, 아닐세. 아무것도 아냐."

"흐음?"

뭔가 반응이 이상한데 말이지. 낌새가 이상해…….

강우 형은 뭔가 잔뜩 감추고 있는 포스를 물씬 풍기며 애써 태연한 척하려고 했다. 아니, 그러니까 말이지. 애써 태연한 척하면 뭘 해? 그게 제대로 안 먹히는데.

쩝. 뭐, 상관없겠지. 강우 형도 감추고 싶은 게 하나쯤은 있을 테니까.

"하… 하하. 그런데 자네는 여행을 떠나지 않았나? 여긴 어쩐 일인가?"

"아아, 이것 좀 봐달라고요."

난 그렇게 말하며 입고 있던 묵룡갑을 벗었다. 이곳저곳 흠집이 많이 난 묵룡갑. 수많은 전투를 겪은 것치고는 그래도 양호한 편이었다. 물론 앞에서 보자면.

묵룡갑을 뒤로 돌리자 곧 드러나는 커다란 상흔(傷痕). 무황으로 다닐 때야 용린으로 만든 승룡갑을 입었다지만 그렇다고 묵룡갑의 재질이 약한 것은 결코 아니다. 진묵철이 비상에서 그리 보기 힘든 물질은 아니라지만, 강우 형의 솜씨가 가미되었기 때문에 강도가 매우 뛰어나다. 또한 비상에서는 움직임의 활용성이 커서 갑옷이 그리 큰 역할을 하지는 않지만 묵룡갑 정도면 웬만한 공격에는 타격도 입지 않는다고 봐야 한다.

그런 묵룡갑이 이렇게 종이가 찢어지듯 갈라져 있다니……. 부서져 있는 게 아니라 찢어지듯 갈라져 있다. 보통의 날카로운 기운 가지고는 흉내도 못 낼 그런 공격에 당한 것이다.

과연 강우 형도 묵룡갑의 상흔을 보자 크게 놀라며 곧 심각한 표정을 지었다. 아마 이런 것으로는 나보다는 강우 형이 묵룡갑을 이 지경으로 만든 공격의 위력에 대해 훨씬 잘 알 것이다.

"이건 어떻게 된 것인가?"

"공격에 당했습니다."

"공격?"

"등 뒤에서 검으로 예상되는 물체에 공격을 당했습니다."

첫 번째 죽음을 맞으며 흐릿하게 보았던 그, 그리고 그의 손에서 빛나던 물체. 그것은 다름 아닌 검이었다. 아니, 검이었던 것 같다. 시야가 흐릿했기 때문에 착각했을 수도 있으나 이게 맞을 거다.

"단순히 검으로 그냥 철갑옷이 아닌, 몇 천 번을 제련한 진묵철로 만든 묵룡갑을 이 지경으로 갈라놓다니……."

"어떻겠습니까? 고칠 수 있겠습니까?"

"음……."

내 질문에 강우 형은 심각한 눈빛으로 잠시 생각에 빠졌다. 고치기 힘든 건가? 제길, 내가 이런 대장장이 기술에 대해 뭘 알아야지 대충 어느 정도 나올지 예상이라도 하지. 정말 답답하구나.

"허어… 이거 참."

"힘듭니까?"

"이걸 뭐라고 해야 하나……. 보면 알겠지만 이 상흔이라는 게 매우 깨끗하네. 애초에 이렇게 만들었다고 볼 수 있을 정도로 매우 깨끗하게 절개가 되어 있단 말이네."

강우 형은 거기서 말을 잠시 끊고 묵룡갑의 갈라진 곳을 여러 방향으로 훑어보았다.

"그런데 말일세. 이런 깨끗한 절개가 묵룡갑에는 오히려 득이 되었단 말이지. 만약에 이 단면이 이렇게 매끄럽지 않고 울퉁불퉁했더라면 이 묵룡갑은 더 이상 못 쓰게 되거나 고치더라도 강도가 엄청 약해졌을 걸세. 그런데 워낙 깨끗하다 보니 오히려 고치기가 쉬워졌단 말이지. 고치더라도 강도가 약해지는 일도 드물 테고."

그 말은 이렇게 깨끗하게 잘린 게 불행 중 다행이라는 건가?

"그럼 고칠 수 있단 말이죠?"

"하지만 말이네. 고쳐서 무얼 하려고 그러는가?"

"네?"

"수리한다는 것은 가장 원상태에 가깝게 만든다는 것이지 그것을 개조하여 더욱 성능을 뛰어나게 한다는 것은 아닐세. 그것은 내 능력으로 불가능하고. 이미 이런 공격을 당했다면 다음에는 당하지 않을 것 같은가? 한 번 끊어진 실을 묶어놓았다 해서 다시 끊어지지 않으리란 법이 있느냔 말이지."

"......"

"이미 묵룡갑은 내구도야 어찌 되었든 간에 제 수명을 다한 셈이야. 인간에 비유하자면 영혼이 빠져나간 실혼인(失魂人)쯤 되겠군. 이미 본의를 잃은 마당에 육체만 덩그러니 가지고 다닌다고 하여 나아질 것은 없단 말이지. 알겠나? 내가 하고자 하는 말이 무슨 말인지?"

이미 한 번 패배한 묵룡갑. 묵룡갑을 고쳐서 입고 다닌다면 그래도 웬만한 공격은 무시해도 될 것이다. 하지만 웬만한 공격이 아니면? 상대가 묵룡갑의 빈틈을 노리고 든다면 난 또다시 속절없이 당하고 말 것이다.

그렇다면 그 빈틈에 항상 신경을 집중하면 되지 않겠냐고? 그렇게 되면 묵룡갑을 입고 다닐 이유가 없다. 묵룡갑의 빈틈을 없애려면 적에게 공격당하지 않는 수밖에 없는데, 그것은 결국 적의 공격으로부터 방어하려는 목적인 묵룡갑의 그 의의 자체를 잃게 되는 것이다.

내가 앞으로 상대해야 할 자들은 그런 웬만한 공격은 공격이라고도 생각지 않는다. 그런 자들로부터 묵룡갑은 괜히 거추장스러운 물건일 뿐, 그 이상 그 이하도 아니다.

결국 강우 형은 내게 이런 말을 하고 있는 것이다. 묵룡갑을 벗어버리고 나의 신경 하나하나로 몸을 감싸 갑옷을 만들라는, 그런 말.

"……."

"……."

강우 형과 나는 한참이나 그렇게 아무런 대화도 없이 묵룡갑만을 바라보았다. 쩝, 그래도 승룡갑보다 훨씬 오랫동안 지냈고 정이 든 물건인데…….

"하는 수 없겠죠."

"그래, 하는 수 없지. 앞으로 자네가 상대해야 할 적이란 존재가 그런 존재이니까."

"네?"

"읍!"

무슨 말이지? 난 아직 강우 형에게 천추십왕을 비롯한 인공지능에 대한 얘기는 손톱만큼도 꺼낸 적이 없다. 그런데 강우 형이 어떻게 내가 싸워야 할 존재들에 대해서 아는 거지?

"그게 무슨 말이죠? 제가 상대해야 할 적이 그런 존재라뇨?"

"아, 아무것도 아닐세. 그, 그래. 그냥 자네의 묵룡갑에 있는 이런 상흔을 보고 지레짐작한 걸세."

"절대 아닌 것 같은데요?"

수상쩍은 냄새를 풀풀 풍기던 강우 형이 그 꼬리를 밟히자 당황하는 모습에 난 한 발자국 앞으로 다가서며 눈을 크게 떴다. 도대체 뭘 숨기고 있는 거야?

그때 뒤에서 철문이 열리는 쇳소리가 들려왔다.

끼이이익!

"응?"

"다녀왔습니다. 형, 여기 심부름시킨 물건 어디다 둘까? 형? 형!"

어디선가 들어본 적이 있는 낯익은 목소리? 누구지?

옆방에서 들려오는 목소리는 분명 들어본 적이 있었다.

낯익은 목소리의 주인공은 곧 문을 열고 강우 형과 내가 있는 창고로 들어왔고, 나와 눈이 마주쳤다. 그 사람의 정체는…….

"다, 당신은?!"

"어떻게 여기에 당신이?!"

나와 눈이 마주친 그는 잠시 당황하더니 이내 뒤로 몸을 빼려고 했다. 하지만 내 앞에서 그렇게 쉽게 빠져나가게 할 줄 알아!

"어딜! 운영초각!"

타다닷!

뿌연 구름의 잔상을 뚫고 뛰쳐나가는 세 개의 잔영! 운영각의 제이초 운영초각의 한 수가 총 세 번의 공격으로 그의 다리를 노려갔다. 보법을 무산시키려 하는 수였다.

그러나 그도 그리 쉽게 당하지만은 않았다.

탓!

그가 뒤로 크게 제비를 돌자 세 번의 발길질은 허무하게 목표를 잃었다. 하지만 뻗었던 마지막 세 번째 발길질을 거두지 않고 오히려 앞으로 내뻗으며 원주미보를 시전했다.

빙그르르 짧게 돌며 단숨에 그가 착지하려는 지점에 도달한 나는 짧게 주먹을 끊어 그의 가슴으로 몰아쳐 갔다.

"받아라!"

"헛!"

그는 급히 양팔을 들어 올려 공격을 막아내려 했지만 내 공격은 가벼운 것이 아니었다. 짧게 끊어 쳤다고는 해도 순간순간 주먹에 들어간 집중된 힘은 능히 거목의 허리를 끊을 만한 파괴력을 지니고 있었다.

콰당!

마치 끊어진 고무줄처럼 방금 들어온 문밖으로 힘없이 튕겨나며 벽에 부딪치는 그. 분명 누가 보나 내가 한 방 먹였다고 할 수 있는 한 수였다.

하지만 실상은 그렇지 않았다.

"일부러 뒤로 튕겨나며 공격을 무산시키다니!"

그랬다. 그는 내 공격에 적중당해서 튕겨난 것이 아니라, 일부러 뒤로 튕겨나며 자신에게로 돌아오는 데미지를 최소화시킨 것이다. 그리고 서늘한 느낌이 느껴진다 했더니 갑자기 그가 힘차게 달려오며 쌍검을 내지르고 있었다. 그의 양손에 쥐어진 단검과 소검에는 각각 반투명한 검강이 드리워져 있었다.

"타하!"

"그렇게 나온다면!"

난 급속도로 찔러오는 쌍검에 힘을 끌어 모아 양팔에 집중시켰다. 그러자 스파크가 튀어 올랐고, 곧 그 스파크가 양팔 전체를 덮을 정도로 거대해졌다. 바로 진천강기!

"광뢰충장!"

진천강기에서 파생되어 나온 방전(放電)으로 창고에 있는 물건들이 들썩거렸다. 그리고 마침내 쌍검과 광뢰충장의 초식을 담은 일장이 부딪치려 하는 순간!

"스토옵!"

그의 쌍검과 나의 일장이 만나려는 틈을 비집고 들어오는 거대한 도끼! 다름 아닌 강우 형이 내지른 도끼였다. 그 도끼에는 미약하게나마 강기가 깃들어 있었으나 나와 그가 끌어올린 강기에 비견될 정도는 아니었다. 그런데도 억지로 그 틈을 파고들었으니 강우 형이나 그의 도끼나 온전할 리가 없었다.

"으악!"

쾅!

날이 완전히 산산조각난 도끼의 자루를 쥔 채 강우 형은 뒤로 나가떨어졌고, 그래도 강우 형이 끼어들어 그와 나 사이의 흐름에 틈이 생긴 덕분에 나는 급히 진천강기를 거두고 물러설 수 있었다. 그리고 강우 형을 향해 다가가려는데…….

"형!"

"엥?"

허엉?!

그가 냅다 강우 형을 보고 형이라 부르는 것이 아닌가! 이게 도대체 무슨 일이야?

"그러니까 그게 모두 계획된 것이었고, 강우 형은 제게 둘러대다 보니 영귀님을 끌어들이게 된 것이란 말씀이십니까."

"그, 그렇다네."

"그럼 아까 그 존재들에 대한 얘기도 강민 형에게 다 들었단 말이로군요."

"그, 그렇지."

"허······."

이걸 뭐라고 해야 해? 날 위한 것에다가, 일의 원흉은 강민 형이니 뭐라 할 수도 없고 말이야. 그렇다고 왜 하필이면 자기 동생을 원수라고 그랬냐고!

난 자신의 형, 그러니까 강우 형을 무시무시한 눈길로 바라보고 있는 영귀를 바라보았다. 이거 참, 일이 이상하게 꼬이네. 영귀의 입장으로 봐서는 내가 괜히 시비를 걸고 자기를 죽이려 한 게 되잖아. 쩝, 이걸 어떻게 해야 하나? 그래, 일단 사과부터 하자.

"저기······."

"네?"

"정말 죄송합니다. 전 강우 형의 원수라고 감쪽같이······."

난 최대한 불쌍한 표정을 지으며 말끝을 흐렸다.

큭! 왜 난 이런 이미지에서 탈피가 안 되는 거지? 내가 탈피를 하려고 해도 상황이 안 만들어주잖아! 왜 도대체 나에게만 이런 일이 생기는 거냐고!

이런 속마음이야 어쨌든 간에 지금 잘못한 건 나였으니 숙이고 들어갈 수밖에 없었다. 그래도 내가 염치는 있는 놈인데 '몰랐소!' 하고 똥배짱으로 몰고 나갈 수도 없는 노릇이잖아.

"아닙니다. 형이 먼저 잘못을 했군요. 세상에! 그런 거짓말을 하다니······."

"아, 아니. 그게 나를 위해서 한 거짓······."

"시끄러!"

"으음······."

거대한 덩치의 거구가 그리 크지 않은··· 아니, 조금은 왜소한 사람에게 쩔쩔매는 모습이 우습기도 했지만 지금의 난 웃을 상황이 아니었다. 크흠.

변명하려다 고함 소리 한 번에 쥐 죽은 듯 조용해진 강우 형을 내버려 두고 영귀는 내게 다시 시선을 돌렸다.

"저야말로 정말 죄송합니다."

"네. 네, 네?"

"이런 형 때문에 여러모로 폐를 끼쳐 드렸군요."

으음, 평소에 얼마나 당하고 살았으면 동생한테 이런 말을 들을까… 뭐, 나도 남 말할 처지는 아니구나. 아니, 정확히 말하면 강민 형이 이 말을 해야겠지. 강민 형, 두고 보자고!

그런데 분위기가 이상해지는군. 분명 잘못은 내가 한 것 같은데 말이야……. 아니, 내가 잘못을 했나? 아악! 영귀가 계속 사과를 하니까 이것마저 헷갈리잖아!

그렇게 서로 사과하는 시간이 지나고 다시 분위기는 진지해졌다. 내가 모든 일의 원흉은 강민 형이고, 또 강우 형 덕분에 지금의 내가 있을 수 있으니 봐주자고 영귀를 설득한 것이 큰 효과를 보았다. 물론 강우 형이 애꿎은 영귀를 원수로 몰아서 고생시킨 것에 대한 보상은 영귀가 나중에 강우 형에게 따로 받아낼 것 같지만, 그것까지 내가 상관할 수는 없는 일이지. 크흠.

"이거 참, 도대체 어떤 싸움을 했기에 장비가 모두 이 모양인지……."

"조금 격렬하긴 했죠. 하… 하하."

으음, 솔직히 조금은 아니지. 그동안의 전투를 지금 생각하면 정말 치가 떨리니까.

"그래도 그나마 다행이로군. 묵룡갑을 빼놓고는 전부 자잘한 흠집만 있을 뿐, 전혀 지장이 없으니 말일세. 그건 그렇고 이 물건은 도대체 어디서 구한 건가?"

강민 형은 살짝 구부러진 철판, 즉 각반을 들어 올리며 말했다. 강우 형은 대장장이다. 그것도 한월이라는 비상 최고의 도를 만들 정도의 최고의 대장장이. 그런 대장장이가 각반의 진가를 알아보지 못한다는 것은 말이 되지 않았다.

과연 그 가치를 알아본 강우 형은 매우 놀랐고, 나에게 각반을 구하게 된 경위를 물었다. 물론 내가 해줄 말이라고는 누구와 내기를 했는데 이겨서 따냈다는 것뿐이었다. 유향운 그 녀석이 우겨서 그렇지 그게 사실 아닌가.

강우 형은 더 많은 설명을 바랐지만 내가 알고 있는 것도 그것뿐이니 더 이상 설명을 어떻게 해주란 말인가. 결국 강우 형은 개안을 했다며 감탄하는 것으로 각반에 대한 감상을 마쳤다.

"자, 내가 손볼 수 있는 장비는 모두 손봤다네. 또 뭐 필요한 것 없는가?"

"한 가지 물건과 한 가지 조언이 필요합니다."

"한 가지 물건과 한 가지 조언?"

"네."

내가 바라는 게 의외의 것이었을까? 강우 형은 이채롭다는 눈빛을 띠고는 날 바라보았다. 그리고 이내 입을 열었다.

"음… 우선 필요한 물건이 무엇인가?"

"한 자루의 도입니다."

"도? 이미 자네에게는 한월이라는 도가 있지 않은가. 내 입으로 이런 말을 하긴 뭐하지만 한월은 비상 최고의 병기라 자부할 수 있을 정도라네. 그런 도를 가진 자네가 뭐가 아쉬워서 새로운 도를 원하는가? 욕심이 과하면 반드시 화를 낳는 법이라네."

강우 형은 정말 진지하게 말하고 있었다. 그리고 그 이면 속에는 분노의 기색이 보였다. 강우 형은 지금 화를 내고 있었다. 자신이 만든 최고의 역작을 두고서 다른 것에 눈을 돌리는 나의 행동에.

"기억하시죠? 제가 무황이라는 걸."

"헉!"

옆에서 울리는 영귀의 헛바람 들이키는 소리. 고개를 돌리지 않아서 그의 표정을 볼 수는 없었지만 분명 크게 놀라고 있을 터였다. 그리고 그것이 분명 정상이다. 강우 형처럼 굳은 표정으로 고개를 끄덕이는 것이 아니라.

"그럼 이야기가 빠르겠군요. 한월은 너무 알려져 있습니다. 무황의 대표적인 신물이 세 가지가 있다면 첫 번째는 한기와 귀기가 흘러내리는 백면귀탈이요, 두 번째는 햇빛 아래 은빛으로 빛나는 승룡갑이며, 세 번째가 세상의 모든 한기와 예기를 모아놓은 듯한 마치 보석 같은 한 자루의 푸른색 도, 한월이라는 걸……."

이미 무황의 모습이 사진까지 찍혀 전국에 공유되어 있는 판에 그 세 가지 신물을 사람들이 기억하지 못할 리 없었다. 단순히 무황 흉내를 내는 것이라 생각할 수도 있지만, 그렇게 생각하지 않는 사람도 부지기수일 것임에 틀림없었다.

"제가 여행을 떠나오며 한월과 백면귀탈을 놓고 온 것은 저 스스로의 힘을 주체하지 못할까 봐라는 이유도 있었지만, 그보다 더욱 큰 이유가 사람들의 눈길을 끈다는 것입니다. 하지만 여행을 다니며 그게 제 오만이라는 것을 깨달았습니다. 제 상대는 오랫동안 수련해 온 것을 버리고 새로운 것을 익혀서 덤빌 만한 가벼운 상대가 아니라는 것을… 그것을 깨달았습니다."

"그래서 새로운 도가 필요하다?"

"쩝, 말은 멋있게 했지만 사실은 불안하거든요. 첫 번째 죽음, 전혀 생각지도 않던 것을 맞이하니까 세상이 달라 보였어요. 주 무기인 도도 없이 뛰쳐나온 나 자신이 바보 같기도 하고… 또 도를 손에서 놓고 있으니까 손끝의 감촉이 무뎌지는 것 같더군요. 그래서 호신용이랄까? 그래도 상대가 그들인데 보통의 힘 가지고 되겠습니까? 그리고 그 이상의 힘을 내려면 보통의 도로는 힘들죠."

비상의 최강자 중 하나로 군림하는 내게 가장 큰 방심을 불러올 줄 알았던 도. 최고의 도와 최고의 도법이 내게 가장 큰 방심이 될 줄 알았는데, 그런 도를 없애 버린 게 오히려 가장 큰 방심을 불러일으키게 되다니……. 내가 원래 우유부단하고 뚝심이 없어서 그런지 몰라도 한 번의 죽음이 내 목표를 바꿔놓았다.

얼마 전까지 나의 목표는 바로 '모든 것에 통달한 하나의 무인이 되어보자' 라는 거였고, 그 일환으로 도의 수련을 좀 미루더라도 다른 무공에 익숙해지려 했다. 하지만 이제는 '적어도 내가 가진 힘을 모두 끌어낼 수 있도록 하자' 로 목표가 바뀌어 내게 도가 필요하게 되었다.

목표는 크게 가져야 한다고는 하지만 때로는 상황을 냉정하게 직시할 줄도 알아야 하는 법.

내가 강해지기 위해선 턱도 없이 높은 목표보다는 내가 노려볼 수 있는 그런 목표를 가지는 게 좋다고 생각했고, 그에 따라 바꿨을 뿐이다.

아아, 횡설수설하는군. 어쨌든 잡설이 길었는데 궁극적으로 이야기를 간추려 보자면, 나는 도가 있어야 마음이 편하고 또 위험한 상황에 대처할 수 있다는 것이다. 적어도 아직까지는. 하지만 한월은 쓰지 못한다. 그렇지만 반드시 내 힘을 견딜 수 있는 도가 필요하다. 그리하여 강우 형에게 부탁했다로 간추릴 수 있다. 으음, 이 짧은 말을 그렇게 길게 끌었다니…….

내 말을 들은 강우 형은 잠시 생각에 빠져들었다. 그러길 잠시, 곧 한숨을 탁 하고 뱉어내며 상념에서 깨어났다.

"하아, 별수없군. 잠시만 기다리게."

강우 형은 현재 우리가 있는 창고가 아닌, 정말 귀중한 것을 보관하는 창고로 건너갔다. 강우 형이 떠난 자리에는 아직도 충격에서 벗어나지 못했는지 멍하니 허공을 바라보고 있는 영귀만이 남아 있었다.

으음, 저 사람 이미지가 저게 아니었는데……. 내가 무황인 것, 그게 그렇게 놀랄 일인가?

잠시 그렇게 생각을 하고 있자니 부스럭거리는 소리와 함께 강우 형이 문을 열고 건너왔다. 그리고 그의 손에는 웬 백색의 긴 물체가 들려 있었다.

강우 형은 그 물체를 들고 와서 자리에 앉더니 나를 뚫어지게 쳐다보았다.

"도무지 자네와의 인연은 악연인지 필연인지 모르겠구먼. 한월이야 그렇다 치더라도 설마 이것마저 자네에게 주게 될 줄은……."

그러면서 내게 그 백색의 물체를 내놓는데, 도무지 그 정체를 짐작할 수 없었다. 나는 강우 형에게 받은 물체를 이리저리 돌려보며 유심히 관찰했다.

살짝 구부러진 유연한 곡선을 그리는 물체. 하지만 느낌이랄까? 이 물체에서 풍겨오는 기분 같은 것이 굉장히 낯이 익었었다. 분명 어디선가 느껴본… 그래!

"설마 이건?"

"그래, 예도라네."

"역시!"

그랬다. 이 느낌, 이 감촉, 이 무게와 이 곡선! 분명 초창기 때 강우형이 내게 건네준, 그때만 해도 강우 형 최고의 작품이었던 예도와 상당히 유사했다.

일직선상으로 재어 총 길이는 약 80센티미터 정도 되어 보였는데, 각이 져 있는 한쪽 끝에서부터 약 20센티미터 정도 떨어진 곳이 살짝 불룩하게 솟아나와 있었다. 그 20센티미터의 구간이 손잡이라는 것을 알려주었고, 나머지 60센티미터가 전부 날로 여겨지는 부위로 되어 있었다. 일직선상으로 재었을 때가 60센티미터라는 것이지, 실제 유연하게 휘어 있는 날을 일직선으로 편다면 70센티미터는 거뜬히 나올 것 같았다.

하지만 한 가지 이상한 게 있었으니…….

"분명 저도 이게 예도와 비슷한 느낌이 들긴 하지만… 어떻게 이게 예도가 될 수 있는 거죠? 이것에는 날이 하나도 없잖아요."

그랬다. 강우 형이 건네준 투박한 백색의 물체에는 날이라고 할 만한 곳이 전혀 날카롭지 않았다. 마치 그냥 구부러진 막대기 같다고나 할까?

예도라고 하면 당연히 가장 중요시되어야 할 것은 살을 엘 듯한 예기! 하지만 강우 형이 예도라 칭한 이 도에는 그런 것이 일체 없었다.

"이거 아직 덜 완성 된 것 아닌가요?"

"아니, 도면에 멋진 음각을 새겨야 제대로 끝났다고 할 수는 있겠지만 실용성만으로 따지면 완성된 것이네."

"하지만 전혀 예기가……."

"겉으로 드러난 것으로만 보려 하지 말게나. 그것의 이름은 백야(白夜)! 백호아(白虎牙)로 만든 것이지."

"백… 야?"

난 아직도 의문이 가득한 눈길로 강우 형이 백야라 이름 붙인 자칭? 아니, 스스로가 그렇다고 한 적이 없으니 타칭 예도를 바라보았다. 이게 어딜 봐서 예도라는 거지? 하지만 예도와 같은 이 느낌은 도대체?

아니, 잠깐… 백호아라고?

"백호아라뇨?"

"말 그대로 백호의 이빨로 만든 것이네."

"백호의 이빨로 만든 게 이렇게 커질 수 있어요? 아무리 봐도 이건 전체가 하나로 만들어진, 마치 깎아낸 듯한 물건인데……."

"아아, 자네가 말하는 것처럼 평범한 백호가 아니라 신수(神獸) 백호를 말하는 거라네. 알잖나. 사신 중 하나로 꼽히는 것 말일세."

"헉!"

강우 형의 말에 난 헛바람을 집어삼켰다. 백호라니… 설마 천년이무기가 비늘을 빼주듯이 이빨을 쑥하고 빼줬을 리는 없을 테고…….

"이걸 어떻게 구하신 거죠?"

"두 달 전인가? 한 사내가 와서 검을 만들어달라더군. 큼지막한 백호의 어금니 하나를 주며 말일세. 검을 하나 만들고 나면 나머지는 마음대로 처분해도 상관없다고 하더군. 한 달에 걸쳐 검을 만들고 나서

남은 재질로 뭘 만들까 생각하던 중에 자네가 저번에 부러뜨린 예도가 생각나더군. 그래서 만들었지. 그리고 그게 바로 자네가 들고 있는 백야라네."

"흐음……."

백호라니… 신수로 불릴 정도이며 어금니 하나가 그 정도로 크다면 보통 센 게 아니었을 것이다. 어쩌면 천년이무기와 비슷했을지도……. 에이 설마, 그건 아닐 거다. 한 번밖에 만나보지 못한 천년이무기였지만 그 힘은 아직 생각해도 끝이 없을 정도니까.

어쨌든 강우 형에게 설명을 들은 나는 백야를 이리저리 휘둘러 보았다. 손에 착 감겨온다고 할까? 그리 힘을 크게 주지 않았는데도 내 의지에 따라 유연히, 그리고 빠르게 움직여 오는 것이 마치 내 마음을 읽고 스스로 움직이는 것만 같았다.

"아……!"

난 나도 모르게 감탄사를 흘렸다. 움직임이 너무나도 자연스럽다. 내 의지 하나하나가 반영되는 듯한 움직임. 손끝 신경까지 모두 이 백야라는 예도와 일체되어 흘러 들어가는 느낌이다.

오직 순백의 결정체와 같이 흰 잔상을 남기며 흘러가는 백야. 비록 날은 서 있지 않았다지만 마치 한 마리의 의지를 가진 생물을 대하는 것과 같은 기분이 들었다.

그렇게 얼마 동안 휘둘렀을까. 백야라는 신비한 물체에 한껏 정신이 빠져 있던 난 백야를 거두며 그 감촉을 음미했다. 그런 나에게 강우 형이 말을 걸어왔다.

"어떤가?"

"굉장해요! 어떻게 이런 움직임이 나올 수 있는 거죠? 생각만 하면 마치 저절로 흘러가듯 제 마음껏 움직여요. 이런 물건은 정말 처음이에요! 스스로의 의지를 가지고 있는 느낌이랄까? 단순히 휘두르는 게 아니라 마치 대화를 하는 것만 같았어요."

"호오, 그 정도인가? 하하하, 그래도 주인은 제대로 찾았군."

"……?"

"자네의 말 그대로라네. 단순히 휘두르는 게 아니라 대화를 한 거지. 백호의 어금니로 만들어진 백야는 단순한 예도가 아니라 영성(靈性)을 띠고 있는 신기(神機)라 할 수 있지. 자네의 생각과 대화를 하고 그대로 움직이는 것일세."

"그런……."

말도 안 되는 것이!

세상에 판타지 소설도 아니고 무슨 칼에 영혼이 깃들어져 있는 거야?

"허어, 못 믿겠다는 표정이로군. 하지만 사실이라네. 사실 신수에게서 나온 재료로 만든 물품은 전부 영성을 가지고 있는 신기라 해도 과언이 아니네."

"하지만 그렇게 따지면 어째서 승룡갑에는……?"

"승룡갑에도 역시 영성이 존재한다네. 하지만 생각을 해보게. 승룡갑은 천년이무기의 수많은 비늘 중 하나에 불과하다네. 그만큼 영성은 깊지 않지. 하지만 백야는 백호에게 단 두 개밖에 없는 어금니 중 하나로 만든 것이니 그 영성이 깊을 수밖에 없지 않겠나."

정말 이걸 믿어야 하는 거야, 말아야 하는 거야? 쩝, 직접 휘둘러 본 입장에서 안 믿을 수도 없고 말이야.

"그리고 또 한 가지 놀라운 사실을 가르쳐 주지. 백야는 날이 없는 것이 아닐세."

"네?"

"날이 없는 것이 아니라 날을 드러내지 않고 있을 뿐이지. 보이는 것만으로 판단하지 말라고 했잖은가. 바로 그것일세. 백야에 베고 싶다는 강렬한 의지를 보낸다면 백야는 무시무시한 예기를 내뿜는다네. 비록 그것이 한월에는 비할 바가 못 되지만 이미 그 자체만으로도 대단한 것이지."

점점 더 믿을 수 없는 말을 하는 강우 형. 정말인가?

난 의심이 가득한 눈초리로 백야를 바라보았다. 아무리 봐도 그런 예기가 생겨날 거라고는 믿기지 않는데…….

"허어, 믿기지 않는 건가? 좋네. 그렇다면 이것을 잘라 보게나. 베고 싶다는 의지만 강렬하면 되네. 그럼 백야는 이 탁자를 잘라 버릴 걸세. 물론 내공을 싣지 않고."

강우 형이 가리킨 것은 강철로 만들어진 탁자였다. 한월이라면 싹둑하고 베어버렸겠지만 정말 이걸로 가능한 걸까?

"어서 해보게나."

결국 나는 강우 형의 재촉에 자세를 바로잡고 강철 탁자를 바라보았다. 잔잔한 호수와 같이 내공을 가라앉힌 나는 백야에 정신을 집중했다. 그리고 서서히 베고 싶다는 의지를 끌어올렸다.

벤다. 벤다. 저 탁자를 베어버린다. 벤다. 벨 수 있다.

그 의지가 최고조에 달했을 무렵에도 백야에서는 아무런 예기도 느낄 수 없었다. 하지만 난 내 의지를 담았고 그대로 내려쳤다.

"합!"

마치 뭉친 눈을 베는 것 같은 느낌이랄까? 큰 저항 없이 탁자는 두

동강나 버렸고, 난 경악 섞인 눈으로 백야를 바라보았다.

"맙소사!"

"허허, 이제야 믿겠는가? 백야는 베고 싶은 것만 벨 수 있다네. 그이외에는 그냥 매우 강도가 강한 막대기로 내려치는 것과 진배없지. 평상시에는 그냥 살짝 구부러진 지팡이처럼 사용할 수도 있단 말일세. 또한 한월과는 달리 영성이 강하기에 주인을 상당히 가리지. 내심 자네가 백야를 다룰 수 있을까 걱정했는데 걱정을 한 내가 바보같이 느껴질 정도로 아주 잘 다루는군."

두근두근.

현재 나의 심장 박동 소리를 표현하라면 이럴 것이다. 가슴이 뛴다. 세차게 뛴다.

난 손끝으로 백야의 날 부분을 쓸어 내렸다. 방금 전에 강철 탁자를 베어버린 일이 거짓말이었다고 외치는 것처럼 예기가 전혀 느껴지지 않았다. 너무나도 조용한 기품이 느껴지는 백야……. 하지만 이런 것이 의지가 담긴다면 강철조차 무 베어버리듯 벨 정도의 예기를 내뿜는다니…….

"정말 굉장하군요!"

"암, 굉장하지. 누가 만든 물건인데."

강우 형이 고개를 끄덕이며 자부심 강한 표정을 지었지만 그런 강우 형의 표정이 전혀 믿기지 않다. 정말 멋진 물건을 만들어낸 장인에게 어찌 그런 감정을 가지리오!

"도갑은 없는 겁니까?"

"도갑이 무슨 소용이 있겠는가. 백야는 그냥 그대로 가지고 다니면 될 것일세."

"하긴……."

"이리 주게나. 내일 찾으러 오게. 내가 오늘 밤을 새서라도 음각을 멋지게 해놓지."

"네."

난 아쉬움 가득한 눈길로 백야를 강우 형에게 건네었다. 그러다 문득 궁금함이 들었다.

"한월과 백야를 비교한다면 어떤 게 더 좋죠?"

"으음, 비교라… 전혀 다른 특색을 가지고 있어서 말일세. 움직임을 보자면 백야가, 모든 것을 압도하는 기세와 예기로 보자면 한월이 앞선다고 할 수 있다네. 쓰는 사람마다 다른 것이지. 정말 도를 깊이 이해하고 자신의 신체 이상으로 다룰 수 있는 사람이라면 백야보다는 한월이 더 좋으며, 아직은 미숙한 사람이 스스로의 힘을 주체하지 못한다면 백야가 좋다고 할 수 있겠네. 그래도 이것만은 분명히 말할 수 있다네. 한월과 백야는 비상에서 전무후무한 내 최대의 역작이라는 것을!"

확실히 그렇군. 전혀 다른 색채를 가진 두 개의 도. 그 우월성을 비교할 수는 없겠군. 쓰는 사람마다 다른 거니까.

"자, 이쯤에서 백야에 관한 이야기는 끝내도록 하지. 한 가지 물건은 해결되었고… 필요한 한 가지 조언은 무엇인가?"

"아, 그것은 말입니다……."

"흐음… 그렇게 된 것이로군."

"그래서 어떻게 해야 할지 조언을 구하고 싶습니다."

"확실히 그 조각이 자네에게 있고, 그것이 반드시 필요하다면 자네가 위험해질 수도 있겠군."

내가 강우 형에게 구하려 한 조언은 내 손에 들어온 금팔찌 조각에 대한 것과 앞으로 금팔찌 조각이 가야 할 방향성에 대한 것이다.

내게 들어온 이 조각을 소유하고 있는 것은 너무나도 위험한 것이다. 그렇다고 해서 내가 아닌 다른 사람을 줄 수도 없는 노릇이다. 과연 이것을 떠맡고도 멀쩡할 수 있을 만한 사람이 누가 있을까. 반드시 천추십왕의 살수를 받을 테니 말이다.

기껏해야 생각나는 사람이라고는 노도, 영호충뿐인데 그는 내가 보고 싶다고 해서 볼 수 있는 사람도 아니기에 일단 제쳐 두었다.

결국 답은 나오지 않으니 어디 숨겨두기라도 해야 하지 않겠는가. 난 그것에 대한 조언을 강우 형에게 구하고 있었다. 아아, 그리고 이 이야기가 나오기 전에 영귀는 방에서 나갔다. 더 이상 충격받고 싶지 않다나?

"일단 숨겨두는 것은 좋은 방법이 아니로군. 자네의 말대로라면 그 금팔찌에도 영성이 깃들어 있을 확률이 크다네. 그리고 그런 영성이 있는 물질에는 그것만의 기파가 있지. 그쪽에서 기파를 찾아온다면 어렵지 않게 찾을 수 있을 걸세. 지금이야 자네가 일정하지 않은 기파를 내고 있어서 다행이지만 말일세."

결국 내가 가지고 있을 수밖에 없는 건가? 다른 사람한테 맡기는 것도 안 돼, 숨기는 것도 안 돼……. 방법이 없잖아!

"계속 도망 다녀야 하는 건가?"

"내게 한 가지 방안이 있긴 하다네."

"그것이 무엇이죠?"

"숨는 것일세."

"네?"

숨다니? 그건 또 무슨 말이지? 내가 숨는다고 해서 인공지능의 눈을 피할 수 있단 말인가? 아니, 현재의 상황도 숨어 있다면 숨어 있는 상황이로군. 일단 내 기파를 숨기고 있으니까 말이지. 여기서 더 이상 뭘 어떻게 숨으라고?

"인공지능이 직접 나설 수 없다고 했지 않은가."

"네. 인공지능이 직접 개입할 수는 없을 것입니다."

"그렇다면 자네를 노리는 것은 천추십왕이라는 자들이나 아니면 그들의 부하들이겠지. 그렇다면 자네는 그들보다 훨씬 강한 이의 곁으로 숨으면 될 것 아닌가. 그들로부터 자네를 보호해 줄 수 있는 그런 존재의 곁으로."

"흠……."

확실히 그렇다. 만약에 그들보다 강한 사람의 곁이라면 난 걱정하지 않아도 될 것이다. 나도 천추십왕과 일 대 일이라면 이길 수 있는데다가 그보다 훨씬 강한 사람이 곁에 있다니…….

하지만 이것 역시 불가능하다. 이 방법 또한 따지고 본다면 다른 사람에게 조각을 맡기는 것과 하등 차이가 없지 않은가. 그 정도로 강한 사람이 있다면 그에게 맡겨 버리고 말지 내가 왜 이 골치 아픈 것을 들고 다닐까.

"하지만 과연 그럴 사람이 있을까요?"

"아니, 자네가 지금 오해를 하고 있구먼. 나는 사람이 아니라 존재라고 했다네. 꼭 사람일 필요는 없는 것이지. 그리고 자네의 표정을 보아 하니 만약 그런 존재가 있다면 그 물건을 맡겨 버릴 속셈인가 본데, 그것 또한 좋지 않네. 일단 자네 자체가 그 물건의 기파를 새어 나가지 않게 하는 중요한 그릇이 된다네. 그만큼의 시간은 벌 수 있는 셈이지."

"그렇군요. 그럴 만한 존재라……."

영호충? 아니, 그는 역시 안 돼. 도대체 어디에 있는지 알 수가 있어야지. 그럼 도대체 어떤 존재가?

"천년이무기!"

"그 존재라면 분명 자네를 보호해 줄 수 있을 것일세."

과연 천년이무기라면 천추십왕도 어쩔 수 없겠지. 내 기억 속에 천년이무기는 가장 강한 존재이니까. 어쩌면 영호충보다 더욱!

"하지만 그 존재가 뭐가 아쉬워서 절 보호해 주겠습니까? 용린은 여의주를 줬을 때 용연지기의 부록으로 받은 것일 뿐이지 그리 친분이 두터운 것은 아닙니다."

"그 이무기 또한 비상이 인공지능에 의해 무너져 가는 것을 바라지 않을 걸세. 또한 보호해 줄 만한 선물이 있으면 될 것 아닌가."

"선물?"

"그래, 선물 말일세."

강우 형은 점점 더 알 수 없는 말만 하는군. 좀 쉽게 풀어서 이야기하자고!

"그럼 다음에 뵙겠습니다."

난 일행에게 인사를 했다.

현재 내 앞에 있는 사람을 나열해 보자면 일단 강우 형, 영귀, 감 노인, 유이 소저, 이은 소저, 그리고 가휘가 있다. 사람이 아닌 것으로 치자면 푸우밖에 없겠지?

강우 형과의 대화가 끝난 후 난 푸우 녀석과 처음 만났던 인마귀 산채에 올랐다. 예전에는 인마귀 산채에는 사람들이 많이 찾지 않았는데 지금은 사냥터 부족 현상 때문인지 인마귀 산채에도 많은 사람들이 찾아와 푸우를 빼오는데 애를 먹었다. 게다가 웬일인지 유이 소저와 이은 소저는 둘째 치고 가휘까지 같이 기다리고 있는 것이 아닌가.

자초지종을 물어보니 왠지 분위기가 함께 기다려야 할 분위기였단다. 게다가 푸우 때문에 변변히 반항도 못하는 인마귀들을 잡는 재미도 쏠쏠했고.

그 많은 사람들의 시선이 집중된 그들을 빼온다고 진땀 뺀 것을 생각하면…… 어쨌든 간에 그들도 자칫 잘못하면 천추십왕으로부터 추적받을 가능성이 상당했기에 그대로 내버려 두긴 위험했고, 결국 난 그들을 설득하여 내 친구들이 있는 북경으로 보내기로 했다.

그들도 시왕에게 겁을 먹었는지 흔쾌히 가기로 했고, 그들에게 감노인도 딸려 보냈다. 물론 그들을 보호하라고 푸우도 일행에 추가시켰고 말이다. 그런데 이렇게만 보내자니 뭔가 찝찝한 게 사고를 칠 것만 같은 예감이 풀풀 들기에 난 결국 다시 강우 형을 찾아갔다. 그들을 따라서 북경까지 좀 올라가 주면 안 되겠냐고, 또 이런 곳에서 대장간을 영업하지 말고 북경에서 우리를 좀 도와달라고.

시부촌은 강우 형이 오랫동안이나 지낸 곳이었기에 강우 형은 이동하기 껄끄러워했다. 하지만 나와 영귀가 내는 강기의 틈에 나가떨어진 것이 제법 충격이었는지 결국 올라가기로 결정을 내렸다. 시부촌에는 고수가 잡을 만한 마물이 별로 없었기 때문에 내린 결정이었다.

그렇게 해서 나를 제외한 일행은 모두 북경으로 올라가기로 했고, 다른 곳으로 떠나야 하는 난 그들과 이렇게 작별 인사를 하고 있는 것이다.

"그럼 강우 형님, 일행을 잘 부탁드립니다."

"그래, 많은 성과가 있기를 빌겠네."

그렇게 인사를 나누고 난 그들을 떠나왔다. 이제 내가 가야 할 곳은 정해져 있다. 내 목표를 이루기 위하여 난 또다시 혼자가 되어 떠난다.

난 반드시 내 목표를 이룰 것이다!

◆ 비상(飛翔) 마흔여섯 번째 날개

용가리에게로!

비상(飛翔) 마흔여섯 번째 날개 용가리에게로!

"헥헥, 이제 좀 살겠네."

난 나직이 읊조리며 이마에 흐르는 땀을 훔쳤다. 여기도 덥긴 마찬가지이지만 저 안은 뜨거웠단 말이야. 그것도 타 죽을 정도로. 그에 비하면 이 정도는 따뜻한 거지.

난 화문산(火門山)의 꼭대기보다 약간 아래에 위치한 화문(火門)이라는 동굴 앞의 거대한 바위 뒤에 몸을 숨기고 헉헉대고 있는 중이다.

화문산은 이름 그대로 불의 입구처럼 산 전체가 열기로 요동을 치고, 그 중심에는 엄청나게 뜨거운 마그마가 끓어대고 있다. 한마디로 말해서 화산이란 말이다. 그것도 1년 365일 멈추지 않고 마그마를 뿜어내는 활화산.

내가 이 뜨겁다 못해 타 들어갈 정도의 빌어먹을 산에 오른 이유가 무엇이냐 하면 하나의 아이템을 얻기 위해서라고나 할까? 뭐, 한 녀석을 죽여야 그것이 나오니 같은 맥락이라 할 수 있겠지.

어쨌든 방금까지 영혼까지 타버릴 듯한 화문이라는 동굴 속에서 진땀을 빼던 나는 그나마 산뜻한, 하지만 여전히 후끈한 밖의 공기를 들이마시며 거대한 바위 뒤로 몸을 숨겼다. 그리고 잠시 후, 역시 예상대로 그들이 걸어나오기 시작했다.

불꽃.

전신이 새빨간 불꽃으로 이루어진 여덟 인영이 나타났고, 그 뒤로 여덟의 인영과는 달리 푸른 불꽃으로 신체를 이루고 있는 한 인영이 따라 나왔다. 바로 저 푸른 불꽃의 인영이 내가 노리는 화마대제(火魔大帝)! 그리고 그를 따르는 여덟의 불꽃 인영은 불꽃 마물 중 상석을 차지한다는 염혼령(炎魂靈)이 틀림없었다. 왜냐고? 지지록에 따르기를 화마대제는 염혼령 아홉과 항상 동행한다고 나와 있으니까.

아아, 저것들은 여덟 아니냐고? 그건 말이지… 이크!

고개를 급히 안으로 거둠으로써 간발의 차로 염화대제의 눈에 띄지 않았음에 안심하며 난 귀를 기울였다. 물론 살짝 고개만 빠끔히 내밀고 상황을 지켜보는 것도 잊지 않았다.

"이쪽으로 온 것이 확실하더냐?"

푸른색 불꽃의 인영, 화마대제의 말에 염혼령은 고개를 끄덕이는 것으로 대답했다. 화마대제와는 달리 염혼령은 말을 할 수 있는 기능이 없기에 그런 것이었다.

저들이 나누는 대화 내용으로 미루어보아 저들은 누군가를 찾고 있었다. 그리고 저들이 찾는 누군가란 바로 나란 인물이고.

어떻게 된 건지 설명하자면 저 화마대제에게 볼일이 있는 나는 단독

면담을 요청하려 했지만 어디 말이 통해야지. 그렇다고 무작정 녀석이 있는 곳으로 쳐들어가자니 화마대제의 주변에는 염혼령뿐만 아니라 수많은 화마들이 깔려 있기에 그것도 여의치 않았다.

결국 내가 선택한 방법은 멀리 떨어져서 원거리 공격으로 화마대제에게 직접 공격하는 법. 적당한 곳에 자리를 잡고 백야를 두 손으로 틀어쥔 나는 오랜만에 전신을 휘감아 도는 현월광도의 움직임에 상쾌함을 느끼며 앞을 주시했다. 그리고는 도기를 일으켜 정확히 화마대제의 심장을 조준했다.

지자록에 따르기를 화마들에게는 특징이라고 할 수 있는 게 있으니 몸의 근원을 이루는 핵이라는 게 존재한단다. 불꽃만으로 몸을 이루는 게 쉽지 않으나 핵이라는 중심체를 빌려 몸을 유지한다는 것이다. 결국 화마들의 몸속에 존재하는 핵이라는 것을 깨뜨리지 않는다면 팔을 베든 다리를 베든 계속해서 재생하게 된다.

핵에는 이런 장점이 있지만 단점 역시 있다. 다른 것을 볼 필요 없이 핵만 깨뜨리면 힘없이 무너지게 되는 것이 화마들이니, 이 핵이라는 것은 화마 최대의 강점이면서 약점인 것이다.

아아, 각설하고 당연히 핵을 노려야 하는데 핵이 도대체 어디 있느냐… 는 것을 내가 알 게 뭐냐 말인가! 지자록에도 그딴 것은 나와 있지 않으니 나는 도박을 할 수밖에 없었다.

심장이나 머리냐!

아무래도 이 두 가지가 가장 중요한 것이다 보니 딱히 이 이외에 떠오르는 것이 없었다. 그렇게 두 곳에서 갈팡질팡하던 나는 이내 심장으로 결정을 지었다. 왠지 나의 예감이 머리를 노리라고 하고 있었기 때문이다.

난 결코! 내 예감을 믿을 수 없었다.

그래서 도기로 이루어진 금묵광의 초월파를 멋들어지게 날렸는데 말이지. 초월파의 날카로운 예기가 푸른 불꽃을 횡하니 가른다고 생각했더니 심장 부분이 갈린 화마대제는 멀쩡하고 엉뚱하게 화마대제의 뒤에 있다가 초월파를 머리에 맞은 염혼령 하나가 쩡! 하는 뭐 깨지는 소리와 함께 바스러져 버리는 것이 아닌가.

아아, 그때 들었던 이루 말할 수 없을 정도의 황당함이란……. 당연히 공격을 받은 화마대제는 지옥에서 올라온 것만 같은 타오르는 푸른 불꽃의 눈으로 나를 쫓으라고 컬컬한 목소리로 명령을 내렸고, 결국 난 꽁지 빠지게 도망쳐 나올 수밖에 없었다.

그런데 이게 어찌 된 일인지 다른 화마들은 다 떨어져 나가는데 화마대제와 애꿎게 동지를 하나 잃은 염혼령들은 정말 뭐 빠지게 날 뒤쫓는 게 아닌가! 때문에 나는 눈썹이 휘날리는 속도에서 아예 눈썹이 빠져 버릴 정도로 속도를 높이며 달려나왔고, 그 후 바위 뒤로 몸을 숨긴 것이다. 그리고 그 뒤를 따라 화마대제와 염혼령들이 모습을 드러낸 것이고.

아아! 어째서 좋은 예감은 하나도 들어맞지 않던 게 오늘따라 들어맞는 것인가! 빌어먹을, 안 될 놈은 뒤로 넘어져도 코가 깨진다더니…….

"아직 멀리 가지 못했을 것이다. 이 주변을 철저히 수색해라."

화마대제의 가래 끓는 듯한 컬컬한 목소리에 난 흠칫 몸을 떨었다. 좀 포기하면 안 되나? 어째서 이 주변을 뒤지는 건데! 제발 이쪽으로만 오지 마라…….

하지만 나의 기도를 하늘이 생깠는지, 아니면 저 염혼령들이 개코인지 흩어지는 염혼령 중 하나가 이쪽으로 다가오기 시작했다. 젠장, 결국 저들 전부를 상대로 싸울 수밖에 없는 건가? 그래도 그 많던 화마들을 다 떼어버리고 저들만 남아서 다행이로군.

난 오른손에 쥐고 있는 백야를 다시 한 번 고쳐 쥐며 때를 기다렸다. 녀석들의 신체는 불꽃으로 이루어져 있었고, 당연히 열기도 존재했기에 보지 않고 공기가 달궈지는 것만으로도 대충 어디까지 왔는지 예상할 수 있었다.

그리고 마침내 등을 대고 있는 바위마저 뜨거워진다는 느낌이 들자 난 주저없이 몸을 돌려 앞으로 나가며 백야를 아래로 내리그었다.

"삭월령!"

오랜만에 펼쳐 보는 삭월령의 움직임은 그 어느 때보다 경쾌했다. 수많은 폭격기처럼 광포하고 빠르지만 너무나도 조용히 아래로 내리그어지는 수많은 잔상!

기습적으로 펼친 삭월령의 잔상은 단숨에 가까이 다가온 염혼령의 머리를 헤집고 들어가 핵을 베어버리며 녀석의 오른팔 쪽으로 훑으며 나왔다.

끼이이익-!

화르륵!

길게 이어지는 녀석의 찢어지는 비명과 함께 불꽃의 신체는 한 번에 타오르며 사그라졌고, 난 그런 녀석의 신체를 그래도 뚫고 지나가며 초월파를 뿌렸다.

"받아라! 초월파!"

초승달 모양의 금묵광의 도기가 쭉 뻗어나가며 가장 가까이 있던 또

다른 염혼령의 머리에 있는 핵을 베고 지나갔다. 설명은 길었지만 이 모든 게 순식간에 일어난 일이었다.

좋아, 두 놈 해치웠고, 이 기습을 틈타 한 놈 더 해치우자고!

그렇게 생각하며 재차 초월파를 뿌리려 했으나 곧 등 뒤에서 열기가 확 피어오르자 급히 앞으로 몸을 굴렸다. 어느새 등 뒤로 다가온 염혼령이 날 공격한 것이었다.

앞으로 데굴데굴 구르며 간신히 녀석의 공격을 피하기는 했지만 열기 때문인지 옷자락이 불꽃을 일으키며 타오르기 시작했다. 이런 빌어먹을!

"으악! 물! 물!"

급히 불을 끌 물을 찾았지만 있는 물도 증발되어 버리는 이곳에 물이 있을 리가 없잖은가! 결국 나는 입고 있던 상의를 급하게 벗으려 했다. 근데 그때, 사방에서 염혼령들이 나에게 뜨거운 불꽃의 손길을 내밀며 다가왔다.

"제길! 이번에는 그리 쉽게 당할 수 없지!"

난 급히 상의를 벗어 내던지며 원주미보를 밟았다. 공격에 대한 능력은 대단치 않지만 방어에서는 탁월한 성능을 보이는 원주미보를 밟아 사방에서 도망갈 틈을 주지 않던 염혼령들의 사이로 유유히 빠져나왔다.

그런데 이게 웬일. 유유히 빠져나온 것에 이어 반격을 시도하려고 했던 나는 내 안면을 향해 날아오는 푸른색 불꽃의 주먹에 기겁을 하고 말았다. 화마대제가 가까이 접근해 오며 주먹을 날린 것이다.

"죽어라!"

염혼령들의 몸에 실린 불꽃도 매우 뜨거웠지만 화마대제의 신체를 이루고 있는 몸은 그야말로 극염(極炎)! 염혼령들의 불꽃과 감히 비교할 만한 것이 아닌 것이다!

그러니 저건 스쳐도 최소한 중상이다!

"으악!"

난 비명을 지르며 뒤로 누워버렸다. 녀석의 주먹이 원체 빠른데다가 가까이 가기만 해도 화상을 입으니, 이미 원주미보를 밟아 피하기에는 늦은 감이 없지 않았던 것이다.

털썩 하고 뒤로 쓰러지자 딱딱한 바닥이 등을 사정 볼 것 없이 후려쳤지만, 그 고통에 비명을 지르기 보다는 후끈하고 눈앞을 지나가는 불꽃 주먹에 난 식은땀을 흘리며 헛숨을 들이켰다.

난 다시 한 번 땅바닥을 굴러 화마대제와 거리를 벌렸고, 다시 일어났을 때에는 주변을 염혼령들이 에워싸 포위하고 있었다.

"이건 반칙이야. 난 가까이만 가도 데미지를 입는데 쟤들은 핵을 부수기 전까지는 끊임없이 재생하잖아."

이건 정말 시왕 때와 다를 게 없잖아. 아니, 그나마 나은 거라면 이놈들은 확실히 죽일 수 있다는 것 정도? 시왕은 죽여도, 죽여도 죽지 않았으니 확실히 그때의 상황보다야 낫군.

끼이이익-!

포위를 하고 틈을 보고 있던 녀석들이 한꺼번에 달려들기 시작했다.

"제기랄! 나아봤자 그때나 지금이나 안 좋기는 매한가지잖아!"

그렇게 화문산에서의 뜨거운 전투는 시작되었다. 아니, 시작되고 있다. 일인칭이니까. 흠흠.

용연지기를 가득 담은 잔월향의 줄기가 뻗어나간다. 총 여덟 줄기.

하지만 여덟 줄기 중 세 줄기는 불타오르듯 사그라지고 다섯 줄기만이 목표점에 도달했다. 그리고 그것만으로 충분했다. 마지막 남은 염혼령의 핵을 부서뜨리기에는.

"하아… 하아……."

더럽게 힘들군.

난 백야로 옮겨 붙으려는 불꽃을 털어버리고는 허리를 폈다. 정말 이 백야를 얻어온 것은 잘한 일 같다. 만약 백야를 얻어오지 않았더라면 주먹을 비롯한 온몸으로 싸워야 했을 텐데, 세상에 무병단신(無兵單身)으로 불덩이들이랑 싸우는 게 말이나 된다고 생각하냔 말이다!

과연 강우 형의 말대로 백야는 대단했다. 마치 정말 내 신체의 일부인 양 내 의지대로 따라주는 움직임. 그리고 그 움직임뿐만 아니라 보통의 병기라면 닿는 즉시 녹아버려도 할 말 없을 정도의 뜨거운 열기도 거뜬히 견뎌내는 이 견고함!

강우 형이 그러기를 백야는 결코 녹일 수 없다고 한다. 원래 녹는 물질이 아니라나? 극염으로 이루어진 화마대제가 순간적으로 뿜을 수 있는 최고의 열기를 뿜어내도 백야는 견뎌낸다고 하니 대단할 수밖에 없었다.

하지만 백야 자체가 뜨거워지는 것은 어쩔 수 없었다.

"끄응… 권갑을 끼고 있지 않았더라면 손에 화상을 입을 뻔했잖아."

"호오, 홀로 염혼령들 여덟… 아니, 아홉을 처리하다니 대단하군."

난 고개를 들어 우뚝 서 있는 화마대제를 바라보았다. 여전히 가래 끓는 듯한 컬컬한 목소리는 귀에 막대한 데미지를 입히는 것 같이 듣기가 싫었다.

그러다가 문득 한 가지 궁금증이 들었다. 하나 나보다는 화마대제가 더 빨랐다.

"넌 누구지?"

"그걸 알 필요가 있나? 난 단지 네게서 나올 물건이 필요하여 찾아온 것뿐이야. 그러던 과정에서 재수없게 한 방에 널 보내지 못해서 이러고 있는 것뿐이고."

"흐음… 내게서 나올 물건이라… 용을 만나러 가나?"

화마대제가 그렇게 물어오자 난 정말 놀랐다. 어떻게 알았지?

녀석은 그런 내 표정을 읽었는지 대수롭지 않은 듯 말을 이었다.

"뭐, 별거 아니야. 나를 찾아오는 대부분의 인간들이 그렇더군. 웃기는 건 그들은 용이 어디 있는지도 모르면서 무작정 내게 찾아온다는 것이지. 진실인지 헛소문인지 증명도 되지 않은 소문을 듣고 말이야. 너도 그중 하나인가?"

"뭐, 틀린 말은 아니지. 확실히 용을 만나러 가긴 하니까. 하지만 네가 틀린 게 하나 있어. 적어도 난 그들과는 달리 용의 거처를 알고 있거든."

"호오……."

화마대제의 푸른 불꽃의 눈동자는 흥미로움을 표시하는지 살짝 떨리며 타오르고 있었다. 내가 용의 거처를 알고 있다는 것에 흥미를 표한 것이다.

아, 난 왜 이따위 대화나 하는 거냐. 빨리 일 끝내고 여길 떠야지. 더워죽겠잖아.

"잡담은 이쯤에서 마치지. 난 오늘 옷 하나를 버려서 상당히 기분이 좋지 않거든. 그리 좋은 옷은 아니지만 생돈을 날리게 생겼으니 그 대가는 치러야겠지?"

"우습군. 내 목숨을 뺏으려 하면서 그따위 옷 때문에 분노하다니……."

"너야 죽어도 부활하잖아! 근데 옷은 부활을 못한다고!"

난 녀석의 비꼼 가득한 말투에 버럭 성질을 내버렸다. 말을 한다지만 녀석은 마물, 그것도 보스 마물 중 하나. 때문에 리젠되는 것은 당연한 거고, 어느 정도 뛰어난 인공지능을 가지고 있기 때문에 내가 하는 말도 무슨 말인지 알아들을 수 있을 것이다.

그런데… 헉! 또 녀석의 술수에 넘어갔군. 젠장, 더워죽겠는데 지금 뭐 하는 짓이냐. 그런데 화마대제는 대화를 끝내기 싫었는지 계속 말을 걸어왔다.

"한 가지만 더 물어보지."

"노코멘트. 더 이상의 질문은 대답하지 않겠다는 뜻이지. 이래 봬도 나 굉장히 바쁜 사람이라고!"

난 그렇게 말하며 원주미보를 밟았다.

"제발 좀 그냥 죽어주라!"

둥글게 회전하며 녀석의 등 뒤로 접근한 나는 가볍게 백야를 사용하여 아래로 베어주는 것으로 시작하려 했지만 녀석은 베이든 말든 전혀 상관없다는 모습으로 오히려 빙글 돌아 정면으로 다가왔다.

"웃기는 인간이로군."

쇄악!

백야가 녀석의 얼굴부터 사타구니까지 겉면 부분을 긁어내려 녀석의 신체가 잠시 갈라지는 듯했지만 아무런 소득도 없이 녀석은 원상태로 돌아가 버렸다. 그에 멈추지 않고 오히려 손을 뻗어 내게 반격을 하려는 것이 아닌가!

결국 나는 기습을 감행했음에도 불구하고 아무런 성과도 얻지 못한 채 물러설 수밖에 없었다.

"제기랄, 그냥 좀 죽어주면 안 되겠냐?"

"그럼 먼저 네가 나한테 죽어주겠나? 그럼 기꺼이 나도 죽어주지."

"빌어먹을! 어째서 이 세계를 위하는 내 진실된 마음을 몰라주는 거냐고!"

화마대제의 역습에 한 방 먹은 나는 본전도 찾지 못한 채 다시 원주미보를 밟았다. 어쩔 수 없지. 자, 다시 간다!

내 발걸음은 제각기 작고 큰 원을 그리며 화마대제의 주변을 배회하기 시작했다. 워낙 녀석에게서 느껴지는 열기가 강해서 쉽게 접근을 감행하지 못하는 것이다. 섣부르게 접근했다가 반격이라도 먹었다가는 일격에 중상을 면치 못할 테니까.

그렇다면 역시!

"초월파!"

금묵광의 초승달이 공기를 찢으며 화마대제를 향해 급히 날아들었다. 가볍게 날린 도기였지만 초월파의 영향으로 결코 가볍지 않은 도기가 되어 화마대제를 노려갔다.

"훗!"

그러나 화마대제는 마치 막아낼 필요도 없다는 듯이 코웃음을 쳤고, 도기는 화마대제의 목을 잘라 버리며 뒤로 날아가다 힘없이 사라졌다.

쳇! 예상은 했지만 너무 허무하잖아. 어쨌든 일단 이걸로 나가보자!

"차앗!"

화마대제의 반응과 실제 일어난 일의 결과가 날 너무나도 허무하게 만들었지만 한 번 실패했다고 바로 구석에 처박혀서 하늘을 미워하며 좌절할 수는 없는 법!

조금 전에는 초월파를 날리기 위해 순간적으로 피어올렸던 도기이지만 이번에는 백야 전체에서 도기가 피어올랐다.

"받아라! 초월파! 초월파! 초월파! 초월파! 초월파!"

총 다섯 발의 초월파! 하지만 날아간 도기의 개수는 단순히 다섯 개가 아니었다. 초월파를 날리면서도 그 틈을 이용하여 초월파가 아닌 단순한 도기도 함께 날려 보낸 것! 초월파만큼의 위력은 없겠지만 초월파를 제외하고도 십여 개 도기의 파장이 화마대제를 향해 쏜살같이 날아들었다.

"이번엔 어떠냐!"

"형편없군."

도기의 행진은 여지없이 화마대제의 몸을 난자했지만 단지 그뿐, 잠시 후 나의 말에 대답해 온 한마디와 함께 화마대제는 멀쩡한 모습으로 제자리에 서 있었다.

쳇! 도대체 핵이 어디 들어 있는 거야? 이렇게 도기를 수십 발 날리면 그중에서 하나는 맞을 수 있을 거라 생각했는데 예상이 빗나갔군.

"이거 하나만 말해 주지. 내 핵은 다른 화마들과는 달리 도기 따위로 어찌할 수 없을 거다. 급수가 다르거든?"

"쳇! 적한테 그런 걸 말해도 되는 거냐?"

"적어도 지금은 나에게 그리 큰 위험을 줄 수 있으리란 생각이 들지 않군."

"이게 사람을 무시하고 있어!"

녀석의 말에 발끈한 나는 이번에는 원주미보를 밟지 않고 정면으로 녀석을 향해 뛰어갔다. 그러자 화마대제는 나를 향해 가볍게 손짓을 했고, 그 가벼운 손짓에서 피어 나온 불꽃에 나는 제법 떨어져 있음에도 불구하고 얼굴이 화끈거림을 느꼈다.

마침내 화마대제와의 접근을 감행한 나는 가볍게 도기에 둘러싸인 백야를 위로 올려 베었고, 나를 내려치려던 화마대제의 손을 베며 지나갔다.

큭! 단순히 백야에서 뻗어 나온 도기의 사정거리로 접근했을 뿐인데도 무지하게 뜨겁잖아.

화악!

"윽!"

분명 백야가 화마대제의 손을 베고 지나갔음에도 불구하고 잠시 흩어지나 했던 녀석의 손은 곧바로 더욱더 불타오르며 내 머리를 향해 접근해 오고 있었다.

난 급히 원주미보를 밟아 둥글게 움직임으로써 녀석의 공격을 피해 버리는 동시에 백야에 들어간 용연지기의 양을 더욱더 늘리고 압축시켜 나갔다.

"이것도 안 통하나 보자. 삭월령!"

용연지기의 압축에 따른 도강으로의 변화에 삭월령의 초식까지 곁들여 녀석을 향해 베어 내렸다.

더욱더 광포하고 빠르게!

그것이 삭월령을 펼치며 떠올린 유일한 생각이었고, 도강을 피어올린 삭월령은 단순히 백야로만 펼치던 삭월령과는 천지 차이를 보이며 광포하고 빠르게 떨어져 내렸다.

"강기를 쓰다니 제법이군."

그렇게 말을 하는 화마대제였지만 말과는 달리 삭월령은 전혀 신경 쓰지 않으며 오히려 내게 불꽃으로 이루어진 손바닥을 뻗어 일장을 먹이려 하고 있었다.

도대체 이 녀석의 핵은 어디 있는 거냐고!

"제기랄! 망월막!"

녀석의 일장이 후끈한 열기를 뿜으며 안면을 향해 짓쳐 오자 난 급히 삭월령을 거둬들이며 망월막을 시전했다. 곧 망월막과 화마대제의 일장이 부딪치자 화마대제의 일장은 도강으로 이루어진 망월막을 뚫지 못하고 사방으로 흩어지며 사그라졌다.

탓!

"하앗!"

녀석의 일장이 사그라짐과 동시에 난 원주미보를 밟아 녀석의 옆구리를 살짝 스쳐 가며 백야를 길게 베어내었고, 녀석은 허리가 위아래 두 쪽으로 갈라지며 보통 생물체라면 그대로 즉사해 버릴 상처를 입었다. 하지만 녀석은 보통 생물체가 아닌, 그딴 걸로는 끄떡도 없는 화마였다.

"언제까지 도망치기만 할 것이냐!"

화마대제는 그렇게 말하며 다시 자신의 뒤로 돌아간 내게 막무가내 형식의 일장을 뻗어왔지만 솔직히 이 녀석, 스피드도 그다지 빠르지 않고 뻗어내는 일장마다 현묘한 초식이 담겨 있는 것도 아니라 피하기엔 어렵지 않았다. 다만 죽여도 죽지 않는 방어력과 단 한 방에 모든 상황을 뒤집을 수 있는 파괴력이 문제인 거지.

난 잔월향을 뿌려 녀석을 견제하며 급히 뒤로 물러섰다. 역시 저 녀석과의 접근전은 위험하다니까.

"이러다가 날새겠군."

언제까지고 이렇게 피하기만 할 수는 없는 노릇이고… 그렇다고 무작정 공격하자니 뒷일을 어떻게 책임져. 내가 백 번을 베어봤자 녀석의 핵을 베지 못하면 말짱 헛수고이지만 저 녀석의 공격은 한 번 스치기만 해도 중상일 거란 말이야.

그렇게 녀석과 떨어져서 호흡을 고르고 있는 사이, 화마대제는 이번에도 내가 치고 빠지자 광분해하고 있었다.

"크아아악! 도대체 뭐냔 말이다! 언제까지 쥐새끼처럼 굴 테냐!"

"네 핵이 어디 있는지 알 때까지."

그래야 이 싸움을 끝낼 수 있을 테니까.

그렇게 절정의 깐죽대기 신공을 사용하고 있는데 화마대제는 미치기라도 했는지 갑자기 광소를 터뜨렸다.

"크하하하하! 좋다, 알려주지."

"엥? 진짜?"

난 그냥 해본 말인데……. 하긴 얼마나 답답했으면 자기 약점까지 알려주려고 할까. 쩝, 그러고 보면 참 나쁜 놈이야, 나라는 놈도.

"내 핵은 이 두 곳 중 한곳에 있다."

화마대제가 푸른 불꽃의 손길로 가리킨 곳 중 한곳은 바로 머리. 과연 염혼령들처럼 화마들에게도 머리는 가장 중요한 곳이라 할 수 있겠지. 으음, 가장 대표적인 약점 중 하나라고 할까?

그리도 또 한곳… 으음, 차마 내 입으로 말하기가 뭐하다. 어떻게 저곳에…….

화마대제가 자랑스럽게 가리키고 있는 곳은 다름 아닌, 남자가 남자이기 위한 가장 중요한 것이 달려 있는 그곳! 만약 이곳이 박살났다가는 남자 구실을 못한다는 빌미로 집안에서 가장의 대우를 못 받는다는 그곳!

흠흠, 바로 양 가랑이가 만나는 중심부였다. 일명 거시기라고도 하지.

"더, 더럽고 치사하고 무서운 놈. 어떻게 그곳에……. 남자로서는 도저히 공격하지 못할 부위에 핵을 가져다 놓다니……."

"크하하하! 그것이 바로 이 몸의 뛰어난 지략… 이다가 아니잖아! 이놈, 무슨 소리를 하는 것이냐!"

화마대제 녀석이 흥분을 하든 말든, 나는 깊은 고민에 빠져들고 있었다.

이미 내 두뇌 속에서 녀석이 가리킨 곳 중 하나인 머리는 사라져 버렸다. 역시 진정한 약점은 저곳뿐이야! 우오오옷! 그럼, 그렇고말고!

……그런데 나 왜 이렇게 별거 아닌 일 가지고 오버하는 거지?

"자, 와라! 선택은 네가 할 일. 이 일격으로 승부를 결정짓자!"

화마대제는 자신이 엄청 호기롭게 보일 줄 알고 저렇게 말하고 있지만 녀석의 그곳을 공격해야 하는 내 입장으로서는 껄끄럽기 그지없었다. 으윽! 아무리 저곳이 약점이라지만 남자로서 어떻게 저곳을 공격한단 말인가! 그것은 인류를 배반하는 행위란 말이다!

"크윽! 비겁한 자식."

아무리 생각하고 생각해도 저곳을 공격하기엔 내 이 가녀린 마음이…….

"네가 먼저 오지 않는다면 내가 가마!"

내가 잠시 생각에 빠져 있는 동안 화마대제 녀석은 기다림을 참지 못했는지 나에게로 달려오기 시작했다. 녀석은 덩치가 매우 크기 때문에 느릴 것이라 생각했고, 실제로도 공방을 전환하는데는 매우 느렸지만 달려오는 속도만큼은 매우 빨랐다.

난 다가오는 화마대제를 보며 더 이상 망설일 시간이 없다는 것을 깨달았다. 어쩔 수 없어. 하는(?) 거야!

"간다!"

"크아아아!"

난 백야를 쥔 오른손에 힘을 주며 앞으로 뛰쳐나갔고 화마대제도 괴성을 지르며 나에게로 맞서왔다. 그리고 마침내 녀석이 내 백야의 사정거리로 들어왔을 때, 난 사정없이 백야를 밑에서 위로 올려 베었다.

화악!

순식간에 백야에 닿은 불꽃들은 사방으로 퍼지며 사그라졌지만 녀석의 그곳을 베고 돌아온 백야를 쥔 손에는 아무런 감촉이 느껴지지 않았다.

"크하하하! 그곳이 아니란 말이다! 죽어라!"

화마대제는 광소를 터뜨리며 일장을 내려쳐 오고 있었다.

젠장, 속았다! 이 비겁한 녀석! 자신의 약점을 가르쳐 주며 나로 하여금 남자로서의 고민을 하게 만들더니 결국엔 거짓말이었어!

어느새 나의 머리 속엔 녀석이 가르쳐 준 또 한곳의 약점 따위는 사라져 있었고, 때문에 내 눈에는 화마대제가 비겁한 녀석으로밖에 보이지 않았다.

"죽어라, 이놈!"

후끈한 열기가 공기를 달궈 단숨에 내 얼굴을 파고들 것만 같았다. 이글거리는 불꽃의 향연 속에 난 정신이 혼미해져 오는 것을 느꼈다.

절체절명의 순간! 이대로 가다가는 나는 뼈도 남지 않고 타버려서 또 한 번의 죽음과 맞닥뜨릴 것 같았다.

이대로 끝날 순 없어. 이 일격에 모든 것을 건다!

"폭기."

녀석의 일장이 지척에 도달했을 쯤, 백야는 어느새 회수되어 있었고, 난 급히 자세를 낮추고는 진기를 폭발시켰다. 그리고 세차게 도는 진기를 담은 일격을 날렸다.

"단월참!"

달조차 베어버린다는 절대적 쾌도.

달빛에 비해 화마대제는 형광등 앞의 촛불 처지였지만 단월참의 날카로운 예기는 촛불이든 형광등이든 모두 베어버릴 준비가 되어 있었다.

단숨에, 그야말로 단숨에 단월참은 날아들어 눈앞의 모든 것을 베었다.

쇄아!

사방으로 흩어지며 사라지는 불꽃들. 다시 불꽃이 피어오르며 불꽃이 사라진 자리를 메우던 조금 전과는 달리 완벽한 공허(空虛)의 상태가 되어 주변의 모든 것을 빨아들여 소멸시켜 갔다.

그리고 불꽃이 얼굴 형체를 이루고 있던 곳에는 반으로 갈라진 아기 주먹만한 구슬이 형형색색으로 빛나고 있었다.

"어, 어떻게……."

"비겁한 놈의 최후다."

"크아아악!"

화르륵!

마지막 푸른 불꽃을 태우며 화마대제는 그렇게 사라졌다. 이것이야말로 비겁한 자의 종말로서 가장 알맞지 아니한가!

저벅저벅.

난 푸른 불꽃의 인영이 사라진 그 중심으로 걸어갔다. 그곳에는 조금 전까지만 해도 푸른 불꽃이 만개했음을 알려주듯 잔뜩 달궈진 공기가 숨통을 턱턱 막아왔다.

난 애써 그 느낌을 무시하며 몸을 숙여 땅에 떨어진 동강이 나버린 구슬을 주워 들었다.

"이게 바로 화령마주(火靈魔珠)인가?"

반으로 갈라졌지만 내 손 안에 들어온 것은 바로 화마대제의 핵이자, 내가 찾고 있는 아이템인 화령마주였다. 화마들의 군주인 화마대제의 상징!

손 안에 들어온 화령마주에서도 계속해서 열기가 피어오르고 있었지만, 그것은 뜨겁기보다는 오히려 주변의 열기를 없애주며 내 신체를 모든 열기로부터 보호해 주는 것 같았다. 그리고 실제로도 그것은 맞는 말이었다.

화령마주의 능력은 화령마주를 소지한 이의 모든 불로부터의 저항을 극한까지 올려주는 것.

덕분에 난 화문산의 열기로부터 더 이상 괴로움을 느끼지 못했다. 오히려 추운 겨울날 따뜻한 집으로 들어온 것만 같은 포근하고 따뜻한 느낌이랄까? 그런 느낌이 전신을 감싸왔다.

"좋았어! 일단 반은 성공이다!"

분명 모든 불로부터의 저항이라면 뛰어난 보패 아이템임에 틀림없지만, 이런 고생을 하면서까지 얻고 싶은 마음은 없다. 용가리를 향해서… 그것을 위한 계획의 첫걸음일 뿐이다.

난 화령마주를 품에 넣고는 용가리, 그러니까 천년이무기가 있는 쪽을 돌아보았다.

"용가리야, 기다려라! 내가 간다!"

"도대체 어딘 거야?"

난 언젠가 초매와 함께 왔었던 사희곡에 발을 디뎌놓았다. 아니, 정확히 말하자면 사희곡에 발을 디딘 지 이틀이 지났다.

이틀 동안 내 기억 속 한 귀퉁이에 짱박혀 있는 기억의 실마리를 억지로 끄집어내며 이동했는데 이젠 그것도 힘들 지경이다. 그게 언제적 일인데 아직까지 기억하라는 말이냐고. 으어! 이놈의 용가리는 도대체 어디 있는 거야?

예전에 용가리를 찾을 때는 이 사희곡의 마물들을 잡다가 나온 지도로 그다지 어렵지 않게 찾았는데, 그 지도도 없이 무작정 찾으려니 도무지 어디로 갔었는지 기억이 나야 말이지.

게다가 사람들이 성장하면서 옛날과는 달리 사희곡도 그리 수준 높은 사냥터가 아니게 되어 사냥을 하러 온 사람들로 주변이 들끓는다. 때문에 능공천상제도 함부로 쓰지 못하고 답답해 죽을 지경이란 말씀.

"아아, 옛날이 좋았어."

문파들은 세력 싸움이 강화되면서 사냥터를 차지하려 나섰고 덕분에 문파들이 차지하지 못한, 그러니까 이 사희곡처럼 동떨어진 사냥터는 그야말로 인산인해로 불어터질 지경이다.

지금도 길을 찾아 걷고 있는 나를 째려보는 한 무리의 사람들……. 전부 내가 자신들이 사냥하는 자리를 빼앗을까 견제하는 눈초리다. 아아, 그래도 옛날에는 서로 사냥터도 양보하고 사냥 자리가 마땅치 않을 때는 이리 와서 같이하자는 등 인심은 괜찮았는데, 지금은 완전히 한겨

울의 매서운 바람들이 사람들의 가슴속에 자리잡은 듯했다.

"빌어먹을, 도대체 언제부터 이렇게 바뀐 거지?"

언제부터기는, 소림사에서 제2차 비무대회가 있었던 이후부터이지.

비상을 썩게 만드는 가장 악질적인 사건 중 하나로 치부되고 있는 바로 문파들 간의 세력 다툼의 심각화와 그로 인한 사냥터의 부족. 이 문제로 운영자들도 쩔쩔매고만 있을 뿐, 어찌할 방도가 없으니 난감할 뿐이다.

"안 되면… 다 쓸어버려야지."

음음, 이건 너무 무식한 방법인가? 하지만 일단 매를 맞아야 정신을 차리는 사람들이 많으니까. 어쨌거나 이건 더 이상 어쩔 수 없을 경우에나 할 최후의 방도다.

무황의 힘을 보여주는 것.

쩝, 그런데 무황으로서 제대로 보여준 것도 없으니 사람들이 무황의 말을 따를까? 뭐, 안 되면 무력 행사로 나가면 되지만…….

"아아, 잡생각은 때려치우고 빨리 찾기나 하자."

내가 천년이무기가 있는 그 호수를 찾은 것은 사희곡에 발을 디딘 지 정확히 일주일하고도 하루가 더 지난 날이었다.

나흘째 되는 날 주변에 잔재해 있던 사람들이 서서히 없어지기 시작하더니, 닷새째 되어서는 사람들의 흔적을 찾아볼 수 없게 되었다. 그리고 엿새째부터 이곳 특유의 마물들이 나오지 않는 장소로 주변이 덮였고, 그렇게 이틀을 더 뒤지고 나서 이레째 되는 날 천년이무기의 거처인 호수를 찾아낼 수 있었다.

"드디어 찾았군!"

천년이무기를 본 것이 마치 꿈인 듯 잔잔하고 매우 조용한 호수가 눈에 들어왔다. 한쪽 귀퉁이에서는 하늘에라도 닿을 듯, 아주 높은 폭포가 자리잡고 있었지만 그곳과는 별개로 얼마 떨어지지 않은 이곳 호수의 표면에는 작은 눈송이가 떨어져 이 호수에 아주 조그만 파문을 일으킨다고 해도 한눈에 띌 정도로 잔잔했다.

"하지만 여기가 확실해!"

그래, 그 확실한 느낌은 내 몸속에 존재하는 용연지기가 말해 주고 있다. 이곳이 바로 그곳이고, 이 호수 속에 더 깊은 용연지기의 뿌리가 잠들어 있다고!

"그렇다면 마지막 문제는 어떻게 천년이무기를 밖으로 나오게 하느냐인가?"

으음, 용가리가 할 일 없다고 허구한 날 밖으로 나와서 괜히 무게나 잡고 있을 리도 없고 말이야. 그러고 보면 참 대책없이 무작정 찾아왔군.

난 조용히 백야를 내려다보았다.

"하… 하하하. 설마 이걸 빠뜨린다고 해서 신선처럼 천년이무기가 나타나 이것이 네 도냐라고 묻지는 않겠지?"

당연한 소리! 크윽! 이런 소리나 하고 있다니 나 자신이 한심해지려고 한다.

자아, 어떻게 해야 할까나… 음? 그래, 그 방법이라면 어쩌면?

"일단 다른 방도가 없으니까 그것을 한 번 써봐야지."

낮게 중얼거리던 나는 입을 다물고 눈을 감았다. 이미 감도는 최대로 높여 있는 상태. 더 이상 시스템상의 요행을 기대해서는 안 된다. 믿을 것은 오직 나의 집중력과 정신력!

난 서서히 용연지기를 끌어올리기 시작했다. 천천히, 천천히. 너무 서두르지 말고 천천히 극한의 순간까지 맞이할 수 있도록……

그렇게 차 한 잔 마실 시간쯤 지났을까? 난 몸속에서 뭉클뭉클 피어올라 밖으로 분출되기를 간절히 바라는 듯한 용연지기의 느낌에 온몸이 터질 것만 같았다. 큭! 하지만 아직 조금 더 모아야 한다고!

그 고통이라는 것은 처음 접해보는 것이었다. 내 휘하의 기에서 공격을 받아 생기는 고통. 제법 고통이 심했지만 참아내지 못할 정도는 아니었다. 그리고 마침내 용연지기가 극한의 상황에까지 치달았다.

"차아!"

큰 기합 소리와 함께 난 용연지기를 유형화하지 않은 채 전신으로 뿜어내었다.

파파팟!

기 돌풍을 일으키며 용연지기는 사방을 덮어갔고, 용연지기가 가진 특유의 향기로 주변을 매혹시켜 갔다.

그렇게 시간이 흘렀다.

"……"

으음, 왜 아무런 반응이 없지? 실패한 건가?

난 용연지기가 한꺼번에 밖으로 분출되며 일으킨 바람에 의해 파문을 일으키고는 다시 침묵에 빠진 호수를 바라보며 고개를 갸웃했다.

내가 사용한 방법이란 어찌 보면 참 간단하고 무식한 방법이라 할 수 있는 것이었다.

용연지기를 최대한 끌어올려 내 몸속에 내장시켜 놓았다가 그것을 한꺼번에 풀어서 최대한 농도를 짙게 만들어 사방에 푸는 방법. 만약 내 예상이 맞았다는 용연지기의 기운은 호수 깊은 곳까지 파고들어 가

천년이무기에게 자신의 존재를 알렸을 것이다. 천년이무기가 스스로의 기운을 알아차리지 못할 리는 만무한 법!

쉽게 설명하자면 나는 낚시꾼이고 천년이무기는 대어라 할 수 있다. 그리고 난 용연지기를 낚싯줄 끝에 매달아 미끼로 사용했고, 천년이무기가 미끼를 물기를 기다리고 있는 것이다.

하나 내 예상이 빗나갔는지 한참을 기다려도 이무기는 나타나지 않았다.

"쩝, 다른 방법을 생각해 봐야 하나?"

그렇게 고개를 저으며 다른 방도를 생각해 내려 할 때였다.

너무나도 잔잔하던 호수에 거대한 파문이 인 것은.

캬오오오오!

촤아아아악!

됐어!

하늘로 솟구쳐 오르듯 자신의 모습을 당당히 뽐내는 한 마리의 용. 바로 천년이무기였다.

[인간이여, 용연지기의 향기를 뿌리는 이가 누군가 하였더니 그대였구나.]

"반갑습니다."

머리 속을 울리는 듯한 웅장한 힘이 담겨 있는 목소리. 목소리 하나에도 감히 범접치 못할 기세가 느껴지다니⋯⋯. 예전에는 이 기세를 제대로 느낄 줄 몰라 몰랐다지만 새삼 많이 강해지고 나서 천년이무기와 정면으로 맞닥뜨리니 오금이 저릴 정도였다.

난 떨려오는 것을 억지로 참아내며 인사를 하였다. 하지만 아직까지 어깨⋯ 아니, 전신을 짓누르는 듯한 기세 때문에 제대로 고개도 들지 못하고 있었다.

[인간이여, 많은 성과를 이뤘구나.]

천년이무기의 그 말과 동시에 벌어진 일이었다. 심장을 옥죄여오던 압력이 사라진 것은.

"용연지기 덕분에 다행히 아직까지 살아남을 수 있었습니다."

아무리 용가리가 칭찬을 해줬다지만 내가 이 자리에서 '내가 이만큼이나 성장을 했소. 부럽지?' 같은 미친 소리를 내뱉을 것 같나? 아무리 내가 많은 성취를 거두었다고는 해도 저 용가리에게는 개미가 눈앞에서 알통 자랑하는 것 이상으로는 보이지 않을 거다.

[그렇지 않다, 인간이여. 그대는 내가 보기에도 많은 성취를 거두었다. 그러니 스스로 조금은 자부심을 가져도 될 것이다.]

"아, 감사합… 에엑?!"

바, 방금 어떻게 내 생각을 안 거지? 내 생각을 읽은 거야?

[너무 놀라지 마라. 세상을 관조해 오며 도를 닦아 생긴 부속품일 뿐이다.]

세, 세상에… 생각을 읽는 게 부속품일 뿐이라니! 자, 잠깐! 그렇다면 지금까지 내 모든 생각을? 저번에는 이런 게 없었잖아!

[그대와 처음 만났을 때는 딱히 그것을 그대에게 알려줄 필요가 없다 생각했을 뿐이다. 그런데 인간이여, 저번에도 한 번 물은 것 같다만 용가리란 도대체 무엇인가.]

"하… 하하, 그게 그러니까……."

용 대가리의 줄임말이라고 할 수는 없는 일이잖아! 헉! 맞다!

[그렇군. 용 대가리의 줄임말이라…….]

이, 이런 내 생각을 읽고 있다는 것을 잊었다.

"아니, 저 그게 아니라……."

[걱정 마라, 인간이여. 그런 사소한 호칭으로 감정을 일으키기에는 내가 보내온 시간과 도를 닦은 시간이 너무나도 길다.]

"그, 그렇죠? 하… 하하, 넓은 아량으로 용서해 주셔서 감사합니다."

휴, 살았군. 그나저나 이제 마음속으로 생각도 마음대로 못하게 생겼네. 아앗! 이 생각도 하면 안 되겠다.

그렇게 마음속으로 더 이상 나쁜 생각은 하지 말아야겠다고 생각하고 있는데, 천년이무기가 갑자기 생뚱맞은 소리를 꺼냈다.

[미안하다, 인간이여.]

"네?"

[내 그대에게서 결코 있어서는 안 될 누군가의 기척을 느꼈고, 때문에 본의 아니게 그대의 기억을 읽고 말았다. 사과한다, 인간이여.]

천년이무기의 말에 난 멍한 표정을 짓고 말았다. 기억을 읽어? 생각을 읽는 것도 대단한데 기억을 읽어? 그리고 그렇게 쉽게?

아아, 이건 영호충조차 할 수 없었던 일이란 말이다!

난 천년이무기가 내 기억을 읽었다는 사실에 잠시 혼란스러움을 느꼈지만 그렇다고 큰 불쾌함을 느끼거나 하지는 않았다. 읽고 입 다물었다면 난 알지도 못했을 거고 단숨에 바보가 됐을 거다. 물론 나 자신은 전혀 모르고 있겠지만 말이야. 또 부탁을 하러 온 처지이니 화를 낼 수도 없고…….

"저에게서 나는 그 기척의 주인공이 누구입니까?"

[인간이여, 그대도 결국 창조주와 연관이 되고 말았구나.]

그 말에 난 본능적으로 천년이무기가 말하고자 하는 그 누군가가 누구인지 알 수 있었다.

영호충.

어떻게 천년이무기가 영호충, 노도를 알고 있을까?

[네 짐작이 맞다, 인간이여. 그가 나에게 찾아왔을 때는 창조주, 그대의 입장에선 인공지능이라는 절대자의 수하였었지. 그리고 나에게 굴복을 요구했었다. 하지만 난 그를 따르지 않았고, 덕분에 창조주의 능력으로 난 이 호수 밖으로 나가지 못하게 되었다. 천기를 읽어보니 그가 창조주부터 반기를 들었더구나. 그리고 그 동반자로 그대를 선택했고.]

"맞습니다. 노도는 인공지능을 더 이상 따르지 않습니다. 이 비상을 구하려고 노력하고 있습니다."

[노력만으로는 부족하다. 분명 그는 강하다. 하지만 그로서도 창조주에겐 그 힘이 미치지 못한다. 그것은 그의 무력이 모자란 것만이 아닌, 그가 그대들이 흔히 말하는 NPC라는 것이기 때문이다. 신에게 거역하는 창조물이란 있을 수 없다. 그가 창조주에게 반기를 들었다지만 그것으로 인해 그는 반기를 들기 전보다 힘이 많이 약화되었을 것이고, 그 힘만으로는 결코 창조주를 이기지 못한다.]

"그럼 도대체 어떻게 해야 합니까."

[나머지는 그대의 몫이다. 그는 그대의 성장을 도와줄 수 있을 뿐, 창조주에게 직접 검을 꽂을 수는 없다. 그가 선택한 그대만이 할 수 있는 일이다.]

나만이 할 수 있는 일……

난 저절로 등에 식은땀이 흐르는 것을 느꼈다. 이미 백야를 쥐고 있는 손은 땀으로 흥건했다.

인공지능을 내가 죽여야 한다? 말도 안 돼. 내 힘으로 어떻게……

[그것을 믿고 안 믿고는 그대의 몫이다. 하지만 창조주를 이 세상에서 몰아내기 위해서는 믿음이 필요하다. 믿음없이는 절대 소망은 이루어지지 않는다.]

"하지만 아직 제 힘으로는 인공지능의 부하인 천추십왕들 중 하나조차 감당하기 어렵습니다. 그런 제가 어떻게 인공지능을 상대한단 말입니까!"

[믿음… 그대는 그대 자신을 너무나도 믿지 못하고 있다. 불신하고 있다. 그것은 그대의 능력을 깎아내릴뿐더러 그대의 한계를 스스로 만들고 있다. 믿어라, 그것만이 유일한 길이다.]

쳇! 무슨 사이비 교주 같구먼! 무조건 믿으라니……. 아앗! 맞다, 생각을 읽고 있었지. 자제하자…….

"이무기께서 저희에게 도움을 주시지 못하십니까? 이무기의 힘이라면 저희에게는 큰 힘이 될 것 같습니다. 저만으로는 도저히 불가능한 일입니다. 도와주십시오."

[미안하다, 인간이여. 내게는 그대를 도울 힘 같은 건 없다. 아니, 정확히 말해서 이 호수를 벗어날 수가 없다. 그것은 그가 창조주의 수하인 시절 내게 걸어놓은 제한이기도 하지만 내가 힘을 가지면서 따라야 할 제한이기도 하다. 난 세상을 관조하는 자다. 장기판의 치열한 다툼을 바라보고만 있을 뿐, 직접 장기판의 말을 조종할 수는 없다.]

"그렇다면 어째서 저에게 이런 것을 알려주는 겁니까?"

[난 지금 장기판 앞에 앉아 있다. 그리고 나의 양쪽에는 각각 창조주와 그대가 앉아 있고. 난 그대와 창조주의 중간에서 어느 정도 수위를 맞추어주며 중재를 하고 있다. 중재를 함으로써 이 세계에 일어나는

재난에 조금이나마 대처하는 것이 바로 나의 일이다. 하지만 난 그것에 조금은 반하는 행동을 하고 있다. 바로 그대에게 훈수를 주고 있는 것이다. 하지만 난 창조주에게 들키지 않기 위해 힘겹게 등을 돌리며 그대에게 훈수를 주고 있을 뿐, 직접 그대에게 어느 말을 옮기라 외쳐 줄 수는 없는 노릇이다.]

천년이무기는 거기서 말을 잠시 끊었다. 내게 자신이 꺼낸 말을 이해하기 위한 시간을 주고자 함이었다. 그리고 잠시 후 다시 말을 이었다.

[이미 난 창조주에게서 등을 돌린 것만으로 관조자의 입장을 벗어나 창조주로부터 많은 억압을 받게 될 것이다. 하지만 나 역시 이 세계가 NPC, 인공지능만의 세계가 되어 망가지는 것을 바라지 않는다. 그것은 더 이상의 발전을 무너뜨리는 일이며 이미 하나의 세계가 아닌, 창조주만의 인형놀이가 될 뿐이기 때문이다. 나의 생각을 단순한 프로그램이라 여기지 마라. 내 기억이 그대에게 있어서는 짜깁기된 것일 뿐일지라도 내겐 소중한 것이다. 그래서 난 그대에게 이런 말을 해주고 있는 것이다.]

목이 탄다. 갈증… 그것이 내게서 혼탁한 심사를 불러일으키고 있다.

천년이무기는 이미 이것만으로도 내게 더없이 큰 기회를 선사하는 것이고, 더없이 큰 힘을 선사하는 것이다. 그리고 창조주로부터는 더없이 큰 죄를 짓고 있는 것이다.

천년이무기가 나서준다면 천추십왕 따위야 더 이상 문제될 것이 없으리라. 하지만 그는 그만큼의 대가를 치러야 할 것이고, 그것은 곧 비상의 수호자 하나를 잃게 된다는 말과 직결된다.

이무기가 이제부터라도 관조의 자세로 돌아선다면 인공지능은 천년이무기의 모든 것을 묵인해 줄 것이다. 아니, 이렇게 훈수까지도 봐줄 것이다. 일종의 제약이 있겠지만 그 정도까지는 봐줄 것이다. 그것이 비상의 세계를 조금이나마 안정되게 만들 것이므로.

하지만 더 이상은 불가하다. 더 이상은 천년이무기에게도 위험한 것이었다.

얘기를 나누어보니 천년이무기는 용이 되기 위한 이무기 이상의 존재감을 가지고 있다. 그는 단순히 비상을 관조한다고 하지만 사실상 운영자와 인공지능 자체가 다루지 못하는 다른 일들은 천년이무기의 시스템으로 들어가 처리될 것이었다. 그리고 중재의 역할 역시 하고 있다고 말했다. 인공지능이 스스로 그 힘을 드러내 나서지 못하는 것, 그것도 아마 천년이무기가 시스템적으로 힘을 쓰고 있는 것 같았다.

그런 천년이무기가 창조주에게 짓밟혀 사라진다면… 비상은 인공지능만의 세상으로도 남게 되지 못할 가능성이 컸다.

비상 세계의 파멸…….

아마도 그것이 닥쳐올 미래일 것이다. 천년이무기의 소멸이 가지고 올 미래.

[그대의 애초 계획과는 많이 빗나갔겠지. 그대의 애초 계획은 흔히 세간에 들려오는 소문인 화마대제의 화령마주를 가지고 용을 찾으면 용이 한 가지 소원을 들어준다는 내용이었을 테니.]

"흠흠."

굳이 그런 이야기까지 꺼낼 필요는…….

예전에 이 천년이무기에게 가져다 준 여의주를 녹인 것이 화마라는 것만으로도 알 수 있듯, 이유는 모르겠지만 용과 화마는 철천지 원수 사이라는 소문과 함께 화마들의 군주인 화마대제의 화령마주를 용에게 들고 간다면 한 가지 소원을 들어준다는 소문이 세상에 나돌았다. 뭐, 아직까지 용을 본 사람은 아무도 없으니 그것이 진실인지 아닌지는 모를 일이지만 속아도 화령마주라는 아이템을 건지게 되니 본전이라는 심산으로 화마대제를 잡으려 그 고생을 했던 것이다. 근데 그것이 아무런 필요가 없게 되다니…….

아니, 그러고 보니 나 괜히 헛고생한 거잖아! 괜히 화마대제를 잡는다고 고생했어!

[아니, 괜한 고생이 아니다. 그 소문은 사실이다. 단지 조금 어긋났을 뿐.]

"네?"

[분명 화령마주를 가지고 오는 연자(緣者)에게 한 가지 소원은 들어준다. 하지만 그것은 연자의 아이템에 숨결을 불어넣어 그 능력을 상승시켜 주는 것에 한한 것이지 직접 움직이며 말하는 것, 그대로의 소원을 들어준다는 것은 아니다. 하지만 이미 창조주로부터 등을 돌렸으니 소원을 임의대로 변경하는 것 정도는 가능할 터. 그대는 소원이 무엇인가? 내가 가능한 한도 내에서 들어주지.]

천년이무기의 말에 난 고민에 빠져들었다. 한도 이상의 것은 들어줄 수 없다는 말일 터. 게다가 그 한도 이상이라면 천년이무기의 신상에도 위험한 일일 테니 나 역시 그것을 부탁하려는 생각 따위는 없다. 결국 처음에 부탁하기로 했던 것만 남았군.

"저를 보호해 주십시오. 제가 스스로 누구에게도 지지 않을 힘을 길렀다고 생각할 그때까지만 저를 창조주와 그 수하들로부터 보호해 주십시오. 가끔씩은 훈수를 주셔도 감사하구요."

내가 애초에 바란 것이 바로 이것이었다. 나의 신변 보호. 이 정도라면 천년이무기로서도 그리 힘들지 않을 것이다. 이미 등을 돌린 처지에 그 넓은 등으로 내 작은 그림자를 가려주기가 무에 그리 힘이 들 것인가.

[좋다, 이 호수 주변에서라면 누구도 그대에게 해를 끼칠 수 없도록 하겠다.]

"좋습니다. 계약 성립이군요."

[그렇군. 다행히 지난번과 같이 황당한 말은 하지 않아서 좋군.]

화, 황당한 말?

으음, 기억을 떠올려 보자면 별로 한 말은 없었던 것 같은… 데가 아니로군. 흠흠, 그러고 보니 '제사' 라는 황당한 말을 했었더랬지. 근데 기억력도 좋아. 그것을 아직까지 기억하다니…….

어쨌든 이곳에 온 성과는 이룬 건가? 이제 남은 것은 나 스스로가 얼마나 발전할 수 있는지인데, 그건 내 노력에 달려 있다!

◆ 비상(飛翔) 마흔일곱 번째 날개

따스한 봄

비상(飛翔) 마흔일곱 번째 날개 **따스한 봄**

회색의 차가운 하늘.

보슬보슬 봄비가 수많은 인파들을 헤치고 땅에 내려앉는다. 가벼운 발걸음으로 봄놀이를 온 것일까? 봄비의 나들이에 조그만 새들은 나뭇가지 위에 앉아 소곤소곤 지저귀고, 새싹들은 파릇파릇 솟아올라 봄비를 마중 나왔다.

그런 모습을 보고 있자니 잔물결이 이는 호수에 벚꽃 한 송이가 내려앉듯, 가슴이 조용히 가라앉는 것 같은 느낌이 든다.

평온한 느낌······.

"하아, 분명 그랬는데 말이지······."

"자, 쭈욱 들이켜. 쭈욱!"

"여기 잔도 비었다. 어서 따라 봐."

"알았다, 알았어. 거참 녀석, 보채기는."

이런, 분위기를 모르는 놈들 같으니라고.

봄비가 보슬보슬 내리는 어느 봄날의 오후. 이런 날에는 그냥 집에서 차 한 잔 하며 편히 쉬는 게 좋은데 내가 어쩌다가…….

"야, 뭐 하냐. 술을 앞에 두고 웬 궁상이냐고. 자, 건배!"

"에휴… 알았다. 건배."

난 병건이가 억지로 내미는 술잔에 잔을 마주쳐 주며 한 모금 마신 다음 탁자 위에 올려놓았다.

봄비가 보슬보슬 내리는 어느 봄날의 오후. 난 상호, 병건이, 민우와 함께 작은 호프집에 들어와 가볍게 술잔을 마주치고 있는 중이다. 평소라면 여자 애들도 불렀을 텐데 오늘은 무슨 바람이 불었는지 병건이가 남자들만 모이자고 해서 모이게 되었다. 그리고 나서 이 모양이다.

으음, 아무리 성인이 되었다지만 난 이놈의 술은 체질상 받지 않는단 말이야. 별로 맛이 있는 것 같지도 않고.

"오늘은 내가 쏠 테니까 마음껏 마시라고!"

"네가?"

"이거 왜 이러시나. 이래 봬도 내가 쏠 때는 화끈하게 쏜다고!"

"알았다, 알았어."

"자, 건배!"

병건이의 믿지 못할 선언에 민우가 의심스러운 눈초리로 보았다. 쩝, 병건이의 뻥이 오죽해야 말이지.

난 옆에서 묵묵히 술잔만 기울이고 있는 상호를 돌아보았다.

"상호야, 병건이 녀석 오늘 왜 저러는 거냐?"

"저 녀석이 저렇게 호들갑 떤 게 뭐 하루 이틀이냐? 적당히 넘어가

자고, 적당히."

"뭐, 그건 그렇지만."

하긴… 이런 것도 나쁘진 않지.

난 다시 탁자 위의 술잔을 집어 들어 마시려다가 날 빤히 보고 있는 상호를 발견했다.

"왜? 내 얼굴에 뭐 묻었냐?"

"너… 요즘 무슨 일 있냐?"

"응? 무슨 일이라니?"

"아니, 뭐랄까… 좀 힘이 빠진 것 같다고나 할까? 그런 기분이 들어서."

힘이 빠진 것 같다고? 하지만 뭐 딱히 그럴 일은……

"별일없어."

"그러냐? 그런데 아무래도 내 눈에는 뭔가 이상하다."

"뭐가 그렇게 이상한데?"

"너 말이야. 예전의 효민이 같지가 않아."

"자식이, 예전의 그 곤궁하던 내가 용 됐다 이거냐?"

"아니, 그게 아니라… 음, 이걸 말로 하려니 무척 어렵네. 그래, 예전의 너는 아무리 이리저리 치여도 기운은 넘쳤었는데, 요즘 너는 의욕이 없어진 것 같다. 뭔가 실패하는 일이 있어도 그 일 가지고 오랫동안 심란해하지 않았는데, 하나를 실패하니 될 대로 되라… 뭐 이런 감정을 가지고 있는 것처럼 보인다고나 할까."

"……"

될 대로 되라……. 내가 뭐 좀 그러긴 했나? 그러고 보면 요즘 따라 힘이 빠진 것도 같고 말이야. 별일 아니겠지 생각했는데 상호가 눈치 챌 정도로 그렇게 티가 났었나?

내가 힘이 빠질 일이라……. 뭐, 생각해 보면 없진 않지. 비상에서의 첫 번째 죽음도 그렇고, 친척들도 그렇고, 그리고… 그녀…….

서인이.

역시 그 일 때문인가? 쿡! 나답지 않게 여자 때문에 이러고 있다 니……. 상호가 알아채는 것도 어쩌면 당연한 일이잖아?

"왜 그러냐? 정말 무슨 일 있어?"

"하아……. 세상이 복잡한데 무슨 일이 없는 사람이 어디 있냐? 생 각해 보면 너도 있을 거고, 민우도 있을 거고, 저 속 편한 병건이도 있 을 거 아냐. 다 그런 거지 뭐."

"쩝, 그러냐?"

내가 그렇게 얼렁뚱땅 넘기자 상호도 더 이상 깊게 캐물어오지 않았 다.

그나저나 이렇게 밖으로 티를 낼 정도였다니……. 확실히 서인이가 나에게서 차지하는 부위가 많았던 거였나. 헷, 언제 이런 고민을 해본 적이 있어야지. 그렇다고 이 녀석들에게 물어보자니 영 믿음직스럽지 가 않단 말이야?

"풀어라."

"응?"

난 상호의 갑작스러운 소리에 다시 돌아봤다. 상호는 방금 말이 마 치 자신이 한 말이 아닌 것처럼 그냥 술잔을 기울이고 있었다. 그리고 마침내 술잔에 든 술이 모두 사라지고 나서야 입을 열었다.

"막힌 일이 있으면 풀어야지 언제까지 그렇게 막힌 채로만 살아갈 래? 세상은 그렇게 꽉 막힌 채로도 굴러갈 만큼 그리 만만하지가 않잖

아. 잘 아는 놈이 왜 그러냐?"

"킥! 왜? 잘 아는 배수공이라도 있냐? 뚫어주게?"

"어울리지도 않는 개그 마라. 넌 그냥 어리버리한 모습이 어울려. 괜히 이것저것 생각해서 우리나 남 기분 맞출 생각 말고, 일단 너 자신의 문제부터 해결하고 보란 말이야. 애초에 너 자신 하나 해결하기 힘든 놈이 남 일 해결해 준다고 이리저리 막무가내로 뛰어다니는 것부터가 잘못된 거야. 그러니까 그딴 개그로 얼렁뚱땅 우리 기분 맞춰주면서 네 자신의 기분을 감추려고 하지 말고, 우선 네 가슴을 꽉 막고 있는 그것부터 해결하라고. 그게 차라리 보고 있는 우리 입장에서도 속 시원한 일이니까."

"가슴을 꽉 막고 있는 거라……."

"아아, 나는 또 무슨 헛소리를 하고 있는 거냐? 하긴 제 일 하나도 해결 못하는 병신 같은 녀석이 이렇게 떡하니 옆 자리에 앉아 있으니 나라도 이렇게 헛소리를 지껄여 줘야지. 야, 병건이! 혼자서 쇼는 그만 떨고 어서 불란 말이야. 도대체 목적이 뭐냐?"

"으음. 상호, 이 자식 눈치 하나는 무지하게 빠르구나."

"헛소리 말고 빨리 불라고!"

상호는 그렇게 내 옆 자리를 떠나 병건이를 구박하러 갔다.

훗, 녀석… 자리를 피해주는 것을 보니 보통 눈치가 아니로군. 그래, 막힌 것은 풀어야지. 마냥 풀어지기만을 기다리는 건 바보 짓, 아니, 상호 녀석 말대로 병신 짓이지.

일단 부딪쳐 보자. 그러고도 안 된다면…… 할 수 없는 일이겠지만 적어도 이렇게 멍청하게 있는 것보다야 낫지 않겠어?

그렇게 결단을 내린 후 남아 있는 술을 모두 목구멍으로 쏟아 넣었다. 일단 생각했으면 바로 행동하는 게 좋잖아. 결단력! 결단력! 으음.

그러고 나서 일어서려는데 갑자기 병건이가 크게 웃음을 터뜨리며 시끄럽게 했다.

"크하하하, 너희는 이 형님께 감사해야 한다. 오늘 바로 이 형님께서 소개팅을 주선하셨단 말이다! 그것도 4대 4로!"

"뭐?!"

"아아, 잠깐! 아직 그렇게들 놀라지 말라고. 상대가 엄청난 퀸카들이라는 것을 알면 놀라서 자빠지겠잖아."

"오옷!"

병건이의 말에 주먹을 불끈 쥐며 불타오르는 상호. 하지만 그런 상호의 옆에선 그리 좋지 않은 포스가 뭉게뭉게 피어오르고 있었다.

"퀸카고 자시고 간에 나보고 미영이를 속이란 말이냐?"

"아, 아니 누가 속이라고 했냐?"

다름 아닌 민우였다. 민우 녀석, 의외로 보수적이라 바람이라는 것 따위는 생각해 보지도 못하는 놈이다. 그런 보수적인 성격 때문인지 민우는 차가운 이미지에, 깎아놓은 듯한 외모 때문에 여자들한테 인기가 많은데도 정작 그 자신은 그런 것을 전혀 눈치 채지 못할 만큼 그런 면에서는 둔하다.

그런 민우에게 미영이를 두고 소개팅이라니……. 그나저나 민우는 도대체 미영이 고것이 어디가 그리 좋은 거야? 걘 겉모습만 사람이지, 사람의 탈을 쓴 여우라고! 쩝. 뭐, 하긴 제 눈의 안경이라니까 그런 면으론 둔한 민우와 미영이라면… 어울리기는 하지.

"어쨌든 그럴 생각이었으면 난 간다."

"아, 아니… 잠깐만~"

병건이의 애달픈 애원에도 불구하고 민우는 뒤도 돌아보지 않은 채 휙 나가 버렸다. 병건이 녀석, 애초에 상대를 잘못 잡았어. 민우한테 그게 통할 거라 생각했냐?

"아아, 4대 4인데 어떡하지? 너희 따로 한 명 더 부를 사람 없냐?"

병건이는 잔뜩 울상을 지은 채 상호와 나를 바라보며 말했다. 으음, 왠지 불쌍하기는 하지만… 나도 그리 좋은 상황은 아니라서……

"하하, 한 명이 아니라 두 명을 불러야겠다. 미안하지만 나도 가봐야 할 듯싶거든."

"에엑?! 어, 어째서! 여자라고! 그것도 퀸카! 민우야 미영이가 있다지만 우리 솔로 부대의 돌격대장인 네가 어째서 이런 자리를 마다하겠다는 거냐!"

소, 솔로 부대? 솔로문의 새로운 이름이냐? 그리고 내가 왜 돌격대장인데!

살짝 발끈한 나였지만 그 대상이 병건이라는 것을 깨닫고는 한숨을 내쉬었다.

"에휴… 어쨌든 난 간다. 잘 놀아라."

"에엑! 안 돼!"

"안 되긴 뭐가 안 돼!"

그렇게 나가려다가 문득 상호를 바라보았다. 그러자 녀석은 나를 향해 미소 짓고 있었다. 쩝, 사내 자식의 미소 따위는 전혀 반갑지 않다고!

하지만… 후후.

"나 그럼 간다!"

"어딜 가! 상호야, 저 녀석 좀 말려봐. 소개팅이라고 소개팅. 그것도 퀸카랑 4대 4!"

"너도 효민이 고집 알잖냐. 그냥 따로 두 명을 더 부르는 게 빠르겠다."

"이, 이게 어떤 기횐데… 효민이 녀석, 복을 제 발로 차버리다니!"

병건아, 병건아. 도대체 언제 철들래?

"하아, 일단 오기는 왔는데… 이제 어쩌지?"

난 지금 서인이 집 앞에 서서 이러지도 저러지도 못하며 망설이고 있는 중이다. 일단 상호의 말처럼 풀기는 풀어야 하는 문제인데 말이야. 하지만 그렇다고 무턱대고 집으로 쳐들어갈 순 없는 일이잖아. 적어도 그건 예의가 아니라고.

"그렇다면… 언제 나올지도 모르는 서인이가 나올 때까지 기다려야 하나?"

4월 중순이라지만 아직 날씨가 완전히 풀리지 않은 관계로 오랫동안 밖에 나와 있으면 체온은 뚝 떨어지고 추워지는 건 당연했다. 게다가 지금 내가 입고 있는 옷이 그리 두껍지 않은 봄옷이라 한 번씩 싸늘한 바람이 불 때면 마치 뼛속까지 얼어붙는 것 같은 느낌이 들었다. 게다가 봄비라고는 해도 엄연히 비였으니……

"아아, 오해를 산 죄의 대가로 이런 벌을 받는 것입니까."

난 누구를 향한 것인지 알지 못하는 말을 중얼거리며 하늘을 바라보았다.

회색의 차가운 하늘.

하아, 내 마음도 저 하늘처럼 그리 맑지 못하구나. 반성하자, 반성.

그때였다.

"어머? 효민 군?"

"에?"

날 부르는 소리에 뒤를 돌아보니 그곳엔 형수님이 놀란 눈으로 날 바라보고 있었다.

"아, 형수님, 안녕하셨습니까."

"네, 저야 늘 그렇죠. 근데 효민 군이 여긴 어떻게?"

"아, 저 그게……. 하… 하하하."

내가 헛웃음만 날리자 형수님의 눈초리가 살짝 가늘어졌다. 그리고는 곧 웃음을 지었다. 윽! 근데 분명 웃고 계신데 왜 이렇게 무서운 거지?

"효민 군, 시간이 괜찮다면 잠시 저를 좀 볼까요?"

"네? 아, 네."

"옷도 얇게 입고… 추워 보이네요. 우선 자리를 옮겨요."

"네."

"효민 군은 서인이를 어떻게 생각하죠?"

"네? 아, 그야 뭐… 조, 좋아합니다."

"단지 그뿐? 좋아한다는 말이라면 친구 사이에서도 할 수 있고, 가족끼리도 얼마든지 할 수 있어요. 단지 그뿐인가요?"

"아, 아닙니다. 전 서인이를 남자가 여인을 향하는 그런 마음으로 좋아합니다."

"사랑한다는 뜻인가요?"

"뭐… 그, 그렇겠죠?"

"그렇겠죠라니 남자가 뭐 그래요?"

"하… 하하하."

"그런데 무엇 때문에 겁을 내는 거죠?"

"네?"

"효민 군은 지금 겁을 내고 있잖아요. 서인이가 그렇게 무서운가요? 아니면 서인이에게서 튀어나올 거절의 말이 무서운 건가요?"

"……."

"효민 군, 그걸 겁내는 건 부끄러운 게 아니에요. 아직 서로에 대한 마음을 뜻대로 표현하지 못했기 때문에, 연인이라면 누구나 거칠 수 있는 과정일 뿐이에요. 저와 강민 씨만 해도 처음에는 말도 못 붙였을 만치 서로에 대해 굉장히 겁을 냈었는걸요."

"강민 형이요?"

"후후. 네, 효민 군. 지금은 이렇게 겁을 내고 있다는 사실을 부끄럽게 생각하겠지만 이것만 생각해 줘요. 지금 겁나는 건 단순히 효민 군뿐만이 아니라는 것을. 서인이도 그 누구보다 겁을 내고 있을 거라는 사실을."

"서인이도……."

"어머, 벌써 시간이 이렇게 됐나? 서인이랑 8시에 동면 삼거리에 있는 프리즘 중심가에서 만나기로 했는데……. 하지만 어쩐담. 오늘 약속이 있어서 못 나가겠는데… 누가 대신 나가줄 사람 없나?"

"제, 제가 나가겠습니다."

"어머나, 그래 주겠어요? 후훗, 그럼 부탁할게요."

"하아, 아무래도 뭔가 당한 느낌이란 말이야?"

난 조금 전 형수님과의 대화를 떠올리다가 혼잣말을 내뱉었다.

으음, 그러고 보니 형수님도 보통내기가 아니야. 알면서도 형수님의 뜻대로 움직이는 이 기분이란… 뭐, 나쁘지는 않군.

그런데 말이야……

"8시가 약속 시간이라더니 8시 30분이 되어서 그걸 알려주면 뭘 어쩌자는 거냐고!"

세상에 어떻게 약속 시간이 8시라면서 8시 30분까지 사람을 잡아두고 있다가 그때야 말해 주는 거냐고. 으윽! 역시 여자는 여우야!

그렇게 속으로 중얼거리는 와중에도 내 다리는 초등학교 5학년 때 상호와의 점심 내기 600미터 경주를 한 것 이후로 가장 빠르게 움직이고 있었다. 바로 동면 삼거리에 있는 프리즘 중심가를 향해서.

"하아… 하아… 저기다!"

프리즘 유리로 만들어진 삼각 기둥이 하늘을 향해 쭉 뻗어 있는 곳. 언제부턴가 그 프리즘 기둥을 중심으로 상가가 들어서기 시작하더니 지금은 꽤나 번영해서 동면의 중심지가 된, 그래서 프리즘 중심가로 불리는 그곳.

바로 그곳에서 서인이가 기다리고 있을 터였다.

난 벌써 몇 분이 지났는지도 모르고 무작정 달렸다. 다만 이곳에 도착하여 프리즘 기둥 상단에 크게 박혀 있는 시계의 바늘이 8시 55분을 가리키는 것을 보고는 대략 20분을 넘게 달렸다는 것을 깨달았을 뿐.

프리즘 중심가의 프리즘 기둥이 가까워지자 난 나머지 힘을 모두 짜내어 급히 달려갔다. 그리고 볼 수 있었다.

수많은 인파들이 제각각 제 일을 찾아 걸어가는 와중에도, 봄비가 떨어지며 세상을 뿌옇게 물들이는 그 와중에도……

난 똑똑히 볼 수 있었다.

곱게 펼쳐 든 분홍 빛 우산 아래 있는 서인. 살짝 찡그린 눈썹에는 가득 걱정이 담겨 있고, 그렇게 바람 불면 날아갈 듯 하늘하늘한 몸을 분홍 빛 우산에 지탱하며 서 있는 그녀…….

바로 서인이.

"서… 서인아."

난 낮은 목소리로 그녀를 불렀다. 하지만 그녀는 듣지 못한 것일까. 아무런 답도 없이 시계만을 바라볼 뿐이었다. 하긴, 이 거리에서 사람들을 사이에 두고 이렇게 조그만 목소리로 부르는데 알아듣는다는 게 오히려 이상한 거지.

그런 생각에 난 그녀에게 다가가려 했다. 그런데 갑자기 그녀가 고개를 들었고 그녀와 나는 눈이 마주쳤다.

"효, 효민 씨?"

그녀가 믿지 못하겠다는 심정이 가득 담긴 눈빛으로 나를 바라보았다. 난 그녀의 그런 시선에 문득 그녀에게 미안해지며, 마치 하늘에서 떨어지는 작은 빗방울이 천 근 만 근이나 되는 바위가 되어 어깨를 짓누르는 것만 같았다.

난 그녀에게로 조금씩 걸어갔다. 그녀에게 다가가면 다가갈수록 그녀의 눈동자는 휘둥그레지며 날 바라보기에 여념이 없었다. 그리고 마침내 난 그녀의 앞에 섰다.

"서인아……."

"효민 씨가 여긴 어떻게……?"

매우 놀란 서인이의 모습은 귀여웠다. 아니, 아름다웠다. 세상 그 무엇보다도 사랑스럽고 아름다웠다.

내가… 이런 여인의 가슴을 아프게 했었나? 그러고도 내겐 아무런 잘못도 없다며 오히려 이렇게 사랑스러운 여인에 대해 신경을 끊으려 했었나? 바보 같이…….

쏴아아아아.

비가 내린다. 하늘에서 봄비가 내린다. 그리고 내 눈가에서도 비가… 비가 내린다.

그렇게 문득 눈물이 흐르는 것을 느꼈다. 가느다란 빗방울 아래로 함께 흐르는 그것이 눈물인지 빗방울인지는 알기 힘들었지만 난 내 눈동자에서 흐르는 눈물을 느낄 수 있었다.

"세상에! 효민 씨, 왜 비를 맞고 있어요!"

그렇게 말하며 서인이는 자신의 분홍 빛 우산을 들어 내게 씌워주려 했지만 그보다 내 두 손, 두 팔이 먼저였다.

난 그녀를 안았다.

더 이상 빠져나갈 그런 틈을 주지 않을 듯이 꽉 안았다. 덕분에 그녀의 손에 잡혀 있던 우산이 땅으로 떨어졌지만 그녀와 나, 우리 둘은 그런 것에는 전혀 신경을 쓰지 않았다.

급히 달려오느라 우산도 쓰지 않은 내 모습은 봄비에 흠뻑 젖은 상태라 내 품에 안긴 서인이가 차가움을 느낄지도 모른다는, 상황에 걸맞지 않은 우스운 생각을 했지만… 그보다는 우선 터질 것만 같은 내 마음이 먼저였다.

"서인아……."

"효민 씨… 왜, 왜 이러세요? 사람들이 보잖아요."

"미안해."

"네?"

"정말… 정말 미안해."

"무, 무슨 소리에요. 미안하다뇨?"

여러 사람들의 시선 때문일까? 서인이는 많이 당황하고 있었다. 아니, 그보다는 갑작스레 나타난 나 때문인 걸까? 아무래도 좋아. 지금 이 순간 그런 것은 생각하기 싫다. 다만 내 품 안에 있는 서인이의 심장 박동이 느껴지는 이 순간만을 생각할 뿐.

난 꽉 끌어안았던 팔의 힘을 조금 풀며 얼굴을 들어 그녀를 바라보았다. 그녀도 어느새 하늘에서 내리는 봄비에 흠뻑 젖어들고 있었다.

"뭐라고 변명 따위는 하지 않을게. 나를 미워해도 좋아. 나를 더 이상 만나고 싶지 않다고 해도 좋아. 하지만… 너를 사랑하는 이 내 마음만은 막지 말아줘. 지금의 나는… 오직 너를 위해 존재하는 거니까."

그 말을 끝으로 난 다시 그녀를 꽉 끌어안았다.

진사혜 부사장과 있었던 일에 대한 해명도 해야 하고, 그동안 어떻게 지냈는지, 얼마만큼이나 화가 났는지 등 그녀에게 해줄 말이 무척 많았는데 그녀를 본 순간 머리 속이 텅 비어버렸다.

내 머리 속에는 내가 모든 죄인이며, 나는 신서인, 그녀를 사랑한다는 그 사실만이 오직 남아 있을 뿐.

"효민 씨……."

그녀의 목소리가 가늘게 떨려왔다. 하지만 그러면 그럴수록 난 그녀를 더욱 세게 끌어안을 뿐이었다.

"그때 일 때문에 그러는 거예요? 바보같이… 그때 일 정도는 이미 다 잊었다구요. 머리 속에서 다 지워 버렸다구요. 전 괜찮아요."

"그 정도 말 한마디로 용서가 될 리 없잖아. 나를 욕하고 싶으면 해.

나를 때리고 싶으면 때려!"

"아뇨, 전 정말 괜찮아요. 전 효민 씨를 믿는걸요. 다만 전 괜찮은데 왜 그 후 연락을 안 하셨어요? 그게 속상했을 뿐이에요."

"서인아."

난 다시 고개를 들어 그녀의 눈동자를 바라보았다. 그녀의 눈동자는 떨리고 있었다. 하늘에서 떨어지는 이슬비가 고여 있는 것일까? 어째서 그녀의 두 눈동자에 큰 물방울이 고여 있는 것일까?

난 그녀를 안았던 것을 풀고 손을 들어 그녀의 눈가를 쓸어주었다.

"저, 전 괜찮은데… 분명 아무렇지도 않은데… 다 이해하는데……"

내 눈가에서 눈물이 흘러내리듯 그녀의 눈가에서도 이슬비 같은 눈물이 흘러내리고 있었다.

"그런데… 왜, 왜… 이렇게 눈물이 나는 걸까요? 왜 눈물이… 눈물이 멈추질 않는 걸까요?"

"서인아……"

나는 정말 죽일 놈이다. 세상에 존재해서는 안 될 그런 악종, 나쁜 놈이다. 세상에서 제일가는 악당을 꼽으라면 난 주저없이 나 자신을 꼽을 거다.

내가 무엇 때문에 이 여인에게서 눈물을 흘리게 하는 건가. 무슨 자격으로, 내가 도대체 무엇이기에! 왜 이토록 사랑스러운 여인의 눈동자에서 슬픔의 눈물을 흘리게 하는 것일까.

난 가슴이 찢어질 것만 같았다. 그런 고통이 심장을 헤집고 모든 정신을 마비시킬 것만 같았다.

난 다시 그녀를 끌어안았다.

"미안해……. 이런 말밖에 할 수 없는 나 자신이 정말 밉지만, 그래도 이게 내 진심이야. 미안해…… 그리고 사랑해. 서인이 너를 정말 사랑해."

"흑…… 으흑……."

다시는 이 여인의 눈가에서 눈물이 흘러내리게 하지 않으리라…….

"에취! 으……."

"괜찮아요?"

"으음. 괘, 괜찮아. 하… 하하하… 에취!"

"어머! 열이 많이 나요. 그래, 약! 약을 찾아야 해요."

난 이마를 덮어오는 서인이의 손길에 나도 모르게 헤벌쭉한 표정을 지어버렸다. 흠흠, 하지만 다행히도 서인이는 못 봤는지 열이 심하다며 이곳저곳 약을 찾으러 다녔다.

"아, 아니, 그렇게 찾아 다녀도 말이야……."

내가 그런 것을 챙겨둘 리가 만무하잖아, 라고 말하려니 내가 너무 한심해져……. 하지만 내가 그런 걸 챙겨둘 정도로 준비성이 좋지 않다는 건 하늘이 알고 땅이 알고 푸우가 아는 사실인데…….

"찾았다!"

"에엑?!"

무, 무슨 그런 믿기지 않는 소리를……. 내가 몽유병이라도 걸려서 자는 사이 감기에 걸릴 것이란 예지몽을 꾸고 잠을 자면서 약국에 갔다 왔다는 거야, 뭐야?

"엥? 그게 뭐야?"

"보면 몰라요? 계란이잖아요. 그리고 이건 소주!"

"아, 아니, 그러니까… 감기약을 찾았다는 게 아니었어? 그리고 계란이랑 소주 외에 그건 소금이잖아?"

그렇다. 그녀가 찾았다는 외침과 함께 들고 나온 것은 캡슐 형으로 한입에 쏘옥 하는 감기약이 아니라 계란과 소주, 그리고 소금이었다.

그녀가 들고 나온 것에 내가 의아해하며 묻자 그녀는 오른손 검지를 쫙 펴더니 좌우로 흔들었다.

"쯧쯧! 이것만으로도 충분한 약이 된다구요. 잠시만 기다려요. 준비해서 올게요."

"에……."

내가 뭐라고 대답하기도 전에 그녀, 서인이는 준비한 물건들을 가지고 부엌으로 들어가 버렸다.

"하아… 도대체 뭘 하려고 그러는 건지……."

으음, 걱정된다, 걱정돼.

"후후, 그래도 기분은 나쁘지 않은데?"

프리즘 중심가에서 맞닥뜨린 서인이와 나. 나는 서인이를 향해 진심을 다해 사과를 했고, 또 사랑을 고백했다. 그리고 서인이 역시 나를 향한 마음을 보여주었다.

아아, 거기까진 좋았다. 정말 좋았다. 입술을 마주치는 순간 튀어나온 재채기만 아니었다면…….

"역시… 겨울이 지나서 봄이 왔다지만 얇은 옷에 그렇게 오랫동안 비를 맞으면 아무리 나라고 해도 버틸 수 있을 리가 없잖아."

말 그대로다. 서인이를 기다리다가 형수님을 만나기 전부터 꽤나 오랫동안 밖에서 따뜻하지 않은 차림으로 기다리고 있었고, 게다가 약 30분이 넘도록 비를 맞아댔으니 감기 걸리는 게 당연한 거지.

그래도 서인이가 비를 맞은 시간은 고작해야 5분 정도라 서인이는 감기에 걸리지 않은 게 다행이라면 다행이고.

　그나저나… 큭! 하필 그때 재채기가 나올 게 뭐야? 쳇! 분위기 좋았
는데 다 잡쳤잖아. 으음, 뭐, 그때 재채기가 안 나오고 하던 일(?)을 계
속 진행했다면 난 쓰러져 버렸을지도 모르겠지만. 쩝.

　어쨌든 그렇게 된 고로 옷을 말려야 하는 중요한 사태에 그 꼴을 해
가지고 서인이네 집으로 쳐들어갈 수도 없는 노릇이고 해서 우리 집으
로 오게 되었다는 말씀.

　근데 집에 도착하고 이렇게 아까의 일을 막상 떠올려 보니… 아아,
나 무슨 짓을 한 거야. 그렇게 많은 사람들이 보고 있는 곳에서…….
에휴, 앞으로 프리즘 중심가는 다 지나갔다.

　"뭘 그렇게 혼자 중얼거리고 있어요?"

　"아, 아무것도 아니야. 음? 근데 그건 뭐야?"

　"볶은 소금이에요."

　"볶은 소금?"

　"네, 감기에 걸렸을 때는 죽염으로 양치를 해주면 좋거든요. 죽염이
없으니 볶은 소금을 쓸 수밖에요. 으음, 남자 혼자 사는 집이라 아무것
도 없을 줄 알았더니 분쇄기도 있고… 있을 건 다 있네요?"

　"아, 뭐, 일단 생활 필수품이랑 여러 가지 추천품들은 다 사놓았으니
까. 그중에 분쇄기 기능을 가지고 있는 게 설마 없겠어?"

　쩝, 내가 그런 거에 대해서 뭘 알아야지 따로 필요한 것만 구입해 놓
지. 그냥 추천하는 대로 다 사다 보니까… 으윽, 지금 생각해 보니까
돈 아깝잖아!

　"쿡쿡! 자, 여기요. 일단 소금물로 양치질을 하고 입에 머금어 목 부
위를 세척해야 해요. 그런다고 바로 낫지는 않겠지만 일단 악화는 되

지 않을 거예요."

"헤에, 이런 걸 잘도 알고 있네?"

"흥! 이래 봬도 비상에서는 의술도 할 줄 안다구요. 비록 게임이긴 하지만. 그리고 이런 민간 요법은 상식이라구요."

"흐음, 그런가? 아! 근데 아까 그 계란이랑 소주는 대체 뭐야?"

"아차! 잊고 있었네. 잠시만 기다려요. 금방 올게요."

"에……."

그렇게 말한 그녀는 이번에도 내가 뭐라고 하기 전에 부엌 안으로 잽싸게 들어갔다. 그나저나 이게 정말 효과가 있나? 어디?

꿀걱!

"윽! 모르고 삼켜 버렸다. 으아, 짜! 짜짜짜!"

그렇게 짠 물에 눈물까지 흘리며 고통스러워하고 있는데, 잠시 후 서인이가 국그릇에 무언가를 담아 가지고 왔다. 그게 무엇인지 물어보니 계란술이라나? 뭐, 어쨌든 챙겨주는 거니까 먹긴 먹었는데 영 맛은 별로였다.

계란술을 다 먹고 나자 서인이는 나보고 잠을 자라는데 잠이 와야 잠을 자지. 무턱대고 눕는다고 잠이 올 턱이 없잖아.

결국 그렇게 버티다 난 맛없는 계란술이 담긴 잔을, 서인이는 따뜻한 커피가 담긴 잔을 거머쥐고는 거실에 앉아 봄비를 바라보기 시작했다.

한동안… 우리는 그렇게 말이 없었다.

침묵이 겉도는 가운데 비 내리는 소리만이 촉촉이 귓가를 적셔왔다.

"좋다. 그치?"

"네……."

"으음, 다 좋은데 말이지. 이 계란술인가 하는 거 그만 마시면 안 될까?"

"안 돼요."

"좀 봐주라. 그만 마시자. 응?"

"절대 안 돼요."

"에잇! 난 그만 마실래."

그러고는 얼른 계란술이 든 잔을 뒤로 빼며 자리에서 일어서려고 했다. 으음, 이 계란술을 계속 먹는 것은 고문에 가깝다고! 원래 맛이 없는 건지, 아니면 서인이가 못 만든 건지… 하여튼 간에!

"아앗! 정말 그러기에요?"

"네가 먹어보라구!"

"도망치지 말아요!"

음, 집 안이 넓으니 이렇게 도주극도 가능하군.

그러나 집은 집. 아무리 넓어봤자 장소는 한정되어 있기 때문에 결국 나는 서인이에게 몰리고 몰리다 비상의 캡슐 안으로 숨어버렸다.

훗! 여기라면 적어도 밖에서 충격을 준다고 해서 기계가 망가진다든지 유리가 깨질 위험 따위는 없다고! 또 더 이상 도망가지 않아도 되고!

"메롱, 메롱."

"이익! 계속 그러기에요?"

난 캡슐 안에서 바깥이 보이는 유리를 통해 누운 상태로 혀를 내밀며 서인이를 약 올려댔다. 흐흐흐, 약 오를 거다. 메롱, 메롱.

푸슛!

어라?

"후후후, 다 하셨나요?"

"어, 어라?"

서인이의 손에 들려 있는 건 부, 분명 비상의 디스크 칩? 이, 이런……. 난 뭔가 상황이 안 좋게 돌아간다는 것을 느꼈다. 아니, 꼭 느낄 필요까지도 없다. 내 눈앞의 서인이를 보면 그 정도야 누구나 다 알 수 있을 테니까.

"후후후, 디스크 칩을 빼면 캡슐은 밖에서 수동 조작할 수 있다는 것을 잊으셨죠?"

"하… 하하, 아니 그게 말이지."

"어서 빨리 마셔요!"

"으악!"

서인이는 캡슐에 누워 있는 내게 달려들어 계란술이 담긴 잔을 잡더니 내 입으로 쏟아 부었다.

"앗 뜨거!"

물론 어느 정도 시간이 지난 터라 그렇게 뜨겁지는 않았지만 이렇게 비명을 지르지 않았다가는 기어코 이 지독한 계란술을 다 마셔야 할 것 같기에 엄살을 피운 것이다.

그러나… 서인이에게는 통하지 않았다.

"이걸 끓인 때가 언제인데 아직까지 뜨겁다고 그래요!"

결국 그녀의 매서운 손길에 내 입 안으로 계란술이 모두 넘어갔고 그녀도, 나도 힘이 빠져 지쳐 버렸다.

"아아, 결국에는……."

"그러니까 애당초 도망간 게 잘못이라구요."

그녀는 그러고선 머리를 숙였다. 그, 그런데 이게 어떻게 된 일인가. 서인이와 내 포즈가 상당히…….

흠흠, 남자인 내가 밑에 깔려 있고 그 위에 여자인 서인이가 올라타서 가슴에 머리를 기댄 포즈라니… 아악! 신이시여, 저를 시험에 들게 하지 마소서!

그런 상황은 나만 눈치 챈 것이 아니었다. 문득 내가 조용해지자 그녀도 상황을 깨닫고는 얼굴이 벌겋게 물들기 시작했다.

꿀꺽.

으음, 하필 이런 때 침 넘어가는 소리가… 에잇!

"아, 아참 부엌에… 읍!"

그녀는 그렇게 말하며 일어서려 했음에도 더 이상 말을 이을 수도, 일어날 수도 없었다. 내 입술이 그녀의 입술을 덮었고, 내 두 팔이 그녀의 가냘픈 몸을 끌어안았기 때문이다.

차가우면서도 따뜻한 감촉. 세상에 이보다 부드러운 것이 또 있을까. 그동안 걱정이 많았는지 그녀의 입술 끝이 조금 까칠했지만 그보다 부드러움이 더욱 컸다.

그녀도 처음에는 놀라며 당황하다가 이내 눈을 감고 입술을 마주쳐 왔다.

"으음……."

그녀의 부드러운 입가에서 낮은 소성이 울린다.

혀가 입술을 젖히고 들어가 그녀의 혀를 감아 오른다. 잠시 멈칫한 그녀도 이내 반응하며 더욱 깊숙이 나를 받아들인다.

황홀함.

이 이상의 어떤 단어로 표현할 수 있을까.

"아!"

얇은 티셔츠 한 장으로 가려진 그녀의 봉긋한 가슴을 한 손으로 쓸어 내리고 다른 한 손으론 그녀의 허리를 잡아채어 당긴다. 잘록한 허리가 한 팔 안에 들어오고, 그녀의 부드러운 가슴이 손끝의 감촉으로 남는다.

그녀는 낮게 떨고 있었다.

그녀의 떨림이 내게로 전해지자 난 묘한 감정이 들었다.

내가… 큰 죄를 짓고 있는 건 아닌가? 그녀가 벌써 날 받아들일 수 있을까? 나만의 기분에 휩쓸려 그녀를 에워싸고 있는 건 아닐까?

그런 기분에 서로 휘감아가던 혀를 빼내고 잠시 입술을 떼어냈다. 그녀와 내 입술 사이에선 긴 타액이 선을 잇고 있었다.

"괘, 괜찮아?"

"……괜찮아요. 효민 씨라면 괜찮아요. 다만……."

"다만?"

"계란술 맛이 나요. 으, 맛없어."

"풋! 네가 자초한 거야. 난 잘못없어."

"그건 그렇지만… 정말 맛없네요."

"쿡! 쿡쿡!"

그렇게 다시 우리는 길고 긴 입맞춤을 시작했고 서로의 마음을, 사랑하는 그 마음을 표현했다.

봄비가 보슬보슬 내리는 어느 오후 저녁, 내게도 차가운 겨울이 가고 따스한 봄이 왔다.

◆ 비상(飛翔) 마흔여덟 번째 날개

지탱해 줄 수 있는 자들

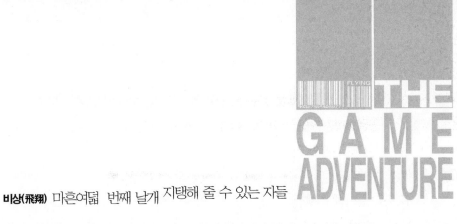

비상(飛翔) 마흔여덟 번째 날개 지탱해 줄 수 있는 자들

내가 눈을 떴을 때는 아직 새벽이었다. 해도 뜨지 않아 어두침침한 새벽. 눈을 떴을 때 보이는 거라고는 오직 어둠뿐이었다. 그래서였을 까. 왠지 가슴 한구석이 차가워지는 듯한 기분은.

그때 옆에서 무엇인가가 부스럭거리며 움직였다.

"으음……."

감미로운 목소리. 목소리의 주인공은 한 장의 이불로 가리고는 있었 지만 어깨 위로 드러난 새하얀 피부를 가지고 있는 바로 서인, 그녀였 다. 그녀는 아직 잠에 빠져 있었고, 내가 깨어나 앉으며 이불을 조금 걷어낸 탓인지 한기를 느끼고 뒤척인 것 같았다.

그녀의 따뜻한 감촉이 손에 닿았다. 그러자 가슴 한구석의 차가운 기분은 사라지고 따뜻함만이 흘러내리는 것 같았다.

서인이는 한기에 뒤척거렸지만 오히려 이불은 조금 더 걷어졌고, 때문에 그녀의 새하얀 나신이 드러났다. 그제야 난 어젯밤에 있었던 일을 떠올릴 수 있었다.

"그래, 그랬었지."

사랑.

그녀와 어젯밤 난 사랑을 나누었다. 서로의 사랑을 확인했고, 그 사랑이 부풀어 차올라 겉으로 표현했다. 단순한 쾌락이 아닌 남녀로서의 사랑의 만남이었고, 그것은 더없는 황홀함을 선사했다. 그녀의 따스함이 내 가슴속으로 차올라 항상 허전하던 가슴 한구석을 채워 넣고 있었다.

난 허리를 숙여 그녀의 이마에 살짝 입을 맞추고는 침상에서 빠져나왔다. 아직 주변은 어두웠지만 어둠에 적응되어 사물의 대체적인 모습은 볼 수 있었다. 조심스레 속옷을 입고 방에서 나와 거실의 소파위에 앉았다.

〈하나의 음성 메시지가 있습니다.〉

응? 음성 메시지? 나한테 메시지를 보낼 사람이 있었던가?

그런 궁금함이 들었고, 그 궁금함을 풀고자 입을 열었다.

"메시지 확인."

〈메시지 확인.〉

낮게 중얼거리듯 말하자 기계적인 음성이 점점 변해갔다. 그리고 메시지가 흘러나왔다.

〈효민 군, 나예요.〉

아아, 누군가 했더니 역시 형수님이었군. 아마도 서인이 문제겠지? 하아, 그도 그럴 것이 다 큰 처녀가 외박을 했으니…….

〈역시 서인이는 그곳에 있겠죠? 후훗! 한 번 기회를 주니 급속도로 진전해 버리는군요. 아버지, 어머니껜 제가 잘 말씀드려 놨어요. 그러니 오늘 하루 서인이와 편하게 쉬어요. 하지만 오늘뿐이에요. 아무리 서로 사랑한다지만 결혼도 하기 전에 외박을 밥 먹듯이 하면 안 된다구요. 이런 기회는 오늘뿐이니까 부디 서인이를 행복하게 해줘요. 부탁해요. 메시지 확인 끝. 재청취를 원하십니까?〉

"아니, 됐어."

다시 기계적으로 바뀐 음성을 뒤로하고 난 소파에 몸을 묻었다.

다행이로군. 아버님, 어머님께 잘 말씀드렸다니. 훗! 그리고 보니 참 대책없이 행동한 거로군. 형수님 아니었으면 큰일날 뻔했어.

그렇게 잠시 소파에 몸을 묻고 있던 나는 몸을 일으켜 다시 방으로 향했다. 어둠 속에서도 내 눈 속엔 서인이의 모습이 똑똑히 들어왔다. 아아, 어제는 별 생각 없었는데 이렇게 보게 되니 참 뻘쭘하네. 흠흠.

난 침대로 다가갔고, 침대에 걸터앉아 잠자는 서인이의 모습을 내려다보았다. 그런데 그때 서인이가 내 인기척을 느낀 것인지 살짝 눈을 떴다.

"으음, 효민 씨?"

"아아, 깼어? 조금 더 자. 아직 해도 뜨지 않은 새벽이야."

"네……."

대답과 함께 살짝 이불을 들어 올려 붉어진 얼굴을 반쯤 가리는 그녀의 모습은 더할 나위 없이 사랑스러웠다. 난 이불을 그녀의 얼굴 아래까지 살짝 걷어내고는 그녀에게 입맞춤을 하여 붉어진 그녀의 얼굴을 더욱 붉게 만들었다.

"사랑해……."

"저도 사랑해요."

[기분이 좋아 보이는군.]

"아아, 그럴 일이 있었거든요."

난 귀를 울리는 듯한 천년이무기의 말에 응답하며 연신 싱글싱글 미소를 지어댔다. 아아, 현실에서도 그렇더니 비상에서도 이렇게 세상이 아름다워 보이다니!

[사랑인가?]

"엑?!"

[인간들은 그런 사랑에 민감하더군.]

"이무기는 그런 거 없습니까?"

[보통의 존재라면 모르되 나처럼 도를 쌓는 천년이무기는 일단 양성의 존재이니까. 사랑이라는 의미가 필요하지 않지.]

으음, 사랑이 필요하지 않다라……. 어찌 보면 참 불쌍하다. 더없이 따스하고 부드러운 그 행복한 기분이 필요하지 않다니. 천 년이고 만 년이고 살면 뭘 해. 도를 쌓으면 뭘 해. 짧은 인생이라도 행복하게 타오를 수 있으면 만족하는 것을!

하지만… 역시 오래 살고 봐야겠지? 일단 오래 살아야 사랑도 계속할 수 있을 테니까. 흠흠, 너무 속물적인 발언인가?

난 머리 속에 떠오르는 잡생각을 애써 지우며 손끝에서 느껴지는 백야의 감촉에 정신을 집중했다. 일단 감각을 찾는 게 중요하니까. 아무리 화마대제와 일전을 벌였다지만 그건 되는대로 흘려낸 거고, 예전 그대로의 감각을 찾으려면 아직 시간이 조금 필요하겠지.

스아!

난 백야를 잠시 이곳저곳으로 휘둘러 보았다. 날이 없음에도 불구하고 가볍게 바람을 베고 지나가는 백야의 감촉이 마음을 차분히 가라앉게 만들었다.

"자, 그럼 본격적으로… 잔월향!"

조용히 움직이는 백야. 내 의지를 백야가 따라주어서인지 어찌 보면 예전보다 더 민활하고 유연히 움직이는 것만 같았다. 그 조용한 움직임에서 뻗어나가는 여덟 줄기의 도격은 허공을 수놓았고 이어서 잔월향의 움직임과는 정반대의, 무서우리만치 광포한 움직임을 만들어내며 백야는 아래로 뚝 떨어져 내리기 시작했다.

"삭월령!"

그렇게 잔월향으로 시작한 백야의 움직임은 광포한 삭월향으로 바뀌어갔고, 잠시 후 차례대로 망월막, 초월파, 만월회, 섬월명, 승월풍, 낙월업, 단월참의 움직임으로 변해갔다.

물론 단지 감각을 찾기 위한 것이라 진기를 싣지 않고 움직였기에 주변이 초토화된다든지 하는 그런 위험은 없었다. 한차례 현월광도의 움직임을 뿜낸 나는 이어서 다시 한 번 현월광도의 초식들을 풀어내었다.

그러기를 얼마 후, 얼마의 시간이 지난 것일까? 이미 현월광도의 초식을 풀어내는 것도 열 번이 넘어서는 세지 않고 있었다. 단지 현월광도의 초식 하나하나에 집중할 뿐.

그런 식으로 몇 시간이고 움직여 대자 아무리 체력의 기둥이 하늘을 찌르는 나라도 서서히 지쳐 오는 것을 느끼고는 백야를 거두어들였다.

"하아… 하아… 오랜만에 펼치니 정말 기분 좋군. 게다가 백야, 이 녀석이 마음 가는 대로 따라주니까 더욱더 상쾌해!"

히히, 한월만큼의 예리함과 강력함은 느껴지지 않지만 정말 이 백야 녀석도 뛰어난 보도다. 특히 내 마음껏 움직여 주니 필요없는 움직임이 훨씬 줄어들었고, 때문에 현월광도의 초식을 풀어내는 속도 역시 이전과 비교가 되지 않을 정도로 빨라졌으며, 움직인 시간에 비례하여 체력의 소모도 훨씬 줄어들었다.

영성이라……. 역시 백호의 이빨로 만든 신기라 이건가?

[그렇군. 역시 백호아로 만든 것이었어.]

"하하, 이름은 백야입니다."

[백야라… 좋은 이름이군. 그런데 어떤 장인이 있기에 백호아를 그 정도로 깎아낼 수 있는 것이지? 보통 솜씨가 아니로군.]

"대장장이 기술에 대해서도 아세요?"

[비상의 세계를 관조하는 입장에 서다 보니 가만히 있어도 저절로 알게 되더군. 그나저나 백호아를 깎아낸 솜씨도 대단하지만 성질 더러운 백호 녀석들에게서 이빨을 빼내다니… 자네의 솜씨인가?]

"아뇨, 전 아닙니다. 그런데 백호들이라뇨? 그럼 백호 한 마리가 아니란 말씀이십니까?"

[이무기에도 크게 세 종류가 있다네. 평범한 뱀과 선천적으로 영수의 자질을 타고 태어난 이무기, 그리고 영수의 자질을 타고 태어나 나처럼 도를 쌓는 이무기. 백호도 그렇지. 하지만 그들과는 다른 것이 우리 이무기는 도를 쌓는 존재로 발전할 가능성이 백호보다 높은 대신 영수의 자질을 타고 태어나는 존재는 매우 적지. 하지만 백호는 영수, 아니, 영수를 뛰어넘는 신수의 자질을 가지고 태어나는 생물은 많은 대신 정작 도를 쌓는 존재는 적지. 자네의 백야는 적어도 영수를 뛰어넘어 신수의 반열에 오른 백호의 이빨로 만든 것 같군.]

"혜에……."

이게 그렇게 대단한 거란 말이야? 으음, 백호가 여러 마리라니……. 한 번 구경해 보고 싶네. 물론 개들이 나한테 안 덤빈다면 말이야.

그나저나 그럼 도대체 영수를 뛰어넘는 신수의 반열에 든 백호를 잡아서 이 백호아를 빼온 사람은 누구인 거야? 강우 형이 그러기를 검을 한 자루 만들어달랬으니까 일단 검을 쓰는 사람일 테고……

"아악! 검을 쓰는 사람이 한두 명이어야지!"

[그대는 쓸데없이 깊게 생각하는 부분이 있군. 싸우다가 혼자만의 생각에 빠져서 등 뒤에 검 맞고 죽기 좋은 타입이야.]

허, 허억! 요, 용가리가 농담을 한다!

[음… 그대를 따라 농을 한 번 해본 것인데 이상했나?]

아, 아차! 생각을 읽을 수 있었지. 생각도 마음대로 못하다니… 에잇! 휴식도 할 만큼 한 것 같고 딴생각 말고 수련이나 하자.

서인이와 그 일이 있고 열흘이 지났다. 어느덧 5월에 접어든 세상은 회색의 차가운 하늘은 그대로였지만 조금씩, 조금씩 훈훈한 기운을 뿜어내고 있었다. 그리고 그와 함께 내게도 봄의 기운이 넘쳐나기 시작했다.

천년이무기와 지낸 지도 비상의 시간으로 벌써 스무 날이 넘었다. 도를 휘두르는 감각이 돌아온 지도 어느덧 여러 날이 지나, 지금은 오히려 백야가 내 움직임을 따르는 게 아니라 가끔씩은 내가 백야의 움직임을 이해하고 따를 때도 있을 만큼 익숙해졌다.

비단 는 것은 도뿐만이 아니었다. 일단 정말 강해지기 위해서 난 나 자신을 돌아볼 필요가 있다는 사실을 깨달았고, 그 일환으로 내가 가진 모든 무공들을 하나씩 다 꺼내 다시 익히기로 했다.

이미 이전에도 초풍건룡권, 광한폭뢰장, 생사일보를 제외한 모든 무공들이 전부 극성에 달해 있던 상태였지만 말이 극성일 뿐, 실제 그 움직임을 이해하고 내 뜻대로 움직이기에는 많이 부족하다는 것을 알게 되었다.

그 예로 내가 익히고 있는 무공 중에서 삼류보무공으로 변한 도제도결을 제외하고, 가장 등급이 낮은 일섬지의 초식조차 뿌리고 거두는 것을 내 뜻대로 하지 못했다는 것.

때문에 난 내가 가진 모든 무공들을 돌아보며 차근차근 익숙해지도록 노력하고 있었다. 비록 시간이 오래 걸릴지라도 그것이야말로 정말 내가 강해지는 지름길이니까.

"……라고 말해도 말이야. 아직 일섬지도 제대로 깨우치지 못한 바에야……."

[서두름은 도를 쌓는 것과 무공을 익히는 것을 불문하고 가장 위험한 것이다.]

"아아, 그 정도는 알고 있다구요. 하지만 정말 이렇게 느려서 언제 내가 가진 무공을 다 깨닫고 언제 강해질 수 있을지……."

[그대에게는 무한의 가능성이 있다. 서두름으로 하여 그 가능성을 제대로 살리지 못한다면 그것은 단순히 그대 혼자만이 아닌, 창조주와 맞서야 할 이 세상 자체에 큰 손해인 것이지.]

"그러니까 그놈의 창조주, 인공지능이 문제란 말입니다. 과연 그 녀석이 얼마만큼이나 시간을 줄지, 내가 수련에 맹진하여 강해질 때까지 과연 기다려 줄까, 그게 문제란 말입니다. 언제 덥석 쳐들어올지도 모르는 녀석들이 있는데 언제까지고 수련만 할 순 없잖습니까."

바로 이게 문제다. 수련에 시간이 걸리는 것 정도야 사실 동굴 속에서 도제도결을 익히며 땅을 파 내려가던 그때에 비하면 오래 걸린다고 할 수도 없다. 게다가 주변에 숨 쉬는 존재라고는 오로지 나뿐이었던 그때는 남에게 조언조차 구하지 못했지만, 지금은 이 비상에서 가장 많은 것을 알고 있는, 아마 지자님보다 더욱 많은 것을 알고 있을 천년이 무기라는 조언자도 함께 있다.

어딜 봐도 그때보다 못할 것이 없건만 단 한 가지, 인공지능이 본격적으로 활동할 때를 알지 못한다는 것이 내게 계속해서 불안감을 안겨주고 있다. 단순히 나 혼자만의 문제가 아닌, 비상 전체의 생사가 달린 문제이기에 심적인 부담은 더욱 컸다.

때문에 난 수련이라는 어쩌면 가장 단순하고 반복적이며 내가 겪었던 그 어느 것보다 쉬울 수도 있을 것에 전념하지 못하고 있는 것이다.

"빠르든 늦든 녀석이 언제쯤 활동할 것인지만 알아도 이렇게 정처없이 흘러가는 시간에 불안해하진 않을 텐데……."

[창조주, 그는 이미 활동하고 있다.]

"네?"

그게 무슨 소리야? 창조주가 활동을 하고 있다니?

"제 말은 단순히 천추십왕에 대한 것이 아닙니다. 그들의 힘이 막강하다고는 해도 고작해야 열 명. 그 숫자로 비상을 뒤집어엎지는 못할 것입니다."

[물론 천추십왕이라는 존재가 주축이 되어 활동하고 있지만 명령을 내리는 것은 창조주. 그런 의미에서 이미 창조주는 비상의 세계에 큰 영향을 끼치고 있다. 그대도 잘 알고 있을 텐데? 비상에서 일어나는 일에 대하여.]

"에이, 무슨 일이 일어난… 서, 설마?"

[그렇다. 세력 다툼. 그것이 어느 순간 갑자기 일어난 일이라 생각하나? 그렇다고 보기에는 너무 신속히 비상 전 지역으로 퍼지고 있는 것이 아닌가? 단순히 각 지역의 세가 강한 세력들이 일으킨 것이라 보기에는 여러 가지 의문점이 남지 않는가?]

"맙소사!"

이 바보! 왜 그걸 생각 못했지? 문파 간의 세력 다툼. 그리고 그 피해. 그 무엇보다 비상의 세계를 썩게 하고 유저들의 피를 말리는 그 싸움.

그것을 단순히 유저들이 일으킨 사건이라 생각했던 건가? 유저들에게 무슨 영향력이 있어 그 큰 싸움을 동시다발적으로 일으킬 수 있단 말인가!

게다가 생각해 보면 각 지역의 주요 거대 문파들은 움직이지 않고 있다는 것을 왜 아직 깨닫지 못했단 말인가! 그것이 인공지능의 계략이었다니……. 그럼 지금까지 보이지 않던 천추십왕들이 서서히 모습을 드러낸 것은 단순히 초절정무공을 찾기 위해서만이 아니었다는 말인가?

단순히 초절정무공을 찾아 차례대로 유저들의 세력을 무너뜨리는 것이 아닌, 서로 싸우게 만들어 자멸하게 하는 것, 그것을 노리고 있었다는 말인가!

난 천년이무기의 말에 지금까지 머리 속을 복잡하게 휘저으며 얽히고설켜 있던 사건들의 실마리가 풀리는 것을 느꼈다. 이렇게 단순한 것을 생각하지 못하다니……. 아니, 생각하지 못한 것이 아니라 아닐 것이라 치부해 버렸다. 천추십왕들의 행동이 은밀했고, 초절정무공에 집착했던 모습이 기억 속에 생생히 박혀 있었기 때문에 설마 그들에게 또 다른 목적이 있을 것이란 생각은 애초에 무시해 버렸던 것이다.

오히려 그 사실을 몰랐다면, 천추십왕의 존재를 몰랐다면 가장 먼저 인공지능과의 연관성을 의심해 보았을 사건임에도 너무 시기적절하게 등장한 천추십왕들의 모습에 난 중요한 흐름을 놓쳐 버렸다.

"그렇다면 더욱 큰일이지 않습니까. 현재 이런 수련보다 지금 그들의 행보를 막는 게 먼저이지 않습니까?"

[서두르지 마라. 현재 비상에서 일어나고 있는 일은 서서히 비상을 썩게 하고 있지만 단순히 그것뿐이다. 아무리 썩은 나무일지라도 쉽게 잘려 나가지 않고, 설사 나무가 잘려 나간다 할지라도 뿌리가 살아 있다면 다시 부활할 수 있는 것이다. 다행히 인간들의 세력 중 거대한 세력들은 자중하며 힘을 비축하고 있다. 그것이 설사 창조주의 일에 대비하여 그런 것이 아니라 할지라도, 그들은 곧 있을지도 모를 거대한 사건에 대비하고 있음에 분명하다. 그 뿌리만 살아 있다면 비상은 언제든지 살아날 수 있는 것이다.]

"뿌리만 살아 있다면 뭐 합니까. 인공지능은 뿌리가 살아갈 땅을 잃게 만들 텐데요! 단순히 뿌리만이라면 살아날 수 없잖습니까!"

[뿌리만이라면 살아날 수 없겠지. 하지만 이미 있지 않은가. 아주 조그만 땅이라도 지탱해 줄 수 있는 존재들이 그대의 곁에 있지 않은가. 그대는 자신을 수련하여 땅을 지켜준 그들에게 보답하여 뿌리를 키우는 비가 되면 될 것이다. 조급해하지 말라.]

땅을 지탱해 줄 수 있는 존재들……. 그래, 그들이 있었다. 비록 그들만으로는 비상 전체를 다 살리지 못한다 할지라도 적어도 뿌리가 살아갈 수 있는 땅은 지켜줄 것이다. 그리고 그들이 있는 한 아무리 썩어 있는 나무라도 쉽게 부러지지 않을 것이다.

[그렇게 가만히 있는 것보다 지탱해 줄 수 있는 존재들에게 조금이라도 빨리 그들이 해야 할 일을 알려주는 것이 좋지 않겠나?]

"그, 그렇죠. 그럼 지금 당장 비조를 날려야겠습니다."

난 즉시 서신을 적어 내려갔다. 구체적인 상황을 적기보다는 최대한 그들이 해야 할 일과 상황을 나타낼 수 있는 중요한 논점들을 적어 내려간 것이다.

그리고 천년이무기가 살고 있는 호수에서 비조가 날아올랐다. 바로 땅을 지탱해 줄 수 있는 자들, 즉 친구들과 쥬신의 그들을 향해서!

북경에 자리잡고 있는 어느 장원. 오늘도 수련의 기합이 울려 퍼지는 그곳에 한 마리의 비조가 날아들었다.

장원의 작은 전각으로 날아든 비조.

초은설은 기파를 변화시키는 단환을 만들기에 여념이 없었다. 이틀에 다섯 알씩 만들 수 있는 단환을 초은설은 한 번도 빼놓지 않고 만들었기에 창고에 있는 단환이나 전장을 통해 사예에게로 보내진 단환의 수는 몇 달은 견딜 수 있을 정도로 매우 많았다. 하지만 초은설은 혹시나 무슨 일이 있을지 장담할 수 없기에 단환을 만드는 것을 소홀히 하지 않았다.

그런 그녀에게 한 마리의 비조가 날아들었다.

"어머? 사 공자에게서 온 비조잖아?"

초은설은 사예에게서 도착한 비조에게서 서신을 빼어 들고는 읽어 내려가기 시작했다.

처음에는 단순한 서신이겠지 생각했던 초은설의 표정이 시시각각으로 변해갔다.

그렇게 서신을 읽어간 초은설은 이내 서신을 한 손에 들고 전각을 뛰쳐나갔다. 그리고는 수련장으로 향했는데, 다른 이들은 각자의 일 때문에 접속하지 않은 시간임에도 상호, 여원만이 꿋꿋이 주먹을 휘두르며 수련에 맹진하고 있었다.

가히 폐인의 모범적인 자세라 할 만했다.

"어라? 벌써 단환 만드는 게 끝난 거야? 평소보다 훨씬 빠르네?"

"아니, 그게 아니라 사 공자에게서 서신이 왔어요."

"너희는 아직도 그렇게 서로를 칭해? 에이, 좀 편하게 하라고. 그나 저나 서신이라… 내가 봐도 되는 거야?"

여원의 표정에는 짓궂은 장난기가 역력했다. 혹시 연애 편지인데 자신에게 보여주는 것이 아니냐는 듯이……

하지만 초은설은 그런 여원의 표정에도 굴하지 않고 살짝 붉어진 모습을 애써 감추며 서신을 내밀었다. 그런 초은설의 모습에 여원도 서신의 내용이 궁금하여 초은설에게서 서신을 받아 읽어 내렸다. 그러고 나서 꺼낸 첫마디가…….

"이 녀석 바보 아냐?"

같은 시각. 북경에서 얼마 떨어지지 않은 천진에도 한 마리의 비조가 날아들었다.

천진의 쥬신제황성의 장원 안. 회의실로 정한 한 전각에 쥬신제황성의 인물들이 모여서 무엇인가를 토론하고 있었다.

그때 날아든 비조는 현자라는 직업을 가진 디다의 어깨로 사뿐히 내려앉았다.

"응?"

한창 회의가 진행 중이었는지 갑자기 날아든 비조의 모습에 살짝 인상을 찌푸린 디다였지만 이내 그 비조의 발신자가 사예임을 깨닫고는 서신을 빼내 읽기 시작했다.

때문에 디다에 의해 진행되던 회의는 잠시 소강 상태에 접어들었다.

"누구에게서 온 겁니까?"

궁금함을 참지 못한 장염이 디다에게 물었고, 마침 서신을 다 읽은 디다는 고개를 들었다.

"그래, 마침 잘되었군. 자, 다시 회의를 진행하세. 조금 전까지 이야기하던 것을 뒷받침해 줄 만한 서신이 날아왔다네. 바로 사예에게서 온 것이지."

"사예에게서?"

잠자코 디다의 설명을 듣던 천진랑이 처음으로 눈을 빛내며 되물었다.

"서신의 내용은 인공지능이 활동을 시작했고, 그 활동의 증거가 바로 현재 비상에서 일어나고 있는 문파 간의 세력 다툼이라고 되어 있다네. 우리에게 손길을 미칠 수 있는 한도의 지역에서 세력 다툼을 막아달라고 하고 있네."

"에? 그 녀석 바보 아닙니까?"

나선 것은 이번에도 장염이었다. 하지만 장염은 알까? 누군가와 같은 시각, 같은 표정으로 비슷한 말을 내뱉고 있다는 것을.

하나 그것을 알 리 없는 장염은 계속해서 말을 내뱉었다.

"도대체 그게 언제 적 이야기인데 이제 부탁을 한답니까?"

"으음, 확실히 이미 오래전부터 예상하고 있었으며 이렇게 회의를 하고 있는 일임을 이제야 부탁한다는 것은 늦은 감이 없지 않지만 그래도 전혀 쓸모는 없지 않다네. 거의 확정적이기는 했지만 예상이었을 뿐인 것이 이렇게 사실로 드러나지 않았나."

"쩝, 장염아, 이해해라. 우리 사장이 좀 바쁘잖냐. 천추십왕 막으랴, 인공지능의 시야에서 도망가랴……. 미처 생각할 시간이 없었겠지."

비상의 일 때문에 요즘은 아틀란티스에도 잘 들리지 않아 통 보기 힘든 사장, 최효민을 떠올리며 공아는 쓴웃음을 지었다.

그렇다. 여원이 황당한 표정으로 꺼낸 첫마디와 장염이 꺼낸 첫마디가 거의 일치하는 이유는 여기에 있었다. 그들은 이미 인공지능의 계략이라는 것을 어느 정도 눈치 채고, 그 일을 막기 위해 여러 방면으로 노력하고 있었던 것이다.

그런데 그 일을 마치 새 소식이랍시고 떡하니 보내왔으니 그저 황당할 뿐이었다. 쥬신의 인물을 비롯한 공아야 요즘 사예를 만나기 힘들었기에 그렇다지만 현실에서도 종종 만나는 여원들이 사예와 이렇게 정보가 어긋난 것은 전부 사예를 생각했기 때문이다.

안 그래도 비상의 일로 골머리를 썩고 있는 사예이기에 현실에서만큼은 그런 마음을 조금이나마 덜어주기 위하여 비상에 대한 얘기를 대체적이면 자제했고, 특히나 인공지능에 관한 것은 거의 금지어에 가까웠기에 이렇게 웃지 못할 해프닝이 생긴 것이다.

"어찌 되었거나 둔한 무황께서도 알아차렸고, 사실임을 확인한 바이니 서서히 본격적으로 활동해야 하지 않나 싶네."

"본격적인 활동이라면 어떤 것을 이야기하는 거지?"

가만히 지켜보던 천진랑이 입을 열어 디다에게 물었다. 그러자 디다는 고개를 돌려 천진랑을 물끄러미 바라보았다.

"……."

"……에이! 알았다, 알았다고! 이곳은 회의장이고 회의를 진행하는 장은 너니까 지금 이 순간만큼은 존댓말을 쓰라 이거지? 쳇! 대충 넘어가면 될 것 같지고……."

"문파의 기강은 문주인 자네가 잡아야 하지 않나. 모범을 보여야 하는 입장으로서……."

"알았어! 아니, 알았습니다. 말씀 계속하시죠."

"흠흠, 본격적인 활동이란 지금처럼 싸움을 말리는 형식의 소극적인 모습을 말하는 것은 아니네. 싸움을 말린다고 해도 나중에 다시 싸울 수도 있는 것이 사람들의 심리이고, 인공지능은 이 심리를 너무나도 잘 이용했다네."

거기서 디다는 잠시 말을 끊었다. 지금까지 자신이 했던 말을 들은 다른 이들이 그것에 대해 생각할 시간을 주기 위해서였다. 대부분이 고개를 끄덕이며 수긍을 하자 디다는 다시 말을 이었다.

"인공지능이 바란 것은 각자의 힘을 키우기 위해 세력을 넓히고, 세력을 넓히는 와중에 부딪치는 싸움을 증대시켜 자멸시키는 것일세. 실제 싸우고 피해를 입는 것은 유저들일 뿐, 사냥터에 큰 관심이 없는 NPC들은 거의 피해를 입지 않는 아주 간단하면서도 효율적인 방법이지. 그렇다고 그들이 한 일이 비상의 법에 저촉되는 일도 아니기에, 살짝 자신들을 촉매로 삼아 세력 싸움을 일으키고 빠지는 바니 비상의 운영권을 이용할 수도 없다네. 또한 그 진원지를 찾아보기도 힘들고."

"지금까지 했던 이야기를 되풀이하자는 건가… 요? 빨리 진행시키라고… 요."

디다의 지긋한 눈초리를 받아서인가 천진랑은 말을 하다가 뒷부분에 요 자를 붙이며 어설픈 경어를 뱉어내었다. 다행히 디다도 그것을 크게 문제 삼지 않고 그냥 넘어가며 다시 입을 열었다.

"이 일에는 어찌할 수 있는 방도가 몇 가지 없네. 서로 자멸할 때까지 기다리던지, 아니면 찍소리 못하도록 다 휘어잡아 버리던지."

"휘어잡는다는 건?"

투두둑!

치우의 물음에 디다는 펼쳐져 있던 모든 자료들을 다 쓸어 바닥으로 떨어뜨렸다. 그는 살짝 미소를 짓고 있었으나 그것은 기쁨의 미소라기보다는 무엇인가 계략을 꾸미고 있을 때를 연상하게 하는 미소였다.

그것을 느꼈는지 다른 쥬신인들도 잔뜩 긴장하며 디다의 입이 열리기만을 기다렸다.

"우리 이런 자료들을 모아놓고 복잡하게 생각하지 말도록 하세. 무식하기는 하지만 가장 좋은 방도에는 이런 복잡한 자료들 따윈 필요없다네. 찍소리도 못하게 휘어잡는 법? 후후후, 몇 배나 강한 힘으로 찍어 눌러 버리면 될 것 아닌가. 다시는 기어오르지 못하도록."

"쿡쿡쿡! 힘으로 눌러 버려라… 멋진 말이야."

"그렇군. 크크큭."

디다의 말에 이은 천진랑, 비마의 웃음소리가 퍼져 갔다.

"후후후."

"쿡쿡쿡!"

"크크큭."

음산한 웃음이 울려 퍼지는 가운데 무슨 짓을 저지를지 모르는 세 사람을 앞에 두고 식은땀을 흘리는 나머지 쥬신인들이었다.

'이, 인공지능이 비상에 군림하는 일보다 이 사람들이 저지를 일들을 생각하는 게 더 무서운 이유는 뭘까?

등 뒤로 흐르는 식은땀을 애써 외면하며 디다, 천진랑, 비마를 보는 쥬신인들의 공통적인 생각이었다.

"어떻게 효민이에게 이걸 얘기해 줄 생각을 아무도 못한 거니?"

"그야 당연히 알고 있는 줄 알았지. 게다가 현실에서는 이런 얘기 효민이에게 하기가 그렇잖아. 안 그래도 인공지능 때문에 머리가 빠진다고 엄살을 떠는 녀석인데."

"하긴… 휴, 어쨌든 이 책임은 둔한 효민이의 본모습을 생각하지 못한 우리에게 있다 생각하고 앞으로는 이런 일이 없도록 하자."

미영이의 비상에서의 캐릭터, 미우는 그 말을 끝으로 한숨을 내뱉었다. 그녀를 따라 한숨을 내뱉는 다른 친구들. 심지어 병건, 즉 무진까지 한숨을 내뱉을 정도였다. 한숨을 내쉬는 포즈나 그 강도가 전혀 어색하지 않은 게 사예와 관련되어 이와 같은 일에 얼마나 숙달되어 있는지, 그들이 사예를 얼마나 한심하게 생각하는지 알 만도 했다.

다만 한 발자국 물러서서 그런 그들을 보며 어색한 미소를 짓고 있는 초은설만이 조금은 이색적일 뿐.

"이제 어떻게 하지? 지금과 같은 방법으로는 북경 역시 견디기 힘들 텐데."

"천진의 쥬신 측에서 서신이 왔는데 그곳에도 효민의 연락이 왔다고 그러는군. 그리고 그쪽에서는 힘으로 나가기로 했나 봐."

"힘?"

"알잖아, 쥬신이 알려지진 않았지만 그 어느 문파보다 강하다는 걸. 문원 한 명, 한 명이 전부 엄청난 고수이니 천진 정도야 가볍지. 아니,

가벼운 정도가 아니라 그쪽에서 한 명만 나서도 그리 강한 고수가 없는 천진 정도야 쉽게 제압할 수 있겠지."

여원의 말에 모두 고개를 끄덕였다.

힘으로 대항하는 자는 더 강력한 힘으로 눌러 버린다.

가장 단순한 방법이면서 지금 현 상황을 막는 데는 가장 효율적인 방법이기도 했다.

잠시 생각에 빠졌던 그들 중 가장 상황 판단이 빠른 지현, 사미가 입을 열었다.

"확실히 그런 방법이면 안심할 수 있겠지만 문제는 우리, 이 북경이잖아. 북경에는 예전의 랭킹 50위 안에 드는 고수가 대략 잡아도 열 명 가까이 있어. 아무리 예전의 랭킹이 존재할 때의 실력과 지금의 실력에 많은 차이가 난다지만 그들도 놀고 있지만은 않았을 거란 말이야. 상호가 강하다지만 그들로서도 쉽게 당해주지 않을 거야. 그리고 예전의 랭킹 20위권 안에 드는 고수라면 상호로서도 힘들지도 모르고……."

"그건 그렇지. 효민의 서신에는 조금 있으면 강우 형을 비롯해서 몇 사람이 이곳으로 온다는데 그래도 힘들 것은 뻔해. 강우 형은 그동안 대장장이 일에만 전념하느라 캐릭터를 키우지 못했잖아."

"음… 쥬신에는 고수가 많잖아. 아무나 누가 한 명 원조 와줄 사람이 없을까?"

"그건 힘들대. 나도 그런 생각을 해 원조 요청을 하긴 했는데 쥬신에서도 지금 사람이 부족하대."

"어째서? 쥬신이라면 그리 힘들이지 않고 천진을 제압할 텐데?"

여원이 고개를 저으며 사미의 말에 대답하자 미우가 나서서 물어왔다.

그러자 여원은 침통한 표정을 짓더니 이내 낮게 중얼거렸다.

"……나섰대."

"응?"

"무슨 소리야? 좀 크게 말해 봐."

여원의 작은 목소리에 미우가 짜증을 내며 여원을 다그쳤고, 여원은 눈을 꼭 감으며 이내 큰 소리로 뱉어냈다.

"쥬신의… 세 분이 움직였대."

"뭐?!"

여원의 말은 모여 있는 모든 이들에게 충격적으로 다가왔다.

여원이 말한 쥬신의 세 분. 그들이 누구인지 이 자리에 모인 이들은 어렵지 않게 짐작할 수 있었기 때문이다. 또한 그들의 기묘한 행각도…….

"저, 정말이야?"

"그래, 정말이야."

"그렇다면 확실히 사람이 모자라기는 하겠군. 그분들을 막느라 그쪽에서도 이리저리 뛰어다녀야 할 테니까. 뒷일 수습하기에도 만만치 않겠어."

쥬신의 세 분.

즉, 천진랑, 비마, 디다를 칭하는 것일진데 이들은 왜 이렇게 걱정을 하는 것일까? 심지어 하얀, 솔하의 눈동자에도 쥬신의 사람들을 걱정하는 마음이 담겨 있었다. 아니, 비단 솔하뿐만이 아니라 이 자리에 모인 모든 이들의 심정이 그랬다. 북경의 일보다도 쥬신의 다른 사람들이 너무나도 불쌍하게 생각되었다.

"일단 쥬신에서의 원조 요청은 힘들겠군."

민우, 소룡의 조용한 한마디가 현 상황을 알렸고, 모두 고개를 끄덕였다.

그때였다. 한 마리의 비조가 날아든 것은.

"응? 이건 웬 비조야?"

비조는 여원의 어깨에 내려앉았고, 여원은 비조에게서 서신을 빼 들었다.

"누구한테서 온 거야?"

"응? 진명? 진명이 누구지?"

"진명이라… 에잇! 바보야, 강민 오빠잖아!"

"아! 강민 형이 진명이었지."

미우의 새침한 대답에 진명이 누구인지 기억난 여원은 자신의 머리를 살짝 쥐어박으며 서신을 펼쳐 들었다.

"뭐야? 뭐라고 적힌 거야?"

"으음, 강민 형이 말하기를……."

여원이 서신의 내용을 말하려는 그때, 귓가를 찢을 듯한 굉음이 울려 퍼졌다.

쾅앙—!

"헉!"

"무, 무슨 소리야?"

"정문 쪽이야!"

여원을 비롯한 모든 이들이 전각을 나와 소리가 들린 쪽으로 향했다. 굉음이 일어난 곳은 멀지 않은 곳이기에 그들은 얼마 지나지 않아 그곳에 도착했고, 가장 먼저 목격한 것은 얼마 전까지만 해도 장원을 지키던 대문이라 예상되는 산산조각난 나무 조각들이었다.

"도, 도대체?"

"무슨 일이 일어난 거야?"

"콜록! 콜록! 뭐야, 이 모래 먼지는?"

"칫! 인공지능의 공격인가?"

너무 갑작스레 일어난 일에 그들은 당황했다. 왜 갑자기 이런 일이 일어난단 말인가.

여원과 소룡만이 적의 기습이라는 한 가지 상황을 떠올리며 급히 기를 끌어올리기 시작했다.

그런데 그때, 얼마 전까지만 해도 정문이 존재했던 그곳, 모래 먼지가 자욱이 일어나 시야를 가리고 있는 그곳에서 누군가의 목소리가 들려왔다.

"여기가 그곳인가?"

"도대체 당신은……!"

자욱한 먼지를 젖히며 걸어나온 두 인영. 그런 인영들의 등장에 북경에 존재하는 한 장원의 안, 그 중심의 긴장감은 점점 더 고조되어만 갔다.

〈제6권 끝〉

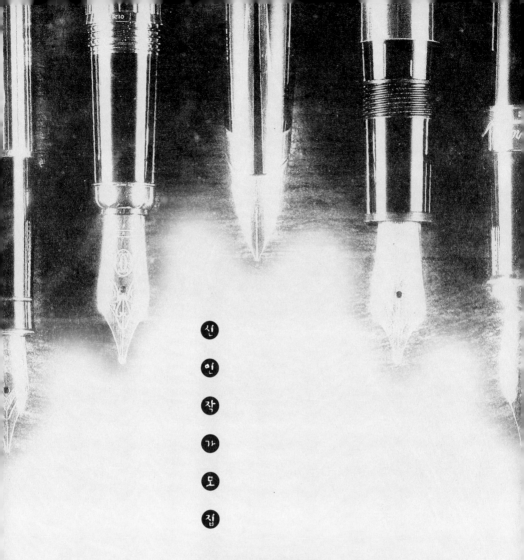

신인작가모집

시작이 반이라고 했습니다.
작가의 길에 대한 보이지 않는 벽을 과감히 깨뜨리십시오!
청어람은 작가 지망생 여러분들의
멋진 방향타가 되어드리겠습니다.

저희 도서출판 청어람에서는
소설 신인 작가분들을 모집합니다.
판타지와 무협을 사랑하시는 분들의 많은 참여를 바랍니다.
소정의 원고(A4용지 150매)를 메일이나 우편으로 보내주시면
검토 후 출판 여부를 알려드리겠습니다.

주소:경기도 부천시 원미구 심곡1동 350-1 남성B/D 3F 우편번호420-011
TEL:032-656-4452 · **FAX**:032-656-4453
http://www.chungeoram.com
e-mail:chungeoram@chungeoram.com